최약무패의 신장기룡
바하무트

'우, 움직이질 못하겠어!
여러 가지 의미로……!'

CONTENTS

아이리
아카디아
AIRI
ARCADIA

키리히메 요루카

© 2013 Ayumu Kasuga

© 2013 Ayumu Kasuga

최약무패의 신장기룡 바하무트

7

아카츠키 센리 지음
카스가 아유무 일러스트
원성민 옮김

Character

룩스 아카디아

멸망한 아카디아 제국의 왕자.
『무패의 최약』 이라고 불리는 기룡사.

리즈샤르테 아티스마타

아티스마타 신왕국의 왕녀. 붉은 전희(戰姬)라고 불린다.
신장기룡 《티아마트》의 파일럿.

피르히 아인그람

아인그람 재벌의 차녀. 룩스의 소꿉친구이며 학원장의 여동생.
신장기룡 《티폰》의 파일럿.

크루루시퍼 에인폴크

북쪽의 대국, 유미르 교국에서 온 유학생 클래스메이트
신장기룡 《파프니르》의 파일럿.

아이리 아카디아

구제국 황족의 생존자.
1학년이며 룩스의 친여동생.

세리스티아 라르그리스

『기사단(시바레스)』의 기사단장인 3학년. 학원 최강이라고 불린다.
사대귀족인 공작가 영애이며, 남성 혐오로 유명.

키리히메 요루카

『제국의 흉인』이라고 불리던 암살자 소녀.
룩스를 주인으로 인정하고 섬기고 있다.
신장기룡 《야토노카미》의 사용자.

알테리제 메이클레어

에인폴크 가문의 여 집사.
특급(엑스 클래스) 계층의 기룡사이기도 하다.

World

장갑기룡《드래곤 라이드》

유적에서 발굴된 고대병기.
그중에서도 희소종이며 높은 성능을 보유한 것은 신장기룡이라고 부른다.
또한, 장갑기룡의 사용자는 기룡사《드래곤 나이트》라고 부른다.

유적《루인》

전 세계에서 발견된 일곱 개의 고대 유적. 장갑기룡《드래곤 라이드》가 발굴된 이후, 국력을 좌우하는 중요한 거점으로써 각국 간에 세력 다툼이 일어나고 있다.

환신수《어비스》

유적에서 나타나는 수수께끼의 환수. 인류를 위협하는 존재이며 기룡사만이 대항할 수 있다.

종언신수《라그라뢰크》

한 유적에 단 한 마리만이 존재한다는 초현실적인 힘을 숨긴 일곱 마리의 환신수.

『검은 영웅』

정체불명의 장갑기룡《드래곤 라이드》를 사용하여 단신으로 약 1,200기에 달하는 제국 장갑기룡을 쓰러뜨렸다고 하는 전설의 영웅.

아티스마타 신왕국

리즈샤르테의 아버지인 아티스마타 백작이 아카디아 제국에 대항하여 일으킨 쿠데타가 성공하며 5년 전에 건국된 나라.

아카디아 구제국

세계의 5분의 1을 지배했던 대국. 세계 최강이라고 일컬어지던 압도적인 군사력을 바탕으로 압정을 펼쳤으나 쿠데타로 인해 멸망하였다.
룩스와 아이리는 이 제국 황족의 생존자.

칠용기성

갈수록 늘어나는 환신수의 위협에 대항하여, 세계협정의 가맹국에서 선출한 대표 기룡사들.

Prologue 왕자의 행방

멀리서 짐승의 울음소리가 들려오는 심야.

인기척 없는 교외의 폐가에 두 사람의 그림자가 있었다.

하나는 호사스러운 외투를 걸친 키가 크고 수척한 남자.

다른 하나는 가냘픈 체구의 은발 소녀였다.

"……이상이 제1 황녀 전하께서 하신 말씀입니다. 그때가 오면 협력해주길 바란다고 하시더군요."

그렇게 말한 장신의 사내— 후길을 보며 소녀는 살짝 험악한 표정을 지었다.

"이야기는 알아들었다. 허나, 하나 물어보고 싶은 게 있다. 어째서 그 신왕국의 남자— 딜루이 프로이어스에게 손을 빌려줬지? 리스테르카 언니의 지시에는 없었을 텐데."

소녀는 눈앞의 남자를 더욱 집요하게 추궁했다.

그러나 후길은 그녀의 그런 반응에도 당당한 미소를 무너뜨리지 않았다.

"오해하고 계신 것 같군요. 저는 어디까지나 『용비적』과 유적(루인)의 위협을 각국에 새겨 넣기 위한 수단으로써 그 남자를 선택했을 뿐. 모든 것은 앞으로를 위한 포석입니다."

"……알았다. 이만 물러나라."

소녀의 탄식을 듣고 후길은 외투의 옷깃을 정돈하고서 가볍게 인사했다.

"그러면 조심하십시오. 에이릴 제2 황녀 전하. 우리 황국과 『열쇠 관리자(엑스퍼)』들이 바라는 비원— 대성역(아발론)에 다다를 길이 결실을 맺을 그날까지."

그 말을 끝으로 남자는 소리도 없이 물러났다.

후길…… 일족 내에서도 특수한 처지에 있는 저 이단자는, 아주 오래전부터 일관적인 모습으로 자신들 편에서 행동해왔다.

그럼에도 불구하고 소녀는 후길을 상대할 때면 자기도 모르게 말투가 거칠어졌다.

언니인 리스테르카는 그를 전폭적으로 신뢰했지만, 자신은 생리적으로 그를 받아들일 수 없었다.

그 사내가 자신이나 다른 사람들을 바라보는 눈초리가 이루 말할 수 없을 정도로 기분 나빴다.

내려다보는 듯한 시선은 아니었다.

무관심한 것은 아닌데, 그 어떤 집착도 느껴지지 않는 기이한 시선.

사람을 실험동물처럼 평가— 아니, 아예 생물로조차 보지 않는 것 같았다.

마치 사물이나 수식 따위를 관찰하는 듯한 그 어두운 눈빛이 소녀에게 불안을 불러일으켰다.

"역시, 진실을 밝혀내야만 해……. 나는—."

소녀는 끝으로 그렇게 중얼거린 후, 밤의 어둠 속으로 사라졌다.

†

"후아앗……!"

신왕국의 성채(크로스 피드) 도시, 1번 지구에 있는 왕립 사관(아카데미) 학원.

그 광대한 부지 내에 있는 장갑기룡(드래곤 라이드) 공방(아틀리에) 안에서 리즈샤르테는 크게 기지개를 켰다.

"……음. 결국 또 여기서 자고 말았군."

잠이 덜 깬 눈을 부비며 몸에 덮고 있던 모포를 치우고 살짝 몸을 떨었다.

나뭇잎이 물들기 시작한 가을날 아침은 조금 쌀쌀했다.

"조금만 더 하면 완성인가. 학원제 전까지는 끝내고 싶었는데……."

리샤가 공방에서 하는 것은 장갑기룡에 적용할 신기술의 개발이었다.

얼마 전 반하임 공국에서 개최된 계층(클래스) 승격 시험에서 일어난 사건.

환신수(어비스)의 출현율이 증가하고, 더욱 공략이 어려워진 유적(루인)과 『용비적』이라고 불리는 전쟁광의 대두.

모두가 이에 대항하여 정진하는 모습을 보며 리샤도 개발 의욕에 불이 붙었다.

그래서 자기도 모르게 이곳에서 잠들어버릴 때까지 몰두하고 말았다.

중앙의 작업대에는 분해된 부품이나 작성한 설계도가 어지럽게 흩어져있었다.

"—어, 으악?! 벌써 이런 시간인가?!"

잠시 멍하니 있던 리샤는 탁상시계를 보고 허둥댔다.

오늘은 휴일이지만, 룩스는 이미 아침 잡일을 시작할 무렵이었다.

"야단났군! 빨리 이 꼴을 어떻게든 수습해야—?!"

허둥지둥 정신없이 작업용 가운을 벗고, 흐트러진 교복 블라우스나 스커트를 가다듬었다.

이어서 세수를 하고, 자랑거리인 사이드 테일을 다시 묶은 다음 후유, 가슴을 쓸어내렸다.

룩스는 리샤의 기사가 된 이후로 공방에서 묵는 리샤를 걱정해서 심야와 이른 아침에 한 번씩 상태를 보러 와주었다.

그것 자체는 무척 기뻤지만, 피곤에 찌든 볼품없는 몰골을 보이는 것은 좀 곤란했다.

웬만하면 룩스가 자신을 볼 때는 귀엽다고 생각해주길 바랐다.

"아차, 오늘은 『작전』을 실시할 예정이었지."

문득 뭔가를 떠올린 리샤는 공방 안쪽의 탕비실에서 물을 끓였다.

늘 바쁘게 잡일을 하면서도 짬짬이 찾아와주는 룩스에게,

휴일 정도는 홍차를 대접해주자고 리샤는 몰래 계획하고 있었다.

『리샤 님도 바쁘실 텐데, 저를 위해 이런 것까지— 기쁩니다.』

"아니 뭐, 그렇게 대단한 것도 아니다. 가끔은 나도, 여자다운 모습을 보여줘야지."

감격하는 룩스의 반응을 떠올리면서 리샤는 예행연습을 했다.

거기에 더해 리샤는 이번에 부탁을 하나 하려고 생각 중이었다.

왕녀로서의 공무로 시찰을 나가야 하는 영내 마을에 남몰래 함께 사전 조사를 하러 가자는 계획을—.

잘하면 또 손을 잡을 수 있을지도 몰랐다. 그렇게 됐으면 좋겠다고 생각했다.

"좋아! 이제 언제 와도 괜찮다, 나의 기사여!"

그리고 리샤는 팔짱을 끼고 득의양양하게 웃으면서 기다렸다.

……그러나 어떻게 된 일인지 오늘따라 룩스가 통 나타날 기미를 보이지 않았다.

"이상하군. 그 녀석은 나하고 비교도 안 될 정도로 생활 패턴을 칼같이 지키고 있을 텐데……."

고개를 갸웃거리며 계속 기다리는데 갑자기 문 밖에서 쿵 소리가 났다.

"……음? 누군가, 있는 건가?"

마음에 걸린 리샤는 공방 문을 열었지만, 밖에는 아무도 없었다.

그저 식당에서 준비해온 것으로 보이는 홍차 잔만이 까만 쟁반 위에 있을 뿐이었다.

"……룩스, 인가?"

리샤는 홀로 중얼거렸지만 당연히 대답은 없었다.

"나 참, 성질 급한 녀석이로다. 아침에 차 한 잔 마실 시간 정도는 나랑 함께 해준다면 좋을 텐데……."

입술을 살짝 삐죽였지만, 그래도 컵을 입으로 가져갔다.

그러나 한 모금 마신 순간 이변이 일어났다.

"……읍, 맛이 왜 이래?! 뭐야 이건?!"

잘 보니 찻잔 안에는 찻잎이 잔뜩 떠 있었다. 즉, 여과하지 않은 것이었다.

"대체 어떤 녀석이 이런 장난질을 친 거냐!"

리샤는 이것을 가져온 사람은 룩스가 아니라고 확신했다.

맛없는 홍차를 마셔버린 것까지 포함해서 이중으로 손해 본 기분이 들었다.

"하는 수 없지. 오늘은 내 쪽에서 만나러 가볼까."

리샤는 투덜대면서 룩스를 찾기 위해 행동을 개시했다.

"—오빠가 있는 곳, 말씀이세요?"

공방을 박차고 나온 리샤는 우선 여자 기숙사로 이동해 아이리와 녹트의 2인실을 방문했다.

"그래. 매일같이 와주던 룩스가 내게 얼굴을 보여주지 않았다. 그러니까 그게, 아주 눈곱만큼, 신경 쓰여서 말이다……."

리샤는 약간 쑥스러워하며 말했다.

그 모습을 보고 아이리와 녹트는 작은 목소리로 속닥거리기 시작했다.

"오빠에 대한 집착이 꽤 강하시네요. 어쩌다가 한 번 오지 않은 정도로, 일부러 찾아다니실 정도라니."

"Yes. 하지만 장갑기룡의 개발에만 몰두하던 시절에 비하면, 상당히 건전한 사고라고 생각합니다."

"돼, 됐으니까 알려줘라! 룩스는 지금 어디에 있는 게냐?!"

"유감스럽지만, 저도 모르겠어요."

토마토처럼 새빨개진 리샤의 질문에 아이리는 진지한 얼굴로 대답했다.

"오빠의 잡일 스케줄은 심하게 복잡해서, 의뢰를 정리해주는 티르파 씨조차 어디서 무엇을 하는지 파악하지 못할 정도거든요."

"그, 그러냐. ……알았다, 다른 곳을 찾아봐야겠군."

리샤가 떠나자 아이리는 한숨을 내쉬었다.

그러자 그녀의 귓가에 녹트가 살며시 입술을 가져갔다.

"아이리, 예의 그것을 리샤 님께 알려드리지 않아도 괜찮은가요?"

"괜찮아요. 딱히 관계없으니까. 항상 이 방 창문에서 보이는 오빠의 모습이, 오늘은 어쩌다가 보이지 않았다는 이야기 정도는……."

아이리는 볼멘소리로 대답했다.

그렇다. 리샤와 마찬가지로 아이리도 오늘 아침부터 같은 위화감을 품고 있었다.

하지만 평소에 자기 방 창문에서 여자 기숙사 주변의 잡일을 해결하는 오빠의 모습을 눈으로 쫓곤 했다는 이야기는 창피해서 할 수 없었다.

특히 지난 번 사건 때는 오랜만에 어리광을 부리기도 했기 때문에 더욱 그랬다.

"아이리도 고생이 많군요. 여러 의미에서."

"아, 아침부터 이상한 말 하지마세요!"

평소에는 냉정한 녹트가 흐뭇한 모습으로 말하자 아이리는 당황하며 언성을 높였다.

"하지만 확실히 신경이 좀 쓰이긴 하네요. 오빠가……."

여느 때처럼 평온한 일상의 시작.

하지만 아이리는 어쩐지 평소와는 다른 분위기를 느꼈다.

"가능성은 낮다고 생각하지만……."

아이리와 녹트의 2인실에서 나온 리샤는 이번엔 직접 룩스의 방으로 향했다.

룩스가 아침 잡일을 하는 중이라면 없을 테지만, 만일에 대비해서 문을 노크했다.

목소리 대신에 조용한 숨소리가 들려와 리샤는 고개를 갸웃하면서 안으로 들어갔지만—.

"룩스, 있느냐? ……어라?"

안에 룩스는 없었고, 대신 피르히가 침대에서 자고 있었다.

"음냐……. 루, 우……."

그 모습을 본 순간 리샤는 빠직, 돌이 되고 말았다.

침대 위에 룩스가 있나 없나 살펴보고, 밖으로 나와 방의 명패를 확인한 다음 피르히에게 달려들었다.

"인마! 여기서 뭘 하고 있는 거냐, 마이페이스 아가씨! 룩스는 어디에 팔아먹었어?!"

"우, 웅……."

신체를 마구 흔들자 그 움직임에 맞춰서 탐스럽게 부풀어 오른 가슴이 역동적으로 흔들렸다.

리샤도 작은 몸집에 비하면 큰 편이었지만, 피르히가 지닌 그 존재감에는 역시 압도당할 수밖에 없었다.

"후아……. 안녕, 공주님……. 무슨 일 있, 어?"

"그건 내가 할 소리다! 룩스는 어디 있냐?!"

피르히의 잠옷은 얇아서 살집이 적당히 붙은 풍만한 신체 라인이 확실하게 보였고, 순진한 어린아이 같은 표정과 어우러져서 제법 선정적이었다.

같은 여자인데도 가슴이 뛸 정도의 그 모습을 룩스가 봤다면, 하고 생각하니 리샤는 못 견디게 신경 쓰였다.

"루, 우……? 어제 잘 때까지는, 같이 있었, 는데……."

"가, 같이 잤다고?! 어, 어어어째서 그런?! 아, 아니, 그보다—."

그렇다면 어젯밤까지는 룩스가 확실히 여자 기숙사에 있었다는 소리다.

룩스와 피르히가 같이 잔 것도 그렇지만, 갑자기 모습이 보이지 않는 것도 마음에 걸렸다.

"젠장! 나중에 다 털어놓아야 할 거다, 룩스!"

살짝 뺨이 붉어진 리샤는 룩스를 찾아 다음 장소로 향했다.

모처럼의 휴일인데 여전히 마이페이스인 지인이 많았다.

장갑기룡 연습장을 찾아간 리샤는, 마침 땀을 닦고 옷을 갈아입고 있는 세리스의 모습을 대기실 창문을 통해 보았다.

"후우, 역시 훈련으로 흘리는 땀은 상쾌하군요. 룩스가 와 주었다면, 더욱 훈련하는 보람이 있겠습니다만—."

벽 너머로 혼잣말이 들려와 리샤는 노크하려던 손을 멈췄다.

룩스는 이따금 세리스와 함께 아침 훈련을 했기 때문에 혹시나 싶어서 찾으러 와보았지만—.

'……말소리가 들리는 걸 보니, 그밖에 다른 사람이 있는 건가?'

학원 최강이자 『기사단(시바레스)』의 단장인 세리스티아 라르그리스.

늠름한 사대 귀족으로 우아하고 아름다운 그녀는 『남성 혐오』로 유명했지만, 학원의 유일의 남학생인 룩스를 처음으로 인정해서 온 학원을 떠들썩하게 만들었다.

게다가 얼마 전에는 나라를 대표하는 기룡사(드래곤 나이트) 『칠용기성』으로 임명된 룩스의 보좌관으로 갓 취임했다.

그렇게 보면 입장상 리샤와 마찬가지로 룩스와 가까운 관직에 있는 소녀였다.

'으, 으음. 어디까지나 세리스는 룩스를 남자 후배로만 생각하고 있는 모양이니…….'

리샤는 자기 자신을 진정시키려는 것처럼 속으로 중얼거렸지만—.

"—하지만 기쁩니다. 저를 위해 일부러 마실 것을 전해주러 와주다니."

"뭣이……?!"

세리스가 감격한 것처럼 중얼거리자 리샤는 움찔 반응했다.

영락없이 아침에는 자신의 공방에만 홍차를 가져다주었다고 생각했더니……!

'아니, 그보다 마실 것을 전해주러 왔다는 건, 지금 대기실에 있는 사람은—.'

"생각해보면 저와 훈련을 하면 다들 먼저 휴식을 취하는 바람에 저를 배려해준 적은 없었고…… 아, 아니죠. 저는 단장이니까, 반대로 모두를 배려해주어야 하는 입장입니다만—."

평소의 분위기와는 완전히 다른 즐거움이 느껴지는 목소리에 리샤는 조바심이 났다.

"룩스는 연하면서 그런 저까지 배려해주니까, 다음에 꼭 답례를 하고 싶—."

"—둘 다 뭘 하는 거냐!"

더는 견딜 수 없었던 리샤는 황급히 문을 힘차게 열어젖혔다.

"꺄……?!"

"……어라?"

안에 있던 속옷 바람의 세리스가 깜짝 놀라 비명을 지르자 리샤는 고개를 갸웃했다.

말투 때문에 룩스와 이야기 중인 줄 알았더니, 실내에는 세리스 혼자 밖에 없었다.

대신 세리스 앞의 의자 위에는 작은 곰 인형 하나가 앉아 있었다.

"무, 무슨 용건입니까 리즈샤르테?! 저, 저는 딱히 아무 짓도 하지 않았습니다. 그, 그게, 대화 상대가 없어서, 인형한테 상담한 적은, 절대로 없으니까요!"

"……뭐, 됐어. 그건 그렇고 혹시 룩스가 여기에 왔었나?"

더없이 안쓰러운 광경을 보는 듯한 눈초리로 리샤가 묻자, 세리스는 서둘러 호흡을 가다듬었다.

"네, 네. 조금 전에 상황을 보러 왔는지, 편지와 마실 것이 놓여 있더군요. 그의 모습은, 아직 보지 못했습니다만."

"나 때랑 같은, 가……."

대놓고 부자연스럽지는 않았지만 역시 묘한 느낌이 들었다.

룩스의 성격을 생각하면 어지간한 일이 아닌 한 얼굴 정도는 보여줄 터다.

"하지만 확실히 이상하군요. 이 편지를 발견하기 전에 누군가의 기척을 느꼈습니다만—."

"뭐……?"

리샤가 의아한 표정을 지은 순간, 수풀 속에서 바스락 하고 희미한 소리가 들렸다.

"음……?! 룩스, 거기 있느냐?!"

반사적으로 소리가 들린 방향을 향해 소리쳤지만 대답은 없었다.

"에에잇! 여기까지 온 이상, 네 얼굴을 보기 전까지는 물러나지 않을 거다!"

"기, 기다리세요, 리즈샤르테! 저도 찾겠습니다!"

리샤가 교사(校舍)를 향해 달려나가자 옷을 다 입은 세리스도 그 뒤를 따라갔다.

아침 식사 시간이 되어 사복 차림의 학생들이 하나둘씩 돌아다니는 모습이 보이기 시작해도 수색은 계속되었다.

도서관, 여자 기숙사 주변, 교사 뒤편, 창고 등 룩스가 잡일을 할만한 장소를 쭉 돌아보았지만, 무슨 영문인지 일을 한 흔적만 남아있을 뿐 룩스는 보이지 않았다.

그래도 계속 돌아다니고 있는데, 비슷하게 아침부터 학원 내를 돌아다니던 두 사람과 우연히 마주쳤다.

학원의 명물 삼인조, 삼화음(트라이어드)의 샤리스와 티르파다.

"어라, 안녕. 공주."

"안녕하심까— 리샤 님. 오늘은 웬일로 일찍 일어나셨네요."

"……너희, 아침부터 뭘 하는 거냐?"

우연히 같은 방향으로 가는 길이었는지 리샤는 두 사람과 나란히 걸으며 질문했다.

"그게요, 루크찌로 보이는 사람을 찾고 있는데— 도통 보이질 않아서요."

"무슨 일이 있나요?"

세리스가 의아한 표정으로 묻자 동급생인 샤리스는 차분히 고개를 끄덕이며 대답했다.

"아침 순찰을 돌다가 눈치챈 건데, 이상하게 오늘 아침따라 룩스 군의 일처리가 어설펐거든. 그래서 티르파랑 같이 그의 오늘 일정을 더듬어보던 참이었다만—."

"그, 그래서, 룩스는 어디에 있는 것 같으냐?"

"응접실 청소임다. 평소 순서대로라면, 그럴 가능성이 높네요—."

리샤의 질문에 티르파가 손에 든 메모를 보면서 대답했다.

"……좋아, 반드시 찾아내주마!"

그렇게 교사에 들어선 네 사람은 응접실 앞에서 한 소녀와 맞닥뜨렸다.

"어라? 피르히?"

티르파의 목소리에 눈앞의 소녀는 멍한 눈으로 그쪽을 보았다.

"……안녕, 다들."

때마침 응접실에 들어가려던 참이었는지 피르히는 문고리에 손을 대고 있었다.

"잠깐?! 왜 너까지 여기에 있는 거냐! 오늘은 휴일이잖나?!"

"식당에서 과자를 가져왔으니까, 루우랑 같이 먹고 싶어서."

그렇게 평소처럼 무표정으로 대답하는 피르히의 등 뒤로 아이리와 녹트까지 나타났다.

"어, 아이리도 오빠를 찾는 거야? 게다가 녹트까지."

샤리스가 질문하자 같은 트라이어드 멤버인 녹트가 고개를 끄덕였다.

"Yes. 아이리가 꼭 룩스 씨의 얼굴을 보고 싶다고 하길래, 잠시 협력 중이었습니다."

"이상한 말 하지 마세요! 그, 좀 물어볼 게 있을 뿐이니까요!"

"결국 다들 루크찌를 찾아다녔다는 거야? 오늘은 휴일인데."

"……."

티르파의 한마디에, 표현하기 힘든 침묵이 퍼져나갔다.

리샤, 피르히, 세리스, 아이리, 그리고 트라이어드 삼인조.

학년도 제각각인 소녀들 모두가 룩스를 찾아 한 자리에 모였다.

"뭐, 뭐어 됐어! 지금은 이쪽이 먼저다. 안에 있느냐?! 룩스…… 윽?!"

리샤는 응접실 문을 연 직후에 보인 광경에 놀라 말을 잃었다.

닫힌 커튼 사이로 빛이 새어 들어오는 어스름한 실내.

호사스러운 붉은 융단과 고급스러운 가구로 장식된 방 안쪽에 한 소녀가 서 있었다.

"—어머나? 벌써 들키고 말았네요."

학원 교복을 입고, 허리에는 카타나형 기공각검(소드 디바이스)을 찬 흑발 소녀.

과거 아카디아 제국에서 『제국의 흉인』이라고 불리던 기룡사이자, 현재는 룩스를 주인으로 인정하고 그의 종자가 된 소녀.

바로 얼마 전에 새 편입생으로 학원 소속이 된 키리히메 요루카가 거기에 있었다.

"아닛?! 왜 네가 여기에 있는 거냐?! 설마, 오늘 잡일을 한 사람은—."

"네. 저였답니다."

요루카는 활짝 웃으면서 리샤의 질문에 즉답했다.

그 모습을 본 일동은 당황하는 동시에 그대로 굳어버렸다.

"어떻게 된 일인가요? 어째서 그런 속임수를……."

세리스가 질문하자 요루카는 키득 웃고는 한 장의 편지를 눈앞에 들어 올렸다.

"그것이 제게 주어진 임무였사와요."

"그 편지는— 룩스의?!"

리샤는 빼앗다시피 편지를 낚아채고서 본문을 급하게 읽었다.

동시에 요루카도 편지의 내용을 말하기 시작했다.

"주인님께서는 어젯밤 어떤 용건 때문에 해외로 떠나셨사와요. 원래 예정했던 일자보다 딱 하루— 빨라졌습니다만."

"뭐어어엇?!"

티르파는 자기도 모르게 놀라서 소리쳤다.

서둘러 옆에 있는 아이리를 보았더니, 소녀는 도리도리 고개를 저었다.

"저도 못 들었어요, 그런 이야기는……."

"저는 오늘 해야 하는 잡일을 주인님 대신 수행하며, 최종적으로 이 사실을 여러분께 전달하라는 명령을 받았사와요. 그런고로, 임무는 완료되었답니다."

"자, 잠깐만. 조금 전부터 크루루시퍼의 모습이 보이지 않는데, 설마—."

리샤가 방 안을 두리번거리자 요루카는 평온하게 웃으면서 대답했다.

"네. 바로 어젯밤, 주인님께서는 유미르 교국으로 여행을 떠나셨답니다. 크루루시퍼 씨와 단둘이서."

"……."

그 자리에 있던 요루카를 제외한 모든 소녀가 입을 쩍 벌린 채로 굳어버렸다.

찬물을 끼얹은 듯한 정적이 흐른 후—.

"뭐어어어어어어어엇?!"

이른 아침의 학원 교사에서 소녀들의 비명이 폭발했다.

Episode 1 그리운 땅으로

"정말로, 그걸로 괜찮았던 걸까……."

룩스는 무언가를 떠올리며 쓴웃음을 지은 직후, 차가운 공기에 몸서리를 쳤다.

아직 눈만 내리지 않는다 뿐이지 거리는 온통 고요한 겨울색으로 물들어 있었다.

추위에서 몸을 보호하기 위한 두꺼운 석조 가옥.

그 사이에 몇 개나 보이는 나무판자로 된 교회 건물은 이곳이 신앙으로 지탱되는 토지— 북쪽의 대국 유미르라는 사실을 실감케 했다.

교회 숫자도 신왕국과는 비교할 수 없을 정도로 많았으며, 그보다 더욱 북쪽 방면에는 이 성도(聖都)의 왕성이라고 할 수 있는 대성당이 멀리 보였다.

"앞으로 더 추워질 테니까, 옷깃을 좀 더 단단히 여미는 게 좋을 거야."

옆에 있던 크루루시퍼가 조용히 속삭이면서 룩스의 목에 손을 둘렀다.

장갑 너머로도 느껴지는 소녀의 가느다란 손가락과 미소에 룩스의 가슴이 살짝 요동쳤다.

따뜻하고 가벼운 모피 외투는 전부 크루루시퍼가 준비해준 것이었다.

신왕국에서 이 유미르 교국까지 반일 만에 이동하는 것은 상당히 고된 일이었다.

일반적인 여정이라면 마차나 배를 갈아타면서 십여 일 이상을 들여야 하지만, 룩스와 크루루시퍼는 그것을 무시했다.

적성치가 높은 기룡사라는 점을 최대한 활용한 초고속 비행 여행.

다른 학생들이라면 순식간에 파김치가 될 장거리를, 두 사람은 도중에 몇 차례의 짤막한 휴식만을 하고 날아왔다.

그리고 두 사람은 지금 교국의 수도인 성도에 입성하여 그 거리를 바라보고 있던 참이었다.

"여기까지 오느라 꽤 무리했을 텐데, 피곤하면 어디서 쉬었다 갈래?"

룩스는 자기 옆에서 걷고 있는 소녀의 배려심에 가볍게 고개를 저었다.

크루루시퍼는 원래 아름다운 소녀였지만, 이 성도에서 보니 또 달라보였다.

균형미가 있는 날씬한 체구와 눈처럼 새하얗고 매끄러운 피부.

환상적인 푸른 장발과 얼음 같은 두 눈은, 흡사 인간이 아닌 정령처럼 보이기도 했다.

"괜찮아. 게다가 이번에 나는 크루루시퍼 씨를 도와주러 온

거잖아."

피곤하지 않다면 거짓말이겠지만, 룩스는 여느 때처럼 허세를 부리며 말했다.

이번에 룩스가 그녀를 따라온 이유는 다음과 같았다.

유미르 교국에서 온 유학생인 크루루시퍼의 생가, 에인폴크가(家)에서 급한 용무가 있다는 편지를 보내 그녀를 불러들였다.

크루루시퍼에게는 교국에 있는 제4 유적(루인) 『갱도(홀)』 출신이라는 비밀이 있으니, 십중팔구는 유적(루인)과 관련된 일일 터—.

소중한 친구인 그녀에게 힘을 빌려주기 위해 기꺼이 발 벗고 나서서 따라온 것이었다.

"강한 척 할 것 없다구? 행여나 네가 감기라도 걸리면 본전도 못 찾으니까."

키득, 소리를 내며 웃고서 소녀는 룩스에게 어깨를 기댔다.

"왜, 왜 그래?! 크루루시퍼 씨, 그, 그렇게 달라붙으면 거, 걷기 힘든데……."

"룩스 군이 추워하지 않게 좀 데워줘야겠다 싶어서. 싫어?"

그렇게 장난기 어린 미소를 그리는 소녀의 뺨에는 희미한 홍조가 떠올라 있는 것처럼도 보였다.

달콤한 숨결과 속삭임에 룩스까지 얼굴이 빨개졌다.

"괘, 괜찮다니까. 그보다 다들— 갑자기 내가 사라져서 놀라진 않았을까?"

"지금쯤 큰 소동이 일어났을걸?"

그렇게 대답한 크루루시퍼의 목소리는 어쩐지 즐겁게 느껴졌다.

기본적으로 그녀는 수재라는 이미지가 있지만 의외로 유머 감각이랄까, 장난기도 품고 있었다.

이번 여행을 떠나기에 앞서 룩스는 크루루시퍼의 추천을 따라 사전에 준비를 해두었다.

괜히 이야기를 꺼냈다가 다른 소녀들을 끌어들이고 싶지는 않았다.

룩스를 전속기사로 삼은 리샤는 물론이거니와 『칠용기성』인 룩스의 보좌관을 맡게 된 세리스도 그랬다.

따라서 이번 일은 렐리 학원장을 포함한 극히 일부만 알고 있었고, 들통나기 직전까지는 룩스가 학원에 남아있다고 생각하게끔 전령으로 요루카를 남겼다.

요루카는 기본적으로 룩스가 하는 말만 들으니, 크루루시퍼의 제안을 따라 룩스는 그렇게 명령했지만—.

"하지만 요루카가 제대로 전달해줄까? 역시 학원에서 출발할 때만큼은, 직접 모두에게 인사를 했어야……."

"그건 안 돼. 그 아이는 네가 명령해서 신왕국에 남겨두지 않으면, 무슨 수를 써서라도 따라올 거 아냐? 그러면 내 계획도 수포로 돌아가고 만다구."

"어……? 지금 뭐라고—."

지나가는 투로 계획이라는 말이 들린 것 같은데, 여행 계획을 말하는 걸까?

"그런 것보다, 오랜만에 보는 얼굴이네."

룩스가 물어보려고 한 순간, 크루루시퍼가 시선을 앞으로 돌렸다.

거기에는 검은 예복을 단정하게 차려 입은 점잖은 여성이 있었다.

"기다리고 있었사옵니다, 아가씨. 그리고— 룩스 님, 그간 격조하였습니다."

알테리제 메이클레어.

에인폴크 가문의 집사로 일하는 성실하고 엄격한 여성이다. 예전에는 크루루시퍼의 약혼자로 사대 귀족인 발제리드를 추천하며 대립했지만, 최종적으로는 룩스를 인정하고 크루루시퍼와도 화해했다.

몇 개월 만에 재회한 그녀는 친근하게 웃으면서 환영해주었다.

"너도 잘 지냈어? 편지에는, 올해는 벌써 눈이 내리기 시작했다고 들었는데."

크루루시퍼가 말을 건네자 알테리제는 조용히 미소 지었다.

"예년에 비해 춥기는 합니다만, 괜찮습니다. 저도 이 나라에서 태어났으니까요."

성격은 정반대에 주종 관계이긴 하지만, 룩스는 서로 에인폴크가에 거둬져서 성장한 두 사람에게는 신기한 유대가 있는 것 같다고 생각했다.

"마차를 준비해두었사옵니다. 이쪽으로 오시지요."

가볍게 인사하고서 알테리제는 큰길을 따라 걷기 시작했고, 룩스와 크루루시퍼도 그녀를 따라 움직였다.

'다행이다. 둘 다 예전보다 사이가 좋아 보이네.'

크루루시퍼는 본가인 에인폴크 가문이 어쩐지 불편한 것 같았지만, 알테리제가 같은 편이 되어준다면 믿음직스러웠다.

룩스가 안도하면서 그렇게 생각하고 있는데, 알테리제가 갑자기 걸음걸이를 늦추며 크루루시퍼 옆에 나란히 섰다.

그리고 약간 뒤쪽에서 따라오는 룩스 쪽으로 힐끔 시선을 돌렸다.

"그런데 아가씨. 저기— 그와의 관계는 어떻게 되어가고 계시온지요?"

"어머? 고지식한 너도 슬슬 남녀 관계에 흥미가 생기기 시작했나 보구나?"

"윽…… 노, 놀리지 마십시오?! 저는 그저, 본가에 보고할 의무가 있을 뿐입니다."

크루루시퍼의 대답에 알테리제는 헛기침을 하며 얼굴을 붉혔다.

그러자 푸른 머리카락의 귀족 아가씨는 잠시 망설인 후 대답을 꺼냈다.

"그래. 순조롭게 연인으로서의 관계가 깊어지고 있다 해도 과언은 아닌 상황이야."

"그, 그건 반가운 소식이로군요. 저— 구, 구체적으로 여쭤보아도 괜찮은지요?"

"왕도 축제에서 데이트를 할 때 너도 봤겠지만, 그가 먼저 입맞춤을 해줄 정도의 사이야."

"윽……?!"

"게다가 학원에서는 거의 매일 밤 단둘만의 시간을 보내고 있지."

"그, 그건 역시, 좀, 진도가 너무 나간 것이 아닌지요?!"

"괜찮아. 학생의 본분은 제대로 지키고 있으니까."

당황하는 알테리제를 보며 크루루시퍼는 태연하지만 의미심장한 말투로 대답했다.

하지만 그 내용이 충격적이었는지 여집사는 잠시 입을 벌리며 굳어있었다.

'에인폴크 가문 이야기라도 하는 중인가?'

그런 줄은 꿈에도 모르는 룩스가 앞에서 걸어가는 두 사람을 지켜보고 있으니, 알테리제가 속도를 늦추며 룩스와 보조를 맞추었다.

"저, 저기, 룩스 님. 짐을 들어드리겠습니다."

"고맙습니다."

알테리제의 권유에 룩스는 부드럽게 웃으며 대답했다.

하지만 어째선지 그녀는 앞장서서 걷는 크루루시퍼 곁으로 돌아가지 않고 룩스 옆에 남아있었다.

"저기, 룩스 님. 외람되오나 여쭙고 싶은 것이 있사옵니다. 최근에 아가씨와의 사이는 어떠신지요?"

"네……?"

룩스는 어리둥절해 하면서도 잠시 생각했다.

몇 개월 전에는 알테리제가, 자신과 크루루시퍼를 연인이라고 생각하게 할 필요가 있었다.

이번에는 본가의 명령으로 귀향하게 된 크루루시퍼를 도와주러 온 것이니, 평범하게 사이좋은 친구라고 대답해야 하는 걸까?

"네. 크루루시퍼 씨한테는 항상 신세를 지고 있습니다."

"그, 그렇습니까? 그게, 예전보다 더 친밀해졌다는 말씀을 들었습니다만? 그리고 왕도에서도 사이좋게 지내고 계신 것 같았고요. 학원에서도 매일 밤 두 분이서만 보내고 계신다고……."

"아, 그거 말인가요. 그 이야기대롭니다만—."

룩스는 무슨 말인지 이해하고서 웃는 얼굴로 고개를 끄덕였다.

편입한 탓에 수업 진도를 따라가지 못하는 룩스를 위해 크루루시퍼가 보충 수업을 해주는 건에 관한 이야기였다.

"저, 정말이십니까?! 천하의 아가씨께서 그런 행동을 하고 계신다니, 좀처럼 상상이 되지 않는군요."

"네. 그녀가 먼저 권유할 때도 있지만, 제 쪽에서도 자주 부탁하고 있어요. 크루루시퍼 씨는 가르치는 실력이 무척 뛰어나거든요."

"아, 아가씨 쪽에서 리드하시는 겁니까?!"

"……? 어어, 그렇다고 생각하는데요. 저도 노력해서, 따라가려고 하고 있지만요."

"제, 제 쪽이 네 살이나 연상인데……! 그, 그럴 수가……. 그, 그것은 둘째 치고, 하, 학원 내에서 그렇게까지 하고 계신

단 말씀이십니까?!"

"교실만이 아니라 여자 기숙사나 식당에서도 하고 있어요. 시간이 없을 때는, 안뜰에서도 가끔……."

"야, 야외에서까지 그런 짓을?! 그, 그것은, 아무리 그래도—."

충격을 감추지 못하고 휘청거리며 알테리제는 다시 앞으로 걸어 나갔다.

룩스가 고개를 갸웃거리고 있으니 크루루시퍼가 옆으로 다가왔다.

"크루루시퍼 씨, 알테리제 씨랑 무슨 이야기를 한 거야?"

"우리 두 사람의 사이를, 정확하게 알려줬을 뿐이야."

알테리제가 준비한 마차에 올라타 교국의 중심도시인 성도의 큰길을 나아간다.

작은 창문으로 보이는 바깥 경치를 바라보면서 룩스는 모종의 위화감을 느끼고 있었다.

"왕도에 비교하면 어때? 성도의 거리는."

"어쩐지, 신기한 느낌이 들어. 언뜻 보면 분위기는 조용한데, 거리에 있는 사람들은 왠지 모르게 들뜬 것 같아서—."

신앙의 나라답게 고요하고 엄숙한 것 같으면서도 어딘가 들떠 있는 분위기.

룩스가 자신이 느낀 인상을 말하자 마차 뒤에 앉아있던 알테리제가 대답해주었다.

"과연 혜안이십니다. 유미르 교국 신도들에게 중요한 의식인 『순례제』가 내일부터 시작하거든요."

목적지로 이동하는 도중에 알테리제는 룩스에게 교국의 문화에 대해 설명해주었다.

『순례제』란 매년 유미르 교국에서 열리는 큰 축제의 하나로, 교리적으로도 큰 의미를 지닌 의식이었다.

교국이 신으로 숭배하는 존재를 기리며 사람들이 기도를 올리는 날.

신과 인연이 있는 땅을 돌아보는 순례를 하는 의식이기도 했으나, 실제로 여러 성지로 향하는 것은 교황이나 주교 등의 고위 신관과 호위 병력, 또는 국내의 유력한 귀족 신도뿐이었다.

게다가 유미르 교국의 성지 중 한 곳 근처에는 유적이 존재했다.

따라서 환신수의 출현 빈도가 늘어나고 있는 현재, 순례 행렬에는 많은 호위 병력이 동행할 예정이라고 했다.

"우리는 현재 에인폴크 가문이 아니라 성도의 중앙— 신전으로 가고 있습니다. 원래 교황 예하께서는 계신 곳은 대성당입니다만, 이번에는 알현을 위하여 이곳에 와 계십니다."

"……알겠습니다."

룩스의 손에는 라피 여왕에게 받은 서한이 쥐여있었다.

봉납돼있어서 내용은 읽을 수 없었지만, 렐리 학원장에게 여행 허가를 받을 때, 어째선지 신왕국의 나르프 재상에게까지 이야기가 들어간 모양이었다.

『칠용기성』에 임명된 자로서 동맹국에 인사를 하고 와라— 그런 의도일 것이다.

마차는 이윽고 신전 앞에 도착했다.

성도 내에서도 유달리 눈에 띄는, 장엄한 분위기를 자아내는 새하얀 성.

외관은 과도하게 화려하지 않았지만, 역사적인 권위를 느낄 수 있게끔 디자인 된 건물이었다.

"아가씨. 신전에서의 예법은 기억하고 계시옵니까?"

"이래 봬도 나는 경건한 신도라구? 설령 본가에서 쫓겨났을지언정, 고작 1년 남짓한 시간 만에 잊을 리가 없잖아."

마차에서 내린 알테리제가 질문하자, 경건함이라고는 전혀 느껴지지 않는 비꼬는 웃음을 지으며 크루루시퍼는 대답했다.

알테리제는 그녀의 태도에 쓴웃음을 지으며 꾸러미를 내밀었다.

"필요한 의상입니다. 저는 이곳에서 기다리고 있겠사옵니다."

"그러면 갈까, 룩스 군."

"아, 응."

룩스는 크루루시퍼를 따라서 신전 문을 통과했다.

기둥이나 천장에 그림 문자가 새겨진 내부에서는 교국의 역사와 문화를 느낄 수 있었다.

건물을 잇는 회랑에는 융단이 좁고 길게 깔려 있었고, 램프가 주변을 은은하게 밝히고 있었다.

룩스가 독특한 그 분위기에 잠겨 있는데, 갑자기 크루루시퍼가 걸음을 멈췄다.

"이 길을 따라 쭉 걸어가면 대기소가 나올 거야. 미안한데 잠깐만 거기서 기다려줄래? 웬만하면 아무데나 돌아다니지 말아줘."

"그건 상관없는데, 무슨 일인데?"

"사소한 볼일이 있어. 오랜만에 신전에 들어온 신도는 여러모로 귀찮은 절차를 밟아야 하거든."

미소를 지으며 그렇게 말하고서 크루루시퍼는 옆으로 난 통로로 가버렸다.

말을 걸 새도 없이 그녀의 뒷모습이 멀어져갔다.

"어쨌든 저쪽에서 기다리면 되겠지……?"

복도에 있는 대기소로 보이는 장소의 소파로 가서, 후우 한숨을 내쉬며 앉았다.

유미르 교국에서 신전이란 주로 알현이나 의식을 행하는 장소였고 위병의 숫자도 그리 많지는 않았지만, 기묘한 긴장감이 감돌고 있었다.

'그건 그렇고 괜찮을까, 크루루시퍼 씨.'

에인폴크 가문에서 크루루시퍼를 불러들인 이유는 아직 밝혀지지 않았다.

유적 출신이라는 숨겨진 그녀의 과거.

룩스는 그 사실에 얽매여 살아온 크루루시퍼의 힘이 되어주고 싶었다.

"제대로 크루루시퍼 씨를 도와줘야 해."

그렇게 나지막하게 중얼거린 룩스의 귀에, 불현듯 자박자박 바닥을 걷는 소리가 들렸다.

"거기 있는 오빠, 무슨 고민이라도 있어?"

"어……?"

그 목소리에 룩스가 뒤를 돌아보자 자그마한 사람이 서 있었다.

아직 어리고 작은 신체를 뒤덮은 티 하나 없는 순백색 로브.

머리에 쓴 같은 색 베일 아래로는 사랑스러운 미소가 보였다.

마치 갓 움튼 백장미 같은 가련함을 풍기는 소녀였다.

"아, 응…… 그냥 좀. 너는 신도의 아이니? 신전에 기도하러 온 거야?"

룩스도 미소 지으며 그렇게 대답하자 소녀는 고개를 끄덕였다.

"그렇다구~. 나는 오래전부터 이곳에서 기도를 해왔어. 오빠는 다른 나라 사람이지? 내가 안내해줄까?"

붙임성 좋은 미소를 지으며 어린 소녀는 제안했다.

"아니 하지만, 나는 같이 온 친구를 기다리는 중이라서."

"걱정할 것 없어. 그리 멀리는 안 갈 거고, 금방 돌아올 거니까, 응?"

통통 튀는 듯한 밝은 목소리로 말하며 소녀는 룩스의 교복 소매를 잡아당겼다.

결국 강요를 이기지 못하고 잠시 어울려주기로 했다.

소녀는 룩스의 손을 붙잡고서 종종걸음으로 걸었다.

그리고 크루루시퍼가 조금 전에 들어간 통로에서 약간 옆에 있는 방문을 열었다.

"그럼, 우선 여기로 들어가 볼래?"

"아, 응……."

소녀가 재촉하자 룩스는 지시받은 방에 들어갔다.

서늘한 석조 방은 어두컴컴하고 통로처럼 좁았다.

"……얼레?"

세로로 길쭉한 골방 안에는 램프가 하나 켜져 있을 뿐이라 몇 메르 앞조차 보이지 않았다.

벽에는 선반이 여러 개 줄지어 있었고, 반대쪽에는 격자 같은 작은 창문이 있었다.

방 안쪽은 또 다른 문으로 닫혀 있었고, 그 너머에서 희미한 물소리가 들렸다.

"저기, 여기는—?"

"쉿—. 조용히 해. 그러다 들리겠다."

기묘한 방 구조를 보고 룩스가 고개를 갸웃하자, 어린 소녀는 얼굴 앞에 집게손가락을 세웠다.

그리고 어쩐지 짓궂은 미소를 지으며 룩스의 손에 무언가를 쥐여주었다.

"……어라, 이건 뭐야?"

어딘가 뜨뜻미지근한, 그러면서 매끄러운 천의 촉감에 당황하자 어린 수녀는 격자 창문을 가리켰다.

그곳을 보아라, 라고 지시하는 것이리라.

그러나 그 격자에 얼굴을 가져다 댄 룩스는 믿기 힘든 광경을 목격하고 말았다.

"……흡?!"

무심코 자신의 눈을 의심했다.

목욕을 하는 크루루시퍼의 나신이, 등불에 비쳐 떠올라 있었다.

수심에 젖은 얼음 같은 눈동자. 광택을 발하는 매끄러운 살갗에는 속이 비쳐 보이는 순백색 얇은 천이 달라붙어 있다.

몸에 걸친 것은 고작 그것 뿐. 그 밑은 알몸이었다.

물이 뚝뚝 떨어지는 아름다운 파란 머리카락도, 탄탄한 몸매도 고스란히 드러나 있었다. 그렇게 언뜻 군더더기 없어 보이는 신체임에도, 소녀의 가슴에서는 좀 작긴 하지만 생생한 볼륨감을 약간이나마 파악할 수 있었다.

그 아름답고도 관능적인 광경에 룩스의 심장이 과격하게 요동쳤다.

'헉?! 어, 어째서—?!'

한 박자 늦게 정신이 번쩍 들었다.

경건한 신도는 신전에 들어설 때 입구에서 몸을 정갈히 하여 속세의 더러움을 씻어낸다고 한다.

조금 전 알테리제가 건네준 꾸러미에는 목욕재계 때 입을 옷이 들어있었던 것이리라.

그러나 거기까지 도달했음에도 불구하고 룩스의 머리는 여전히 혼란에 빠져 있었다.

"—후우."

격자 창문 너머에서 갑자기 농염한 목소리가 들렸다.

'큰일났다! 이러면 내가 꼭 크루루시퍼 씨를 훔쳐보는—.'

정신을 수습하고 반사적으로 눈을 돌리려고 한 순간 벽 너머에서 소녀가 몸을 움직였다.

"—누구야?!"

크루루시퍼의 긴박한 목소리를 듣고 룩스가 흠칫 떨었다.

쏘는 듯한 그녀의 시선이 격자 창문 너머로 날아와 꽂혔다.

"룩스, 군……?"

"오, 오해야, 크루루시퍼 씨?! 이, 이건 딱히 훔쳐보는 게 아니라, 그러니까, 어쩌다가 여기로 끌려왔을 뿐—."

난처한 표정의 크루루시퍼에게, 룩스는 크게 당황해서 변명했다.

양손으로 가슴을 가린 그녀는 수치심으로 볼을 빨갛게 물들인 채 원한 서린 도끼눈으로 룩스를 째려보았다.

"룩스 군은 입학한 이후로 치한 행위나 속옷 도둑질에서 손을 뗀 줄 알았더니, 아무래도 내 착각이었던 모양이구나."

"둘 다 오해거든?! 진짜로 그, 견학하다가 이곳으로 안내받았을 뿐이지 딱히 양심에 찔릴 만한 짓은— 잠깐, 걔는 또 어디 갔어?!"

퍼뜩 알아차린 룩스가 주위를 둘러보니, 자신을 이곳으로 데려온 수녀가 보이지 않았다.

냉담한 눈초리로 그 모습을 지켜보던 크루루시퍼는 하아, 질린 것처럼 한숨을 내쉬었다.

"그래? 나도 웬만하면 룩스 군을 믿어주고 싶은데, 안타깝게도 설득력이 전혀 없는걸……. 일단 손에 쥐고 있는 물건이나 좀 놓아줄래?"

그 말을 듣고서 룩스가 고개를 밑으로 숙이자, 자신의 손이 시야에 들어왔다.

어둠에 익숙해진 눈에 보인 것은, 연녹색 속옷을 꽉 움켜쥔 손이었다.

"……잠깐, 설마 이건 크루루시퍼 씨의—?!"

혈류가 단숨에 빨라지고 심장이 터질 것처럼 쿵쾅거렸다.

"미, 미안해?! 그, 그럼 이만—?!"

룩스는 비명처럼 외치면서 속옷을 놓고 방에서 나왔다.

지금 생각해보니 자기가 들어간 곳은 목욕재계실에 딸린 탈의실이었던 모양이다. 그것도 여성용의—.

"허억, 허억…… 대체 왜?! 왜 이런 일이……!"

신전 안은 쌀쌀하건만 땀이 흥건하게 샘솟았다.

대기소가 있는 통로로 돌아간 룩스가 소파에 앉아 혼란에 잠겨 있는데—.

"천국은 잘 봤어? 바로 지옥이 기다리고 있었겠지만."

"……윽?! 너는—?!"

조금 전의 수녀가 눈앞에 불쑥 나타났다.

어리고 가련한 소녀는 아까까지 보여주었던 태도를 버리고 요사한 미소를 짓고 있었다.

그러나 룩스가 놀란 이유는 그것만이 아니었다.

소녀의 얼굴과 인상이 기억에 남아있었다.

하지만 그것을 떠올리는 것보다 빠르게 그녀 자신이 정체를 밝혔다.

로브와 베일을 벗어 던지자 시크한 검은 드레스가 드러났다.

웨이브 진 백금색 머리카락과 흔들리지 않는 자신감이 깃든 강한 미소.

반하임 공국에서 만난 『칠용기성』의 일원— 『정벌자』 메르기잘트.

"어째서, 네가 여기에—?!"

룩스가 엉겁결에 물어보자 메르는 순진하게 웃었다.

"어라, 나는 유미르 교국의 『칠용기성』인걸? 고향의 신전에 드나든다고 해서 이상할 건 없잖아?"

조금 전까지의 천진난만한 소녀의 모습이 아니라 어딘가 요염했고, 고혹적인 분위기마저 감돌았다.

그래서 룩스의 의문은 눈 녹듯 풀렸다.

조금 전 일은 이 소녀의 감쪽같은 속임수였던 것이다.

"신왕국의 『검은 영웅』도 의외로 대단치 않은걸. 아니면 어린애한테는 무른 걸까? 이런 고전적인 수법에 홀랑 걸려들 줄이야."

"뭐, 뭐하러 이런 짓을—."

키득, 미소를 짓는 메르의 모습에 룩스가 당황하자, 소녀는 까치발을 하며 그의 얼굴을 빤히 보았다.

"있잖아, 당신과 크루루시퍼는 진도가 어디까지 나간 사이야?"

소녀는 다짜고짜 그런 것을 물어보았다.

“어, 어느 정도냐고 물어봐도, 그게…….”

룩스는 어물거리면서 속으로 자문자답했다.

무척 소중한 친구.

연인 역할을 해달라는 그녀의 의뢰를 계기로 친해졌고, 그 뒤로도 좋은 관계를 쌓아가고 있었다.

그런 룩스의 심중을 들여다보기라도 한 것처럼 메르는 얼굴을 더욱 가까이 내밀었다.

“흐응. 아직 제대로 사귀는 사이는 아닌가 보구나. 당신 쪽도 아예 마음이 없어보이진 않지만.”

“사, 사귄다니, 나랑 크루루시퍼 씨는 딱히 그런—.”

그 지적에 룩스가 화들짝 놀라며 얼굴을 붉힌 순간.

“그러면 두 사람이 화해할 수 있게 도와줄까?”

메르는 갑자기 다시 어린아이다운 웃음을 보이면서 말했다.

“크루루시퍼가 돌아오면 당신이 저지른 짓을 변호해줄게. 그건 고의가 아니라 불행한 우연이었다고.”

“그건, 고맙지만…… 그보다, 그건 애초에 네가 판 함정이잖아?!”

“다만 한 가지 조건이 있어. 크루루시퍼의 약점을, 뭐라도 좋으니까 가르쳐주지 않을래?”

“……뭐?”

예상치 못한 메르의 한마디에 룩스는 무심코 고개를 갸웃했다.

“그게, 무슨 말—.”

"별로 깊은 뜻은 없어. 그래서 어떻게 할 거야?"

소악마 같은 소녀의 유혹.

그러나 룩스는 잠시 망설인 후 대답을 결정했다.

"애초에 모르지만, 알아도 알려줄 수는 없어. 크루루시퍼 씨 몰래, 그런 짓은……."

룩스가 딱 잘라 거절하자 메르는 전혀 동요하지 않고 코웃음 쳤다.

"그렇게 나올 줄 알았어. 하지만 당신의 변명으로 과연 개를 설득할 수 있을까?"

"딱히 네 탓으로만 돌릴 생각은 없어. 반은 내 잘못이라는 건 알고 있으니까."

그녀에게 속았을 뿐만 아니라 부주의하게 돌아다니기까지 한 자신의 행동에 대해서는 반성하고 있었다.

그 부분은 진지하게 사과할 수밖에 없었다.

"그러니까 그, 약점에 관해서는 가르쳐줄 수 없지만…… 딱 하나만 알려줄래? 너는, 크루루시퍼 씨와 어떤 관계야?"

에인폴크 가문은 유미르 교국의 명망 높은 대귀족이다.

그리고 메르의 기잘트 가문 역시 마찬가지일 거라고는 예측할 수 있었다.

그러나 룩스의 눈에는 그녀가 단순히 경쟁관계에 있는 귀족인 것 같지만은 않았다.

"헤에."

룩스의 반응을 본 메르는 약간 의외라는 듯 눈을 동그랗게 떴다.

“나를 안 팔아넘길 거야? 게다가 한낱 소극적이기만 한 평화주의자인 것도 아닌 모양이네. 저 여자의 비밀은 숨긴 채, 내 속을 떠보려고 하다니.”

이야기를 나누면 나눌수록 이 메르라는 소녀가 얼마나 신중한지 알 수 있었다.

어린 외모에 속으면 아픈 꼴을 볼 것 같았다.

“딱히 거래를 하자는 건—.”

“어느 쪽이든 상관없어, 훈남. 당신의 재미있는 점을 봐서 가르쳐주고 싶긴 하지만, 그건 나중에 크루루시퍼한테 물어보라구. 설명은 하는 것도 듣는 것도 질색이거든.”

의미심장한 미소를 떠올리면서 메르는 룩스의 등 뒤로 시선을 보냈다.

룩스가 뒤를 돌아보니 어딘가 복잡해 보이는 표정을 지은 크루루시퍼가 서 있었다.

“그럼 또 봐~ 룩스 오빠!”

때 묻지 않은 미소와 함께 메르는 그 자리를 떠났다.

남은 것은 껄끄러운 분위기의 룩스와 크루루시퍼 뿐이었다.

“…….”

몇 초의 침묵.

“크, 크루루시퍼 씨?! 저기, 조금 전에는, 그러니까—.”

룩스가 어떻게 사과해야 할지 고민하고 있으니, 크루루시퍼는 평소처럼 쿨한 표정으로 머리카락을 쓸어올렸다.

"그 문제는 나중에 이야기 하고, 얼른 가자구. 교황 예하께서 기다리고 계실 거야."

냉정하게 말하고서 신전 바닥을 걸었다.

룩스도 잠시 망설인 후, 그 뒤를 천천히 따라갔다.

†

"에인폴크 가문의 크루루시퍼, 그리고 귀공이 소문의 『칠용기성』 룩스 아카디아인가. 이 나라에 잘 와주었네. 먼 길을 오느라 고생이 많았겠어."

천사의 조각상이 장식돼 있고, 스테인드글라스가 반짝이는 알현실.

신전 기사단이라고 불리는 기룡사 호위와 세 명의 주교가 곁에 서 있는 가운데, 룩스는 라피 여왕에게서 받은 서한을 건네주며 니아스 교황에게 인사했다.

'이 분이, 유미르 교국의 교황 예하……?'

소문으로 들어보기는 했지만, 룩스는 내심 놀라움을 금할 수 없었다.

"어려워할 것 없다네. 신께서는 모든 백성에게 평등한 관용을 베푸시니. 편하게 계시게나."

그처럼 어른스러운 말투로 말하고 있는 인물은, 아직 어린 소년이었다.

예식용 로브를 걸친 차림이었지만, 어린이용을 입고 있음에도 불구하고 전체적으로 꽤 무거워 보였다.

물론 룩스는 상대가 어리다고 해서 가볍게 볼 생각은 없었다.

다만 자신이 살짝 당황한 사실을 헤아렸는지 니아스 교황은 미소 지었다.

"짐의 소문은 들어보았는가? 뭐, 보다시피 선대 교황께 자리를 물려받은 지 얼마 안 된 참이라 말일세. 복잡한 이야기를 하기에는 아직 부족하다네. 그런 고로 오르펠이여, 뒤는 맡기겠네."

"알겠습니다."

공손하게 예를 표하고서 앞으로 나온 사람은, 뒤쪽에 물러나있던 측근 주교 중 한 명이었다.

이지적인 인상의 아리따운 묘령의 여성.

크루루시퍼도 예전에 신세를 진 모양이었고, 메르와도 사이가 좋은 인격자라고 들었다.

"그러면 내일부터 시작되는 『순례제』와 이번에 이곳에 이곳으로 부른 이유에 대해서 간단하게 이야기를 해드리겠습니다."

그렇게 서두를 열고서 오르펠 주교는 이번 일의 경위를 설명하기 시작했다.

먼저 순례는 신도의 위계에 따라서 돌아보는 코스가 다르며, 그중에서도 최고위인 교황이 향하는 루트는 가장 위험하다고 한다.

제4 유적 『갱도』 바로 옆을 통과하는 것이 원인이었다.

평소에도 유적에서는 환신수가 출현하지만, 최근에는 그 숫자와 수준까지 점점 늘어나고 있었다.

따라서 지금까지는 신전 기사단의 정예 기룡사가 대규모로 호위에 참가했다.

그러나 『용비적』이라고 불리는 전쟁광이 암약하는 최근의 사정을 생각하면, 오직 『순례』만을 위해서 국방을 등한시 할 수는 없었다.

그래서 그 위협에 대항할 수 있는 전력을 남기면서, 교황의 순례도 순조롭게 끝내기 위해서는 뛰어난 기룡사를 증원하는 것이 필수라고 생각했다.

"그렇다는 이야기는—."

그렇게 중얼거린 크루루시퍼를 보며 니아스 교황은 바로 고개를 끄덕였다.

"음. 이번 일정에서 짐의 순례에 동행하는 것은 신전 기사단의 정예와 『칠용기성』 메르 기잘트. 그리고 크루루시퍼, 귀공이라네."

유적 근처를 통과하는 위험한 루트도, 신장기룡 사용자 두 사람을 포함한 부대라면 문제없이 대처할 수 있다.

"—여기까지가 처음에 세운 계획이었습니다만, 추가로 의뢰를 하려고 합니다. 『칠용기성』 룩스 아카디아, 귀공도 교황 예하의 순례에 동행해주시지 않겠습니까?"

그리고 교황의 뒤를 이어서 오르펠이 꺼낸 한마디에 룩스는 순간적으로 굳었다.

예상 밖, 이라고 하면 예상 밖의 이야기였다.

이번에 룩스는 그저 크루루시퍼의 부탁으로 동행했을 뿐이었다.

그러나 『칠용기성』은 원래 환신수나 『용비적』의 위협을 협력해서 대처하기 위하여 만들어진 제도.

교국 측으로서도 조력 요청을 망설일 이유가 없었다.

"물론 보수는 교국에서 신왕국을 통해 지불할 생각입니다. 게다가 이 순례에서 호위 임무를 맡았다는 사실만으로도 기룡사로서의 평가가 올라갈 것입니다. 어떻습니까?"

기룡사(드래곤 나이트)의 세계 등급(월드 랭크) 순위를 올려서 『칠용기성』 내에서의 발언력을 강화하는 것도 룩스의 목적 중 하나였다.

그렇다면 거절할 이유는 없었다.

"알겠습니다. 저도 순례에 동행하도록 하겠습니다."

"오오! 역시 동맹국의 대표로다. 일정의 세부적인 내용은 오르펠을 통해 듣도록 하시게. 그러면, 내일부터 잘 부탁하겠네."

기쁨을 드러내며 니아스 교황이 한 말을 끝으로 그 자리는 정리되었다.

참고로 니아스 교황 다음으로 위계가 높은 대주교는 병으로 누워있는 탓에 공식석상에는 나올 수 없는 몸인 듯했다.

그 뒤로는 별실로 자리를 옮겨 오르펠 주교에게서 구체적인 내용을 듣고 그날은 신전을 뒤로 했다.

해가 저물기 시작한 탓일까. 조금 전보다 더욱 쌀쌀해진 공기에 룩스가 가볍게 몸을 떨자—.

"이 나라에서 괜히 오기 부리다간, 금방 동태가 돼버릴걸?"

옆에 있던 크루루시퍼가 다짜고짜 룩스의 머리에 케이프를 푹 씌워주었다.

모피로 만든 이 포근한 방한용품은 이런 상황을 예측하고 크루루시퍼가 미리 준비해온 모양이었다.

룩스는 그녀의 배려에 고마움을 느끼며 조금 전에 있었던 엿보기 사건을 떠올렸다.

"아, 크루루시퍼 씨. 저기, 아까 그 일은—."

"더 사과할 필요는 없어. 아까는 딱히 화나서 그런 게 아니라, 그냥 부끄러웠을 뿐이니까……."

그렇게 대답하고 보일 듯 말 듯 뺨을 물들인 크루루시퍼는 룩스를 앞질러 나아갔다.

신전 앞에는 마차와 알테리제가 기다리고 있었다.

"그리고 룩스 군이랑 메르의 대화도 몰래 들었거든."

"아, 그, 그랬구나."

아직 좀 언짢아 보이긴 해도 용서해준 것이라고 생각하며 룩스는 한시름을 놓았다.

한편 크루루시퍼는 아직 붉게 달아오른 얼굴을 룩스 쪽으로 돌리지 못하고 있었다.

"그보다는, 내가 무방비하게 있던 순간을 보이고 말았다는 게 더 창피해……."

그렇게 나지막하게, 소녀는 옆에 있는 룩스에게도 들리지 않을만큼 작은 목소리로 중얼거렸다.

긴 여행— 이라고 할 정도까지는 아니지만, 거의 온종일 입고 다녔던 속옷을 그는 손에 쥐었고 봐버렸다.

그렇게 더럽진 않을 거라고 생각했지만 그래도 화난 척 할 수밖에 없었다.

"예전보다, 부끄러운 모습을 보이고 싶지 않다고 생각하게 된 걸까……."

불쑥 작은 소리로 중얼거리며 크루루시퍼는 마차에 올랐다.

내일부터의 일정은 결정되었지만, 다른 하나의 시련이 이 뒤에 기다리고 있었다.

약 1년 반 만에 본가— 에인폴크 가문으로의 귀성.

어렴풋한 긴장을 띤 숨결이, 하얗게 변하여 허공으로 사라졌다.

†

"그래서, 결국 학원장까지 일언반구도 하지 않았다는 건가? 이런 중대한 사안을—."

같은 시각, 초저녁.

신왕국의 성채 도시, 왕립 사관 학원의 학원장실에는 몇 명의 소녀들이 밀어닥쳤다.

휴일인 개교기념일이었으니 원래는 렐리도 쉬어야 했지만, 오늘에 한해서는 학원장실에 남아 책상 앞에서 쓴웃음을 머금고 있었다.

"룩스 군이 사라져서 충격을 받았다는 것은 알겠지만, 딱히 저한테도 악의가 있었던 것은 아니에요."

그녀 앞에 있는 사람은 불만스러운 얼굴의 리샤만이 아니었다.

세리스티아와 피르히, 아이리에 추가로 트라이어드 멤버까지, 거의『기사단』의 주요 멤버 전원이 무슨 영문인지 한 자리에 집합했다.

룩스가 아무런 예고도 없이 유미르 교국으로 여행을 떠난 사건.

요루카를 통해 전언을 듣기는 했지만 그것만으로는 납득할 수 없어서, 사정을 알고 있을 렐리가 있는 곳까지 쳐들어온 것이다.

그렇게 렐리의 입을 통해 들은 것은, 룩스와 크루루시퍼는 애초에 어제가 아니라 오늘 밤에 신왕국에서 출발할 예정이었다는 이야기였다.

원래는 여행을 떠나기 전에 모두에게 이야기를 할 생각이었던 것 같지만—.

"하아, 요컨대 크루루시퍼 씨의 꾀에 넘어가 버렸다는 거네요."

체념 섞인 한숨을 내쉬면서 아이리가 중얼거렸다.

"이제 와서 생각해보니, 그 가능성이 가장 농후하군요."

거기에 맞장구를 치며 렐리는 계속해서 설명했다.

귀국을 명령받은 크루루시퍼를 룩스가 따라가면 자연히 리샤 일행까지 따라가려고 할 테니, 성채 도시의 방위전력이 대폭 감소할 가능성이 있다.

따라서 아슬아슬한 순간까지 알리지 않고 출발하고 싶다. —그것이 처음에 크루루시퍼가 내세운 명분이었다.

그러나 그 출발 예정일 전날이 되어서야 하루의 착오가 있었다는 사실을 깨닫고, 모두에게 인사를 할 겨를도 없이 급하게 여행길에 올랐다. 그리고 급한 대로 요루카에게 전언을 맡겼다. —이것이 이번 사건의 경위였다.

"일 처리가 아주 계획적이잖아? 크루루시퍼 아가씨도 수완이 제법이로군."

"뭐~ 그녀답다면 그녀답긴 하지만."

샤리스가 미소 지으며 꺼낸 소감에 티르파가 대답했고, 끝으로 녹트가 말없이 고개를 끄덕였다.

"—그리고 마무리는 이 여자가 지었다 이거지."

그리고 리샤가 방구석을 노려보자, 그곳으로 일동의 시선이 모였다.

웬일로 학원 교복을 입고 있는 소녀— 키리히메 요루카가 서 있었다.

"저는 그저 주인님의 명령을 따랐을 뿐이랍니다."

한없이 밝은 미소를 떠올리며 그 시선을 가볍게 받아넘겼다.

그러나 리샤는 그녀 쪽으로 성큼성큼 걸어가 앞에 서서 팔짱을 끼었다.

"……전부터 한 번 물어보고 싶었다만, 너는 룩스를 어떻게 생각하고 있지?"

"면목 없습니다만, 저는 귀찮은 것은 생각하지 않는 주의여요."

그 질문 앞에서도 요루카의 태도는 변하지 않았다.

"주인님을 위하여 살고, 도구로써 죽는 것이 제 숙원이랍니다. 전언 임무는 이미 완수했으니, 말씀하신 대로 얌전히 지낼 생각이어요."

"—마음에 안 드는군. 종자라는 것이 어처구니가 없어."

그녀의 대답을 들은 리샤는 불만스럽게 입을 삐죽 내밀고서 집게손가락을 세웠다.

"그렇게 지시만 듣는 삶에 만족한다고 했다만, 뒤집어서 보자면 룩스 본인에게는 아무 흥미도 없다는 이야기렷다? 그러니까 크루루시퍼의 꾀에 넘어간 거다. 기룡사로서는 그런대로 강한 편이다만, 정작 알맹이는 텅 비었구나."

"곤란하군요. 저는 그런 감정적인 이야기에 대답할 말은 지니고 있지 않사와요."

"뭐~ 요약하자면, 리샤 님은 요루카찌에게『너도 룩스를 좋아하면서, 크루루시퍼에게 속고 분하지도 않냐?』라고 말씀하시는 거야. 나쁜 뜻으로 하신 말씀은 아니니까 신경 쓰지 마."

"뭣이?! 머, 멋대로 이상하게 의역하지 마라?! 그, 그보다 말이다, 룩스가 있는 곳을 알았으니 나는 지금 당장이라도 유미르 교국에—"

"유감스럽지만, 그럴 수는 없습니다. 여러분에게는 미안하다고 생각해요."

렐리가 쓴웃음을 지으며 말하자, 리샤는 등허리를 꼿꼿이 세우고 가슴을 쫙 펼쳤다.

"룩스는 내 전속 기사란 말이다?! 동행할 이유로는 충분하지 않은가?!"

"아뇨, 그것은 저도 허가할 수 없습니다. 왕녀인 당신이 모국을 떠나려면, 그에 걸맞은 이유가 있는 게 아닌 이상 지양해야 한다고 생각합니다."

리샤에게 충고하는 것처럼 세리스도 끼어들었다.

"허나—."

"그러므로 『칠용기성』의 보좌관인 제가 그의 동향을 보러 가야한다고 판단합니다."

"—아니, 잠깐만?! 네가 가려는 거냐?!"

"적어도 제 역할을 생각하면 적합하다고 봅니다만?"

"……하아, 이렇게 될 것 같더라니."

실소를 터뜨린 렐리는 턱을 괴고 그 광경을 지켜보았다.

한 사람이라도 룩스에게 가려고 하면, 다른 소녀들도 손을 들며 나서는 것은 당연한 수순이다.

지금 상황을 보면, 출발하기 전에 말썽이 일어나지 않게 처신한 크루루시퍼의 판단은 실로 정확했을지도 모른다.

'……하지만, 젊은 애들은 역시 좋구나.'

자신의 욕구에 순수하달까, 서로 솔직한 감정을 부딪치는 모습을 렐리는 흐뭇하게 바라보았다.

그러나 자신은 지금 어른. 학원장이라는 자리에 있다.

본디 억압하는 것은 렐리의 주의에 어긋나는 짓이었지만,

이 경우엔 책임을 다해야만 했다.

"다들 그만하세요. 이 문제로 그들을 쫓아가는 것은 금지하겠습니다. 불만스럽기는 하겠지만, 비난의 화살은 제게로 돌리세요. 그러니까—."

그렇게 렐리가 의연한 말투로 상황을 정리하려고 했을 때—.

"나도, 몰랐어."

그 옆에서, 진지한 표정의 피르히가 불쑥 중얼거렸다.

"어, 저기, 피이……?"

세상에서 가장 사랑하는 동생의 말에, 렐리는 조심스럽게 반응했다.

"나도 언니한테 그런 얘기 못 들었어. 오늘은 루우랑 같이, 새로 찾은 크레이프 가게에 가기로 약속, 했는데."

담담한 표정과 말투 속에서 뚜렷한 불만이 느껴졌다.

원래 감정표현이 서투른 피르히치고는 노골적인 태도에 렐리도 당황했다.

"네, 네 말도 일리는 있지만, 이, 이번만큼은 참아주면 안 되겠니?"

어떻게든 웃는 얼굴로 달래려고 했지만, 피르히는 매몰차게 외면해버렸다.

"엑……?!"

그대로 굳어버린 렐리에게는 눈길도 주지 않고, 피르히는 정색한 채 미동도 하지 않았다.

기묘한 침묵이 몇 초 흐른 후, 피르히는 이윽고 한마디를

툭 내뱉었다.

"……언니, 미워."

"헉……?!"

그 말을 들은 순간, 언제나 태연한 렐리의 얼굴이 파랗게 질렸다.

렐리는 허겁지겁 피르히 앞으로 다가가 떨리는 목소리로 말을 건넸다.

"이, 있잖니. 이, 이건 어쩔 수 없어. 나도 예상하지 못한 일이었고, 이제 와서 룩스 군을 쫓아가는 건, 아무리 그래도 무리—."

"……."

그러나 피르히는 역시 정색한 표정을 풀지 않고, 또다시 매몰차게 고개를 돌렸다.

그 반응을 본 렐리는 석화한 것처럼 경직되었고, 결국 몇 초 뒤에 뜻을 굽히고 말았다.

"아, 알았어! 어, 어떻게든 교섭은 시도해볼게! 모두를 한꺼번에 보내는 건 무리더라도, 최소한 피이만큼은 유미르 교국에 보낼 수 있게! 그러니까 언니를 미워하지 말아줘!"

그렇게 말하고 렐리는 책상으로 돌아가 부리나케 문서를 작성하기 시작했다.

"비난의 화살을 받겠다고 하신 건, 대체 뭐였던 걸까요……?"

"그보다 저 마이페이스 아가씨, 사실은 계산하고 행동한 거 아닌가……?"

세리스가 아연한 말투로 중얼거리자, 리샤도 복잡한 표정으로 대꾸했다.

그러나 국방에 관련된 문제를 생각하면, 이 상황을 간단히 뒤집을 수 있을 것 같지는 않았다.

"어떻게든 나도 가야 할 이유를 생각해야 하겠군. 이봐, 음란녀. 그밖에 더 알고 있는 것은 없냐?"

리샤가 요루카에게 질문을 던지는 사이에, 아이리와 트라이어드는 그 수라장을 바라보고 있었다.

"……그런데 이건 어디까지나 가정이지만, 만약 유미르에 갈 수 있게 된다면 우리도 따라갈 수 있으려나아. 왜 그런 거 있잖아, 덤으로 딸려가는 들러리 같은 거!"

"No. 확실히 무리라고 여겨집니다. 그보다 조금은 속내를 숨기도록 하죠."

"아쉽지만 포기할 수밖에 없어. 뭐, 나도 그, 가고 싶지 않다고 하면 거짓말일 테지만."

티르파가 농담조로 말하자, 녹트와 샤리스가 즉시 훈계했다.

소녀들의 수다로 떠들썩한 학원장실 내에서 아이리가 도끼눈을 뜨며 한숨을 내쉬었다.

"다들, 정말로 곤란한 분들이시네요……."

다들 나름대로 귀족으로서의 체통이 있고 기룡사로서는 굴지의 실력자건만, 룩스와 관련된 일이라면 애들처럼 변한다.

'뭐, 제가 이런 말을 해봐야 설득력이 없지만요.'

적성치는 둘째 치고 자신에게 장갑기룡을 조종할 실력이 없다는 것은 어떤 의미로는 다행일지도 모른다.

평정을 가장하고 있지만 사실은 그 누구보다도— 자신의 오빠, 룩스가 보고 싶었으니까.

'저도, 곤란한 동생이네요…….'

마음속으로 중얼거리면서 아이리는 다시 눈앞의 소동을 바라보았다.

사태는 신왕국에서도 천천히 움직이기 시작했다.

†

한편, 해가 저물기 시작한 유미르 교국의 성도.

룩스는 크루루시퍼와 함께 숙소에 들러 에인폴크 가문을 방문할 준비를 하고 있었다.

백작가의 딸인 크루루시퍼의 본가는 다른 영지에 있지만, 이번처럼 의식이 가까운 날에는 성도 내에 있는 별장으로 가족들이 이동한다고 했다.

그곳을 방문하기 전의 채비로, 우선 복장을 갖추기로 했다.

리샤나 피르히를 비롯해 평소에는 학원 소녀들과 친하게 지내다 보니 깜빡하기 십상이지만, 기본적으로 귀족의 예법은 귀찮은 것이다.

"……됐다, 이런 느낌이면 괜찮을까?"

학원 교복에서 검은 예복으로 갈아입은 룩스는 거울을 보며 중얼거렸다.

이 옷도 크루루시퍼가 준비해준 것이었는데, 무척 비싸 보였기 때문에 가격은 묻지 않기로 했다.

이런 정장을 입으면 구제국 황족으로 지내던 시절이 떠올라 룩스로서는 약간 껄끄러운 기분도 들었지만—.

"나한테도 좀 보여줄래? 서로 확인해보자."

"우왓?!"

갑자기 들려온 목소리에 룩스는 당황하며 옆을 보았다.

거기에는 어깨가 살짝 노출된 단아한 드레스 차림의 크루루시퍼가 있었다.

매끄럽고 고급스러운 검은색 천은 소녀의 하얀 피부를 돋보이게 하였고, 작은 은세공이 과하지 않을 정도의 포인트를 더해주었다.

꾸밈새는 크게 화려하지는 않았지만, 그녀가 지닌 현명함의 매력은 조금도 쇠하지 않았다.

어딜 어떻게 보아도 완벽한 백작 영애의 모습이었다.

"집에는 오랜만에 돌아가는 거니까, 잘 차려입었는지 불안해."

그렇게 말하며 시원스럽게 머리카락을 쓸어올리는 크루루시퍼를 보고 무심코 정신을 놓고 말았다.

그녀가 소감을 요구하는 것임을 깨닫고서 룩스는 허둥지둥 입을 열었다.

"무척 잘 어울려, 크루루시퍼 씨."

"그래? 고마워. 하지만 네 쪽은 아직 좀 부족한걸."

그리고 크루루시퍼는 어색하게 웃는 룩스에게로 다가가 살짝 얼굴을 가져다 댔다.

어딘가 요염한 그녀의 미소가 코앞으로 다가오자 룩스는 당황했다.

"잠깐, 크, 크루루시퍼 씨?!"

조금만 더 다가오면 입술이 닿아버릴— 아니면 가슴이 닿아버릴 것만 같은 거리.

머리카락에서 풍기는 좋은 향기를 의식한 순간, 소녀의 가냘픈 손가락이 룩스의 가슴을 건드렸다.

"으앗……?!"

"자, 얌전히 있어봐. 옷깃이 좀 비뚤어졌으니까."

한마디 속삭임만으로 크루루시퍼는 룩스의 움직임을 빼앗았다.

가슴 부근의 셔츠를 손가락으로 살짝 잡은 다음 가볍게 형태를 정돈했다.

"자, 다 됐어. 이것으로 너도, 무척 멋진 왕자님이 되었네."

"고, 고마워……."

약간 과장이 심하다고는 생각했지만, 그녀에게 칭찬받으면 나쁜 기분은 들지 않고 얼굴이 달아오르고 만다.

'그보다 이거, 입장이 뒤바뀐 거 아냐……?'

두 사람만 있으면 크루루시퍼에게 휘둘리고 마는 것은 여전했다.

하지만 그 덕분인지 어쩐지 두 사람 모두 긴장감이 풀린 것 같기도 했다.

그렇게 생각하고 있는데 크루루시퍼가 갑자기 뒤를 돌아보았다.

"어머, 몰래 엿보다니 취미가 고약하구나, 알테리제."

"아, 아니요?! 저는 상황을 확인하러 왔을 뿐이옵니다만!"

크루루시퍼가 놀리자 복도에서 두 사람을 보고 있던 여집사는 당황한 모습으로 대답했다.

"이, 이제 곧 출발해야 할 시간입니다. 너무 늦어지면 저녁 식사 시간이 되어버리는지라."

그리고 뺨에 약한 홍조를 띄운 채 두 사람에게서 눈을 돌렸다.

성실한 집사라는 이미지의 그녀는 아무래도 연애 쪽은 젬병인 모양이었다.

"그렇게 부러우면 너도 연인을 만들어 보는 게 어떠니?"

"어, 어차피 저는, 언젠가 맞선으로 결혼할 예정이니, 그거면 충분합니다."

빨개진 얼굴로 그렇게 대답하고서 알테리제는 숙소를 나가 마차로 향했다.

방에는 룩스와 크루루시퍼 두 사람만이 남았다.

"그러고 보니 크루루시퍼 씨. 본가에서는 우리가 어떤 사이로 알고 있어?"

문득 『연인』이라는 말을 들었을 때 알테리제가 보인 반응이 마음에 걸려서 룩스는 물어보고 말았다.

몇 개월 전. 크루루시퍼는 원하지 않는 약혼을 취소시키기 위해 룩스에게 연인 역할을 해달라고 의뢰했다.

그것 자체는 잘 풀려서 사대 귀족 발제리드와의 약혼은 파기되었지만, 그 과정에서 알테리제는 크루루시퍼와 룩스가 약혼을 했다고 오해했을 터이다.

결국 그 건에 대해서는 지금까지 흐지부지하게 넘겨왔으나—.

“…….”

크루루시퍼로서는 드물게도, 진지한 표정으로 몇 초간 골똘히 생각한 후—.

“그런 사소한 문제를 신경 써본들 어쩌겠니. 자, 출발하자.”

“기다려봐?! 제법 중요한 문제거든?! 대체 우리의 관계는 어떻게 알려져 있는 거야?!”

“룩스 군, 그렇게 부끄러운 말을 내 입으로 듣고 싶은 거야? 서로 마음만 잘 통한다면, 우리의 관계가 어떤 명칭으로 불리든 아무래도 상관없잖니?”

“왜 그런 좋은 이야기를 해서 정리하려고 하는 건데?! 적어도 내 질문은 대답은 해달라고?!”

“룩스 군은, 나를 싫어하니?”

갑자기 목소리의 톤을 낮추며 소녀는 고개를 돌렸다.

“어……?”

수심에 젖은 얼음의 눈동자가, 물기를 머금고 쓸쓸하게 흔들리고 있었다.

그것을 본 룩스는 가슴이 살짝 아렸다.

서둘러 그 자리에서 고개를 가로저었다.

"그, 그럴 리가 없잖아! 내가 크루루시퍼 씨를 싫다고 생각한 적은—."

곧바로 진지한 표정으로 말하자, 크루루시퍼는 키득 웃으며 걸음을 떼었다.

"그래, 고마워. 나도 좋아해. 그럼 납득한 것 같으니 이만 마차에 타자구."

"……."

막 뻗으려고 하던 룩스의 손은 허공을 헤매다가 멈춰버렸다.

완전히, 가지고 놀았어…….

"그리고 룩스 군. 충고하겠는데, 너는 사람이 너무 좋아. 그건 네 장점이기도 하지만, 메르에게 속은 지도 얼마 안 됐으니까 주의하라구."

"너무해! 크루루시퍼 씨!"

웃으면서 놀리자 그녀를 향해 룩스는 자기도 모르게 소리쳤다.

싸늘한 하늘 밑에서 하염없이 기다리고 있던 알테리제가 원망스럽다는 눈초리로 그들을 바라보았다.

그 뒤로 마차를 타고 몇 분 정도 달리자, 이윽고 묵직한 분위기의 석조 시가지를 벗어나 교회를 모방하여 만든 집이 다수 보이기 시작했다.

아마도 신앙심 깊은 신도들이 사는 거주 구역.

그중에서도 한층 넓은 부지 내에 그 화려한 저택이 있었다.

"추위를 막기 위해 바깥쪽에 회랑을 설치해둔 구조니까, 밖에서 보이는 만큼 넓은 건 아니야."

크루루시퍼가 부연 설명을 해주었지만, 그것을 고려하더라도 넓다고 생각했다.

눈이 쌓이는 것을 방지하기 위해서인지 삐죽하게 솟은 지붕이 올라간 3층 저택.

1층보다 2층에 창문이 많은 이유는, 겨울이 찾아오면 눈에 파묻히기 때문이리라.

유미르 교국의 명가이자 교국의 군대에 해당하는 신전 기사단과도 밀접한 관계에 있다고 하는 에인폴크가.

무겁게 짓누르는 긴장감을 느끼면서 룩스는 크루루시퍼와 함께 문을 통과했다.

"기다리고 있었사옵니다, 아가씨. 당주님께서 기다리고 계시옵니다."

저택 안에 들어서자 두 명의 시녀가 마중을 나왔다.

안내받은 거실에는 미려한 장식품이나 가구가 즐비했고, 난로 안에는 빨간 불꽃이 타오르고 있었다.

"지금 돌아왔습니다, 아버님. 그간 별고 없으셨는지요."

공손히 인사를 올리며 크루루시퍼가 입을 열었다.

가족과 별로 사이가 좋은 것 같지는 않았기 때문에 내심 불안했지만, 일단 소녀의 아버지는 온화하게 대답했다.

"그래, 여기까지 오느라 고생 많았다, 나의 딸아."

콧수염을 기른 장년 남성— 스테일 에인폴크. 그가 바로 에인폴크의 당주이자 그녀의 양아버지였다.

그 엄격하고 날카로운 시선은 역시 무가(武家)의 당주다운 것이었다.

“처음 뵙겠습니다. 저는 크루루시퍼 씨의 급우이자 신왕국의 『칠용기성』인 룩스 아카디아라고 합니다. 이번에 신세를 지게 되었습니다.”

룩스도 격식에 따른 인사를 하자, 이어서 에인폴크가의 사람들— 현재 이곳에 와 있는 다른 가족들이 얼굴을 보였다.

장남이라고 소개한 자인은, 한마디로 표현하자면 흔히 볼 수 있는 귀족의 적통이었다.

생김새는 번듯했지만, 어딘지 모르게 예민하고 그늘진 분위기를 풍기고 있었다.

좋게 말하자면 신전 기사답게 금욕적이랄까. 융통성이 부족하고 완고하다는 느낌이 들었다.

셋째 딸인 유니퍼는 붙임성이 좋고 정숙한 이미지였지만, 그녀의 웃음은 어쩐지 의례적인 느낌이라 영애로서의 가면을 의식하게 했다.

넷째 딸인 이르마는 과묵하고 얌전한 모습이라, 이쪽은 진짜배기 규중처녀라는 인상이었다.

그들 외에도 직계 가족은 세 명 정도 남아있는 모양이었지만, 이번 『순례제』를 성도에서 보내는 인원은 이 자리에 모인 사람이 전부인 듯했다.

구제국의 전 왕자라는 처지, 나아가서는 5년에 달하는 날품팔이 생활 탓에 주목받는 것은 익숙했지만 룩스도 꽤 긴장했다.

다만 자신을 바라보는 그들의 시선에서는 값을 매기려는 의도보다는 순수한 호기심이 느껴지는 것 같았다.

“귀공이 룩스 아카디아인가. 집사 알테리제에게 들었네. 우수한 기룡사이자, 신왕국의 죄인인데도 대귀족 영애들과 사이가 가깝다고 하더군.”

모두가 자기소개를 마치자 당주 스테일이 입을 열었다.

크루루시퍼와 에인폴크 가문의 가교인 알테리제는 본가에 룩스에 대해 호의적으로 이야기해두었다고 했다.

그러나—.

“헌데 실례인 줄은 아네만, 내 눈에는 자네가 보고받은 정도의 자질이 있는 것처럼 보이지는 않는다네. 죄인이라는 신분도 그렇고, 기룡사(드래곤 나이트)로서도 실질적으로는 이제야 중급 계층(미들 클래스)으로 승급했다고 들었어. 그런데도 신왕국의 『칠용기성』에 임명된 것을 보면, 무언가 내막이 있는 것이 아닌가 하는 의심이 드는군.”

그것은 룩스의 지위가 순전히 실력만으로 주어진 것이 아니라, 그와 친한 리즈샤르테 왕녀의 입김이 닿은 일종의 정치적 퍼포먼스가 아닐까 하는 의심이었다.

스테일의 지적에 룩스는 딱히 반감을 품지는 않았다.

애초에 룩스는 제삼자가 봤을 때 너무나도 특수한 처지에 있었다.

과거의 업보로 미움받을 터인 구제국의 전 황족이자 신왕국의 죄인.

그와 동시에 신왕국 왕녀의 어명을 받아 특별한 지위와 직책을 얻게 되었다.

그 기묘한 내력에는 모종의 내막이 있을 거라고 경계하는 것도 당연했다.

그러나 룩스를 약혼자 후보로 추천한 알테리제는 즉시 반론하려고 입을 열었다.

"당주님, 그것은—."

"무례하다, 알테리제. 지금 아버님께서 말씀하고 계시잖느냐."

그러나 장남 자인에게 제지당하여 알테리제는 입을 다물었다.

대신에 크루루시퍼가 룩스 옆에서 고개를 들었다.

"그래? 하지만 나를 눈에 보이지 않는 곳으로 쫓아낸 주제에, 과정을 보지 않았으니까 신용할 수 없다니 곤란한걸. 그에게 불만이 있다면 확실하게 이야기해줄 수 없을까? 아버님."

"……."

철저하게 냉정한 소녀의 반론에 스테일은 입을 다물었다.

언뜻 보면 명망 높은 대귀족 가문의 아버지와 그 수양딸의 대립.

그것만 보면 크게 묘한 것은 아니었지만, 룩스는 어떤 점이 마음에 걸렸다.

"……있잖아, 크루루시퍼 씨."

한계까지 목소리의 톤을 낮춰 옆자리의 크루루시퍼에게 속삭였다.

“무슨 일이니? 지금은 전쟁 중이니까, 웬만하면 나중으로 미뤄줘.”

그렇게 작은 목소리로 즉시 대답하는 것을 보면, 아직 여유는 있는 모양이었다.

“그게, 어째 이야기를 가만 듣다보니까, 내가 아직 크루루시퍼 씨의 약혼자로 오해당하고 있는 것 같거든?”

“……”

크루루시퍼가 정색하며 침묵했다.

“오해가 아니야. 왜냐하면, 그렇게 알려진 모양이니까.”

“뭐라고?! 크루루시퍼 씨!”

너무나도 산뜻한 대답이 돌아와 룩스가 자기도 모르게 소리치자, 스테일과 자인은 그를 살짝 노려보았다.

그것을 깨닫고 룩스는 황급히 입을 다물었다.

두 여동생은 관여하지 않겠다는 태도로 사태의 추이를 지켜보고 있었다.

타닥타닥 난로에서 불꽃이 타는 소리만이 이 무거운 분위기 속에서 꾸준히 이어졌다.

‘……역시 크루루시퍼 씨는 가족과 사이가 별로인 걸까? 하지만……’

뭘까, 이 분위기는……. 룩스는 기묘한 위화감을 느꼈다.

하나는 유적에서 발견하여 거둬들인 양녀라는 사실을 감안하더라도 그녀를 대하는 태도가 너무 냉담하다는 점. 그리고 다른 하나는—.

“교황 예하의 『순례』에 호위로 동행한다는 이야기는 들었겠지? 신전 기사단 소속인 우리 에인폴크 가문 사람들도, 너와 자인을 포함해서 몇 명이 참가할게다.”

“알아. 그도 『칠용기성』 자격으로 참가하게 되었어.”

크루루시퍼가 대답하자 스테일은 고개를 끄덕이며 말을 계속했다.

“그러냐. 그렇다면 이야기가 빠르겠군. 만약 그에게 그만한 그릇과 실력이 있는 것이 사실이라면, 『순례』 호위 중에 네가 일정한 성과를 올렸으면 좋겠구나.”

“무슨 뜻이야?”

“말 그대로의 뜻이다. 근년의 유적 상황을 보면, 이번에 교황 예하께서 지나가실 『순례』 루트에서는 반드시 환신수가 출현할 게다. 거기서 네가 에인폴크의 이름으로 수훈을 세운다면, 다소의 고집 정도는 들어주마. 너를 도와주는 그의 실력을 확인해볼 기회이기도 하지.”

이번에 편지로 그녀를 불러들인 이유는 『순례』의 호위 임무를 맡기기 위해서.

게다가 크루루시퍼와 룩스에게 일정한 성과를 요구한다는 이야기.

오랜만에 재회한 가족에게 하기에는 너무나 사무적인 요구였다.

그럼에도 크루루시퍼는 쿨한 표정을 무너뜨리지 않았다.

"나를 완전히 내쫓아버릴 마지막 임무, 라는 소리일까? 어쩔 수가 없네."

"크루루시퍼 씨, 그건—."

"미안해, 룩스 군. 긴 이야기에 끌어들여서. 그럼, 우리는 이만 실례하겠어. 알테리제, 그를 방으로 안내해줘."

"네, 넵!"

한 박자 늦게 불안한 표정을 짓고 있던 알테리제가 움직였다.

그대로 거실에서 나와 3층으로 올라간 룩스는 그가 묵을 손님용 침실로 안내받았다.

저녁 식사 전까지는 일단 크루루시퍼 일행과 헤어져서 휴식하기로 했다.

"후우……."

우선은 방에 짐을 내려놓고 룩스는 가볍게 한숨을 내쉬었다.

거듭 둘러보니 좋은 방이라는 생각이 들었다.

적당한 넓이의 공간에 세간들이 놓여있고, 깃털 이불이 준비된 대형 침대도 마음에 들었다.

청소도 구석구석 잘 돼 있어서 먼지 한 톨 눈에 띄지 않았다.

그러나 역시 조금 전의 대화를 생각하자, 기분이 썩 편하지는 않았다.

"『순례』 중에 호위로서 수훈을 세우란 말이지……."

신전에 들른 시점에서 크루루시퍼를 호출한 이유는 필시 교황의 호위를 맡기기 위해서라고 상상할 수 있었다.

하지만 룩스의 마음은 여전히 개운하지 않았다.

에인폴크가 사람들이 크루루시퍼에게 쌀쌀맞은 이유는 정말로 그것뿐일까?

그녀가 유적 출신의 소녀이자 양녀이니까.

그리고 에인폴크 가문 내에서는 기룡사로서 독보적인 재능을 지니고 있으니까.

그럴지도 모른다.

하지만 어쩐지 그게 전부는 아닌 듯한 기분이 들었다.

"—그건 그렇고 결국, 나랑 약혼한다는 이야기는 어떻게 된 거야?!"

저녁 식사가 끝나는 대로 크루루시퍼에게 물어봐야겠다고 생각했지만, 이런저런 핑계를 대면서 능구렁이처럼 넘어갈 것만 같은 예감이 들어 룩스는 머리를 싸쥐었다.

†

뚜벅, 뚜벅.

어두컴컴한 회랑에 발소리가 울렸다.

돌계단을 내려오니 그 앞으로는 탁 트인 공간이 펼쳐져 있었다.

무수한 책꽂이에 에워싸인 실내에는 커다란 책상과 갖가지 실험기구가 일정한 법칙으로 늘어서 있었다.

신왕국의 성채 도시. 학원 부지 내의 도서관 지하에 존재하는 연구실이었다.

"이런 멋대가리 없는 방에서 회합이라니, 나도 얕보인 모양이로구먼. 몇 년 만의 재회라 기대하고 있었거늘, 아인그람 재벌도 영락한 겐가?"

예전에 룩스와 아이리가 뿔피리에 대하여 설명을 들은 방.

그곳에서 렐리 아인그람과 어떤 소녀가 어깨를 나란히 하고 서 있었다.

"당신을 접대하고 싶은 마음은 굴뚝같지만, 공교롭게도 그럴 수 없는 상황이거든. 특히 요즘에는 어디에 적이 있을지 모르니까."

"……『용비적』 말인가. 참으로 성가신 놈들이로다. 덕분에 물건의 가치가 급격하게 변하고 있지. 내 사업도 말이 아니니라."

"그런 대외적인 가면은 나한테 안 통해. 어차피 그것으로 인한 특수도 한참 전에 간파하고서 지금쯤 대박을 터뜨리고 있을 거 아냐?"

"지독한 여자로고. 나는 그저 나의 사랑하는 상회를 보호하고 있을 뿐이거늘."

그렇게 대답하는 소녀— 아니, 어려보이지만 실제로는 렐리와 나이가 비슷한 묘령의 여성은 사람을 깔보는 것처럼 히죽 웃었다.

오렌지색이 감도는 금발 일부를 원형으로 묶은 특징적인 머리 모양.

하지만 늠름하면서 쇼맨십도 있는 그녀의 분위기에 잘 어울려서 위화감은 없었다.

황금 자수가 들어간 검고 붉은 천을 겹쳐서 두르고, 허리춤에는 소형 포세트를 몇 개나 달고 있었다.

아름다움을 중시하면서도 기능미까지 겸비한 특제 의상이었다.

귀족 영애의 옷과 상인의 작업복을 합친 듯한 기묘한 차림.

그중에서도 가장 이채를 띠고 있는 것은 허리에 찬 기공각검과 검대였다.

"—그래서, 이 세계 최고의 미소녀를 부르다니 오늘은 무슨 꿍꿍이인 게야? 표면적으로는 국방이 어떻고 하는 소리를 하더니."

어딘가 악랄해 보이는 미소를 지으면서 자칭 미소녀는 옆에 있는 렐리를 올려다보았다.

평소 같았으면 농담과 함께 『소녀』라는 부분에 태클을 걸었을 테지만, 렐리는 일부러 가만히 있었다.

수십 개의 나라를 통틀어 정점에 군림하는 세계 최대의 상회파벌.

반플리크 상회의 총수인 이 여성에게 부탁할 것이 있기 때문이었다.

"미안하지만 오늘은 기대에 부응해줄 수 없어. 사실 내가 나서서 할 말은 아니지만, 국방에 관련된 이야기거든. 그것도 — 세계가 걸려 있는 이야기지."

그렇게 말하고서 렐리는 한 장의 보고서를 책상에 내려놓았다.

거기에는 『용비적』의 스파이였던 남자의 보고서와 그것을 왕도의 상층부가 해독한 결과가 적혀 있었다.

딜루이 프로이어스.

『용비적』이 보유한 유적의 비약— 『엘릭시르』를 원하여 신왕국을 배신한 남자 무관.

그의 방을 조사한 결과 『용비적』과 나눈 대화를 기록한 문서가 발견되었다.

"……호오, 놈들의 다음 목표는 교국인가. 허나 아슬아슬한 시기로다. 놈들이 이 정보가 유출된 사실을 알아차렸다 해도, 일을 벌일 가능성은 있지."

그들의 계획— 국가 붕괴를 이룩하기 위한 목표 중 하나로 유미르 교국이 있었다.

자세한 일시는 불명이었으나, 당연히 『순례제』 때 성도와 교황으로 병력이 분산되는 기회를 노릴 터였다.

하지만 그것을 막기 위해 동맹국이 대군을 동원하는 것은, 국방의 관점에서 보면 어려운 일이었다.

"맞아……. 하지만 나는 확신해. 그들의 목적이 뭐가 됐든, 필시 싸움을 일으키는 것 자체에 의미가 있는 거라고."

『용비적』과 그들을 지원하는 권력자는 대국에 대한 반역과 저항 의지를 내세우고 있다.

현재는 유적을 들쑤셔서 도시를 전화(戰火)의 위협에 몰아넣는 방법으로 국력의 저하를 꾀하고 있을 것이다.

"성과는 따지지 않겠다. 아니, 그보다는 어쨌거나 목적은 일부 달성할 수 있다…… 이건가. 그래서 그대는 오랜 지인인 이 내게 무엇을 바라는 게야?"

"당신의 힘을 잠시 빌리고 싶어. 대신에 교국을 구할 수 있는 전력을 이 학원에서 보낼게. 그게 가능하다면 그렇게 해도 상관없다고, 상부에서는 이미 결재가 떨어졌어."

렐리가 담담하게 말하자 상가(商家)의 여성은 오만하게 웃었다.

"그렇게 나왔는가. 이 내게 빚을 지려고 하다니, 그대도 어지간히 무모한지로고. 뭐, 대강 무엇 때문인지는 예상이 된다만. ―내 애제자는 건강한가?"

"부정할 수는 없지만, 여동생을 위한 행동만은 아니야. 그에게 입은 은혜도 갚아야만 하거든."

무덤덤하게 중얼거리고서 렐리는 준비한 계약서를 펼쳤다.

"룩스 아카디아, 말인가. 소문으로 들어보기는 했다만, 아무래도 상당한 걸물인 모양이로고. 외모도 여자에게 인기가 많게 생겼다고 하던데, 내 눈으로 직접 볼 날이 기대되는구먼."

묘령의 여성은 그렇게 중얼거리며 재빨리 계약서에 사인했다.

미묘하게 입맛을 다시는 것 같았지만, 렐리는 쓴웃음을 지으며 보고도 못 본 척 했다.

그녀는 강하고 노련한 미녀였지만 자신의 욕망에 충실했다.

특히 나이 어린 미남자라면 사족을 못 쓰는 성격이라, 보이는 족족 데려와 자기 곁에서 시중들게 한다는 소문도 들었다.

그런 의미에서 그녀의 취향에 딱 맞을 게 뻔한 룩스를 그녀와 만나게 하고 싶지는 않았지만…….

'이것만큼은, 역시 어쩔 수 없구나.'

어쨌거나 세계를 뒤에서 쥐락펴락하고 있다고 해도 과언은 아닌 그녀와는 언젠가 마주치게 될 수밖에 없었다.

지금 그녀는 룩스와 몹시 가까운 곳에 있다.

그 전에 룩스와 피르히의 관계를 더욱 끈끈하게 만들어야만 했다.

"그러면 우린 내일 바로 움직일게. 신왕국 수비는 당신만 믿겠어, 마기알카."

미녀는 그저 여유로운 웃음으로 대답을 대신했다.

비밀 계획은 이미 움직이기 시작했다.

Episode 2 『순례제』

데엥, 장엄한 종소리가 이른 아침부터 여러 차례 울려 퍼졌다.

신왕국을 비롯한 다른 나라와 똑같이 시가지에 종루를 세워 환신수의 습격에 대비하고 있는 것일 테지만, 이번에는 오로지 의식을 위한 차분한 음색이 들려왔다.

"후, 아암……."

에인폴크 가문에서 하룻밤을 묵게 되어 룩스는 제법 긴장했지만, 생각보다 푹 잘 수 있었던 것은 긴 여행의 피로 덕분이리라.

"아침 식사를 마치면 몸단장을 하고 신전으로 출발할 거야. 컨디션은 어때?"

"괜찮아. 하룻밤 자고 났더니 피로도 꽤 풀렸고."

잠옷을 벗고 평상복으로 갈아입자 크루루시퍼가 얼굴을 보였다.

어젯밤에는 평소와는 달리 무리하는 느낌이 들었지만, 오늘 아침은 여느 때의 그녀로 돌아와 있었다.

니아스 교황의 호위로 동행하게 되는『순례제』의 절차는 간략하게 머릿속에 정리해두었다.

기간은 오늘을 포함하여 총 3일. 성도와 그 주변에 있는 여러 성지를 순회하며 의식을 치르는 것이 목적이었다.

행렬에 참가하는 인원은 주교 한 명과 시중을 담당하는 신도 몇 명, 신전 기사단의 정예가 약 30명.

거기에 더하여 룩스, 크루루시퍼와 유미르 교국의『칠용기성』인 메르 기잘트가 들어간다.

참고로 크루루시퍼의 의붓오빠인 자인 에인폴크도 신전 기사단의 일원으로서 호위에 참여하는 모양이었다.

1층으로 내려가 넓은 거실에서 아침 식사를 먹었다.

빵을 넣고 뭉근하게 끓인 따끈따끈한 수프, 훈제 베이컨을 달걀로 감싼 오믈렛, 분쇄한 치즈를 뿌린 샐러드, 벌꿀을 넣은 홍차라는 메뉴의 아침식사를 마치고 나갈 준비를 했다.

마차를 타고 십여 분이 지났을 때 신전 앞에 도착했다.

"그러면 도련님, 아가씨, 룩스 님도 조심하십시오."

집사 알테리제는 신전 앞까지 바래다주었다.

"걱정할 것 없다. 별로 대단한 일도 아니니까."

장남 자인은 여전히 룩스나 크루루시퍼와는 눈을 마주치지 않았다. 그렇다고 쓴소리를 하는 것도 아니었고, 그대로 부지 내의 청사로 향했다.

출발 준비가 끝날 때까지 난로가 있는 감시소에서 대기하게 되었다.

건물 안은 비교적 넓었고, 급사가 준비해준 차를 마시며 조용히 시간을 보냈다.

다른 관계자들은 본 의식에 앞서 예행연습이라도 하는 것인지 어떤 이는 교본을 들고 있었고, 어떤 이는 허공을 향해 기도를 올리고 있었다.

"……."

일단 세 사람은 에인폴크 가문의 관계자라 한자리에 모여있기는 했지만, 장남 자인은 영 불편해 보였다.

"늦어지는 것 같으니 잠시 바깥 상황을 보고 올게."

크루루시퍼는 문득 창밖을 보고 나지막하게 말했다.

소녀가 자리를 떠난 순간, 장남 자인이 입을 열었다.

"룩스 아카디아, 라고 했나? 귀공은 확실히 얼마 전, 신왕국의 『칠용기성』으로 임명되었다고 했지?"

"그게…… 네."

살짝 당황하긴 했지만 룩스는 진지한 표정으로 대답했다.

"—귀공은 왜 이곳에 왔나?"

"무슨 의미십니까?"

자인이 눈매를 좁히면서 묻자 룩스는 고개를 갸웃했다.

"듣자하니 귀공은 신왕국 왕녀 전하의 전속 기사이기도 한 것 같더군. 동맹국에 빚을 지워놓고 오라는 명령이라도 받았나?"

다소 거친 목소리가 주변에도 들린 걸까. 다른 신전 기사단이나 신도들이 숨죽이고서 이쪽을 주시하고 있음을 알 수 있었다.

"아뇨, 저 개인의 의지로, 크루루시퍼 씨를 따라오고 싶었을 뿐입니다."

그러나 룩스는 솔직하게 대답하고 자인의 얼굴을 보았다.

그러자 상대는 약간 당황하더니 미심쩍은 눈초리를 돌려주었다.

"이해할 수가 없군. 고작 그런 이유로 먼 타국까지 오다니. 그렇다면 귀공은 선한 박애주의자인가? 아니면 우리 에인폴크 가문에 그만한 가치가 있다고 판단한 것인가?"

"그 어느 쪽도 아닙니다."

자인이 꺼낸 말은 자칫하면 도발처럼 들릴 수도 있었지만, 룩스는 부드럽게 즉답했다.

"저는 적어도 신왕국에서 늘 그녀의 상냥함에 도움받고 있습니다. 그러니 저 역시 그녀에게 도움을 줄 수 있다면 망설일 이유는 전혀 없죠."

"훗, 그런 건가?"

"네, 그런 겁니다."

될 대로 되라는 듯한 비아냥이 섞인 대답에도 룩스는 웃음으로 응대했다.

그러나 그럼에도 불구하고 자인의 태도는 전혀 바뀌지 않았다.

"그래서, 귀공이 약혼자 후보라고? 하지만 저 여자의 사정도 모르면서 그런 말을 하는 건가?"

"……? 지금, 뭐라고—."

자인의 의미심장한 한마디를 듣고 룩스가 자기도 모르게 고개를 갸웃했을 때—.

“타국 사정까지 시시콜콜 간섭하는 건 아니라고 생각해, 오라버니.”

“—?!”

갑자기 끼어든 목소리에 놀란 룩스와 자인의 몸이 굳었다.

소리가 들려온 방향을 보니 어느새 크루루시퍼가 감시소로 돌아와 있었다.

“슬슬 출발하려나 봐. 우리 호위 담당 인원도 밖에서 대기해야 하겠어.”

“흥…….”

자인은 한순간 놀란 표정을 지었지만, 바로 작게 코웃음을 치고 감시소 밖으로 나갔다.

다른 신전 기사단들도 자리에서 일어나 천천히 이동을 개시했다.

“오빠가 폐를 끼쳤구나. 미안해.”

크루루시퍼는 작게 탄식하면서 조용한 목소리로 중얼거렸다.

“아냐, 하지만—.”

룩스는 고개를 저으면서 방금 전에 나눈 대화를 되돌아보았다.

어딘지 모르게 가시 돋친 자인의 반응은 크루루시퍼에게 들은 이야기와 관계되어 있을 것이다.

양녀면서도 에인폴크 가문 입장에서는 과도하다 싶을 정도의 유능함을 보여주고 만 그녀를 질투하는 것일지도 모른다.

그러나 조금 전에 룩스가 느낀 것은 그것만이 아니었다.

"우왓."

푸욱, 느닷없이 모피 모자가 머리 위를 덮어서 룩스는 제정신으로 돌아왔다.

"신전 기사단에 지급되는 방한용품이야. 룩스 군 몫을 빌려 오는 걸 깜빡했거든."

그렇게 말하고 예의 시크한 드레스 위에 모피 코트를 걸친 크루루시퍼는 밖으로 나갔다.

그녀를 쫓아 감시소에서 나오니 앞서서 걸어가던 크루루시퍼가 불쑥 말했다.

"오빠가 하는 이야기를 너무 귀담아듣지 마. 딱히 대놓고 기 싸움을 하고 있는 건 아니지만, 언제 다툼의 불씨가 될지 모르거든."

"응…… 알았어."

룩스는 조금 안타깝게 생각하며 쓴웃음을 지었다.

"—하지만 나처럼 차가운 사람을, 상냥하다고 해줘서 고마워."

"……."

아무런 전조 없이 소녀가 보여준 미소에 룩스는 무언가가 심장을 꿰뚫은 것 같은 착각에 사로잡혔다.

크루루시퍼는 언제나 쿨하고 여유로운 웃음을 보여주지만, 그런 만큼 기쁜 듯 미소 짓는 표정은 정말로 사랑스럽게 다가왔다.

기습과도 같은 그 가련한 표정에 무심코 호흡조차 잊어버릴 것만 같았다.

"가자, 룩스 군. 교황 예하께서 기다리고 계셔."

이번에는 평소처럼 무덤덤한 미소를 지은 크루루시퍼가 재촉했다.

고개를 끄덕인 룩스는 크루루시퍼와 함께 대기 중인 마차로 서둘러 다가갔다.

정해진 성지를 돌아보는 순례의 첫날이 시작됐다.

그렇다고 해도 성도 주변의 여러 장소를 돌아보는 이 여로는 전부 당일치기였다.

기본적으로 마차가 다리를 대신했지만, 때로는 장갑기룡을 동원해 이동할 때도 있다고 했다.

첫날의 순례지는 성도의 남동쪽.

쇠락한 숲의 사원에서 기도를 올리는 것이 목적이었다.

흔들리는 마차를 타고 이동하는 동안, 룩스는 크루루시퍼에게서 유미르 교국과 교의가 성립된 과정에 대한 이야기를 들었다.

"그럼 유미르 교국에서는 그 『신』과 『천사』를 숭배하는 거야?"

"기본적으로는 그렇다고 할 수 있어."

사막, 폭설— 혹은 홍수나 가뭄 피해가 심한 지역.

그런 가혹한 환경에서는 자신이나 백성을 통제하는데 신의 이름을 빌리므로 신앙심이 더욱 굳건한 경향이 있다.

룩스는 어린 시절 구제국의 장서를 보며 그렇게 배웠지만, 유미르 교국에서는 조금 다른 이유도 있는 것 같았다.

“하지만 그게 전부는 아니야. 오래전 눈과 얼음에 뒤덮여있던 이 땅은, 신과 천사의 자비에 구원받았다는 전설이 있거든.”

“전설……?”

그렇게 중얼거리고 조용해진 룩스를 보며 크루루시퍼는 쓴웃음을 지었다.

“그래. 이 세계에는 결코 내려오지 않는 신이 있는데, 신은 인간에게 말씀이나 은혜를 내릴 때 천사를 보낸대. 천사는 인간에게 많은 도움을 베풀고, 천재지변으로 고통받는 사람들을 구해왔다고 하지. 실제로 그 천사와 이야기기하며 직접 물어본 사람도 있다는 전설이야. 『신께서는 어디에 계시나이까』— 라고.”

천사의 대답은 이랬다고 한다.

『신께서는 여러분의 내면에 있습니다.』

『여러분은 그 누구도 기억하지 못하는 먼 옛날부터 신의 가호를 받아 태어난 것입니다.』

신은 인간의 행실을 지켜보고 있으며, 언젠가 또 천사를 보낼 것이라고.

“뭐, 여기까지는 흔한 이야기지. 다만 천사와 직접 이야기했다, 같은 건 드물지만. 보통은 좀 더 신격화하여 속세에서 멀리 떼어놓으려 하는 법이니까.”

“그럴지도 모르겠네.”

그렇게 이야기하는 사이에 목적지에 도착해 마차에서 내려

배치에 들어갔다.

니아스 교황과 주교는 가장 안쪽 방으로 들어가 제사용 도구를 늘어놓고 있었다. 본격적인 의식은 지금부터 시작되는 모양이었다.

포진을 마쳤는지 신전 기사 몇 사람이 갑자기 룩스 일행 근처로 다가왔다.

보아하니 연배가 있는 기사이자 크루루시퍼의 지인인 것 같았다.

"오오. 역시 이 임무에 동행하였는가. 오랜만이로군, 에인폴크 가문의 따님."

"이것 참, 1년만인가? 신왕국에서의 생활은 불편하지 않은가?"

"네, 신왕국에서는 문무 모두 충실한 나날을 보내고 있어요."

크루루시퍼 그들에게 인사하면서 룩스에게 미안하다는 시선을 보냈다.

명문 귀족이라면 여러모로 달리 알고 지내는 사람들이 있는 법이다.

크루루시퍼는 에인폴크가 밖에서는 평판이 좋은 것인지 무관 몇 명이 그녀에게 말을 건넸다.

전 황족인 룩스가 그 상황을 헤아리고 방해가 되지 않게끔 그녀에게서 멀어지려는 순간—.

"안녕! 오빠!"

"으악!"

느닷없이 룩스의 허리를 향해 한 소녀가 몸통박치기를 했다.

놀라서 눈을 끔뻑이며 보았더니 그녀는 메르 기잘트였다.

리샤보다 한층 작아서 어린아이로 착각할 것만 같은 체구.

그러나 왠지 모를 요염함과 위험한 분위기를 겸비한 『칠용기성』 소녀다.

"역시 오빠도 왔구나아. 보니까 어때? 유미르 교국의 『순례제』는."

"그게……."

메르는 천진하게 웃으며 시선은 위를 올려다보았다.

태도만을 보면 귀여운 어린아이 같았지만, 방심할 수 없는 상대였다.

바로 어제 신전에서 그녀에게 한 방 얻어맞은 참이었으니까.

"따분할 테지만 참아줘. 그보다 여전히 인기가 많네—. 저기 보이는 아가씨는 말야—."

그러나 룩스가 당황하거나 말거나, 메르는 크루루시퍼 쪽으로 시선을 돌렸다.

좀 떨어진 곳에서 귀족과 대화 중인 크루루시퍼와 다른 한 명, 홀로 우두커니 서 있는 그녀의 오빠 자인 에인폴크의 모습을 바라보고 있었다.

"—참 아이러니해. 그 대회에서 거둔 성과가, 저 애가 여태껏 에인폴크가에서 소외당하는 이유가 되다니."

메르는 사랑스러운 표정을 오만한 느낌으로 바꾸며 중얼거렸다.

룩스가 이전에 보았던 『칠용기성』으로서의 얼굴이었다.

"그게, 무슨 소리야?"

"무예 대회 이야기야. 기룡사(드래곤 나이트)들이 실력을 겨루는 이 유미르 교국 최대의 시합. 신왕국으로 말하자면 공식 모의전(토너먼트)의 정점에 위치하는 거라고 하면 되려나."

장갑기룡이 발견된 이후, 규모의 차이는 있었지만 각국에서는 모의전을 실시하게 되었다.

아마도 무예 대회라는 것은 유미르 교국 고유의 모의전인 것이리라.

"우리 가문— 기잘트가와 에인폴크가는 교국에서 내로라하는 무가의 양대 산맥이야. 나는 2년 전, 무예 대회 결승전에서 크루루시퍼랑 싸웠어."

"그럼, 그것 때문에 소외당하게 됐다는 건……."

크루루시퍼가, 에인폴크 가문의 기대에 부응하지 못하고 패배했다는 이야기인가?

"아니, 그건 아니야."

그런 룩스의 질문을 내다보기라도 한 것처럼 메르는 대답했다.

"진 사람은 나야. 근소한 차이로 판정패 당한 거긴 하지만. 다만—."

"기다렸지. 이제 곧 의식이 시작될 거야. 잡담하다간 불호령이 떨어질걸?"

"크루루시퍼, 씨……."

어느 틈에 룩스 곁으로 돌아온 크루루시퍼가 쿨한 얼굴로 메르를 응시했다.

반면에 메르 기잘트는 그녀를 전혀 개의치 않으며 옆에 있는 룩스에게 미소를 보냈다.

“어제 당신한테 크루루시퍼의 약점이 뭐냐고 물어봤었지?”

어린 암컷의 색기를 풍기며, 요염한 웃음을 머금은 소녀는 말했다.

“내 목적을 가르쳐주겠어. 그때 패배한 빚을, 이 『순례제』 기간에 갚는 거야. 기대하라구, 오빠.”

그 말을 남기고 메르는 조용히 떠났다.

그 자리에는 어이없는 모습으로 한숨짓는 크루루시퍼와 룩스만이 남았다.

“썩 좋은 기분은 아니네. 과거의 실수를 밀고 당하는 것은.”

“그렇다면, 역시…….”

“쉿, 곧 시작할거야.”

크루루시퍼의 주의를 받고 룩스는 눈치챘다.

화톳불 빛에 비추어진 니아스 교황이 신도들 앞에서 축사를 낭송하기 시작했다.

그 뒤로 아무 일 없이 두 개의 의식이 끝났고, 첫날의 순례는 무사히 끝을 고했다.

†

신전 앞에서 해산한 후. 룩스와 크루루시퍼는 에인폴크가로 돌아가지 않고, 휴식과 식사를 겸해 성도의 레스토랑에 들렀다.

성도에서도 손꼽히는 고급 식당인지 아늑하고 기품있는 분위기가 흐르고 있었다.

댄스홀처럼 넓은 식당에는 많은 웨이터가 빨간 융단 위를 바삐 오가고 있었고, 단상에서는 악사가 하프를 연주하고 있었다.

향초로 감싸 찐 생선이나 스테이크에 곁들여진 과일 소스는 제법 깊은 맛이 있어서, 룩스도 즐겁게 식사를 했다.

"내일도 호위 임무가 있으니까 마실 수는 없지만, 솔직히 와인이라도 한 잔 하고 싶은걸."

그렇게 중얼거리는 모습조차 그림이 되는 크루루시퍼였지만, 역시 평소보다 좀 조용한 느낌이 들었다.

"크루루시퍼 씨. 낮에 했던 이야기, 자세히 들어볼 수 있을까?"

룩스가 배려하는 것처럼 조심스럽게 묻자, 소녀는 작게 탄식하고서 이야기를 시작했다.

과거 이 교국에서 개최된 무예 대회.

그 결승에서 메르 기잘트에게 승리한 것이 어째서 실수로 이어졌는가.

"에인폴크 가문에서 내가 어떤 입지에 있는지, 어떤 경위로 그렇게 됐는지는 전에 얘기했지?"

잊을 수 없는 몇 개월 전의 일.

유적(루인)『모형 정원(가든)』안에서, 크루루시퍼 본인에게 직접 과거사를 들었다.

어린 시절, 크루루시퍼는 자신이 에인폴크 가문의 양녀라는 사실을 깨달았다.

피가 섞이지 않은 가족과의 관계를 좁히고자 모든 분야에서 끊임없이 노력했다.

그러나 그렇게 자신의 우수함을 드러낸 결과, 형제들의 시샘을 받아 더욱 깊은 골이 생기고 말았다.

"그래도 나는 완전히 포기할 수 없었지. 하지만 어느 날, 결정적인 사건이 일어났어. 그것이 바로…… 교국에서 개최된, 기룡사 무예 대회야."

어딘가 울적해 보이는 표정으로 크루루시퍼는 중얼거렸다.

"2년 전, 무예 대회 첫 출전이었던 메르는 갓 기룡조작을 배운 초심자면서 다른 기룡사를 압도하는 모습을 보여줬어. 심지어 우리 가문의— 자인 오라버니까지도."

"—?!"

그 사실에 놀란 룩스는 자기도 모르게 말문이 막혔다.

기룡 적성치 면에서 유리한 여성이라고 해도 조작법을 배운지 얼마 안 된 소녀가, 이미 숙련자였을 자인을 누르고 결승까지 올라갔다는 사실—.

다시 말해 의심할 여지가 없는 천부적인 소질.

태어날 때부터 기룡사가 되기 위해 격이 다른 재능을 지니고 있던 것이리라.

“나는 그녀를 《엑스 와이번》으로 상대했어. 당시에 나는, 내가 에인폴크가를 대표한다고 멋대로 생각했어. 그 누구도, 가족조차도 그런 말은 한마디도 하지 않았는데, 져서는 안 되는 싸움이라며 전력으로 도전했지.”

식후의 홍차를 마시는 크루루시퍼의 옆모습은 어쩐지 서글프고도 자조적으로 보였다.

“그래서, 승패는…….”

“응, 그 아이가 말했다시피, 기룡의 성능차이와 경험 덕분에 내가 이겼어. 그때 나는 내심 자랑스러웠어. 무예 대회에서 우승한 사람에게는 신전 기사단에서 높은 자리를 주거든. 포상으로 신장기룡도 받을 수 있었지. 나는 가문의 위신을 지켜냈다며 기뻐했어. 하지만…….”

“…….”

아아, 그렇게 된 것인가.

룩스도 자연히 그 대답을 떠올릴 수 있었다.

무가의 주축인 에인폴크 가문의 장남 자인이, 아직 어린 기잘트 가문의 메르에게 패하고 말았다.

그래도 메르가 우승했다면 자인의 체면은 가까스로 유지되었을 것이다.

그러나 같은 에인폴크 가문의 크루루시퍼가 메르를 쓰러뜨리고 말았다.

여동생이 쓰러뜨린 기잘트 가문의 신예. 그런 그녀에게 속수무책으로 패한 장남은 얼마나 약한 것인가.

그날부터 시작된 장남 자인의 고난이 어땠을지 상상하기란 어렵지 않았다.

아마 에인폴크 가문도 크루루시퍼의 실력을 얕잡아보고 있었을 것이다.

그렇지 않았다면 그런 비극은 일어나지 않았을 테니까.

“그 뒤로는 네게 이야기한 대로야. 나는 포상으로 신장기룡 《파프니르》를 받았고, 얼마 후에 일어난 어떤 사건 뒤에 신왕국으로 유학 가는 것이 결정됐지.”

그리고 현재, 느닷없이 『순례제』의 호위로 참여하라는 호출을 받아 역할을 부여받았다는 것인가.

“미안해. 모처럼의 저녁 식사인데 무거운 이야기를 해서……. 아직 시간은 있으니까, 돌아가는 길에 다른 가게에 들러도 될까?”

“응. 나도 같이 갈게.”

그리고 그 뒤로는 그녀가 예전에 다녔던 수도원 생활 등의 추억 이야기를 들었다.

역시 그녀답다고나 할까. 옛날부터 요령은 좋았는지, 동급생이나 후배들은 그녀에게 의지했던 것 같다.

본가와 사이가 어색했다는 점 외에는 건전한 소녀 시절을 보낸 모양이었다.

그 뒤로는 마차를 타고 옷가게나 소품 가게 등을 몇 군데 돌아보았고, 알테리제가 질렸다는 표정으로 제지했기에 에인폴크 별장으로 돌아갔다.

"죄송합니다, 룩스 님. 피곤하실 텐데, 아가씨의 응석까지 받게 하고 말았네요."

"아뇨, 저도 즐거웠어요. 이럴 때가 아니면 저는 늘 잡일에 손을 대버리거든요."

"그렇게 말씀해주시니 마음이 좀 편해지는군요."

크루루시퍼와 일단 헤어진 후, 손님용 침실까지 따라온 알테리제는 한시름 놓은 것처럼 쓴웃음을 지었고—.

"하지만…… 아가씨께서는 변하셨군요."

"그런가요?"

그녀가 감회 깊은 목소리로 중얼거리자 룩스는 질문했다.

"네. 예전에는 저를 대하실 때도 어딘가 서먹서먹하게, 마치 남을 대하듯 행동하셨습니다. 지금처럼 저를 기탄없이 대해주시거나 하지는 않으셨지요."

조금 질린 것 같으면서도 왠지 모르게 기쁘게 들리는 목소리.

자신을 편하게 생각하게 된 크루루시퍼의 태도가 내심 기쁜 모양이었다.

역시 좋은 사람이라고 거듭 생각했다.

"기회가 된다면 꼭 성채 도시에도 놀러오세요. 제힘이 닿는 데까지 대접해드릴 테니까."

"감사합니다. 하지만 당분간은 사양하도록 하겠습니다. 약혼자이신 당신과 함께 다니는 모습을 보이면, 아가씨께 불호령을 들을 것 같거든요."

알테리제는 쓴웃음을 지으며 그렇게 중얼거렸다.

"아뇨, 잠깐만요?! 저랑 크루루시퍼 씨는—."

당황한 룩스가 진실을 밝혀야 할지 망설이자, 여집사는 꾸벅 인사를 남기고 떠나버렸다.

결국 이 오해도 귀국 전에 어떻게든 해결해야 할 것이다.

그렇게 생각하면서 사복으로 갈아입은 룩스는 침대에 누웠다.

크루루시퍼가 무예 대회에서 승리를 거두며 생긴 메르와의 인연. 그리고 거기에서 비롯된 장남 자인이나 가족과의 갈등.

유적 부근을 통과하는 『순례제』. 니아스 교황의 호위와 그 임무에서 공을 세우기를 원하는 에인폴크가의 의향.

룩스에게는 아직 의문이 남아있었다.

"……좋아."

룩스는 심호흡을 하고 마음을 가다듬고서, 크루루시퍼 몰래 개인적으로 어떤 작전을 결행했다.

잠시 어디에 들러서 알테리제에게 중개를 부탁한 다음 3층에 있는 독방 문을 노크했다.

책장에 둘러싸인 집무실 안에는 그가 원하던 대화 상대가 앉아있었다.

"실례하겠습니다, 스테일 경. 이렇게 대화할 기회를 주셔서 감사합니다."

"이미 밤이 깊었네. 용건은 짧게 끝내주겠나. 나는 자식들처럼 젊지 않아서 말일세."

스테일은 여전히 무뚝뚝한 말투로 룩스를 재촉했다.

그 말을 듣고 룩스는 무심코 쓴웃음을 지었다.

조금 전에 산 선물을 셋째 딸 유니퍼와 넷째 딸 이르마에게 선물하러 갔을 때—.

『그것은 이미 다른 사람에게서 받았다』

그렇게 일축당한 기억이 떠올랐기 때문이다.

그 직후에 미소 지으며 『그래도 고마워』라고 말하며 받아주긴 했지만.

"그래서, 궁금한 게 뭔가? 필요한 이야기는 다 한 것 같네만?"

"어째서 크루루시퍼 씨를, 굳이 교국으로 불러들이셨습니까?"

룩스의 질문에 스테일은 살짝 눈살을 찌푸렸다.

"나를 책망할 셈인가? 에인폴크 가문이 공을 세우기 위하여 그 아이를 이용하고 있다고. 허나 보지 않았는가. 자네도 알다시피, 나는 지금 크루루시퍼와 거리를 두고 있어."

스테일은 탄식을 흘리며 중얼거렸다.

그러나 룩스의 의견은 달랐다.

"교국이, 크루루시퍼 씨를 부른 용건은 그게 맞을지도 모릅니다만, 저는 그것만이 아니라는 예감이 듭니다. 만약 정말로 경께서 크루루시퍼 씨를 멀리하고 계신다면, 굳이 저와 함께 이곳에 묵게 하지는 않으셨을 거라고 봅니다. 그리고 지금 이렇게 제 이야기에 귀를 기울이시는 것도— 사실은 그녀를 걱정하기 때문에 그러시는 게 아닙니까?"

"……."

룩스가 침착한 표정으로 질문하자 스테일은 잠시 침묵했고,

이윽고 쓴웃음을 머금었다.

“자네는 상상력이 꽤 풍부한 남자인가 보군. 궁금한 것은 그뿐인가?”

“아뇨, 그리고 사소한 질문을 하나만 더 해도 되겠습니까?”

“무엇인가……?”

“어째서 처음으로 만나 뵈었을 때부터 줄곧, 저택 내에서도 장갑을 벗지 않으시는 겁니까?”

“……자네는 알 필요 없는 일일세. 나는 이만 들어가서 쉬어야겠어.”

스테일이 대화를 끝내자 룩스는 인사를 하고 침실로 돌아갔다.

신경 쓰이는 부분은 결국 알아내지 못했지만 현재로선 어쩔 수 없는 일이었다.

길었던 하루가 드디어 끝을 고했다.

†

심야. 사람이 모두 잠든 고요한 성도의 중앙에 사람의 기척이 있었다.

교황과 신도가 알현이나 의식, 의회를 개최할 때 사용하는 신전.

그러나 그와 동시에 그곳이 거주 구역으로 사용되는 일은 있을 수 없었다.

기본적으로는 신도조차도 합당한 이유가 없으면 쉽게 출입할 수 없는 성역.

따라서 그곳은 밀담을 하려는 권력자에게는 안전한 장소였다.

"—그래서, 슬슬 행동에 나서기 위한 계획은 다 세운 것인가요?"

흐릿한 등불에 밝혀진 새하얗고 신성한 그 건물의 그림자 속에서 조용한 목소리만이 들렸다.

한 그림자의 입에서 나오는 건, 이 밤의 공기처럼 차가운 목소리.

설경에 녹아들 듯한 하얀 로브를 두르고, 생기 없는 시선을 보내고 있었다.

"안심하라고. 우리도 기회를 놓칠 정도로 멍청하진 않으니까. 모든 게 완벽하다니까— 이 내가, 기룡사로서 어떤 이명으로 불리는지 모르는 건가?"

하얀 로브의 앞에는 **아무도 없었다**.

넓은 신전 부지 그 어디에도, 대화 상대는 존재하지 않았다.

저 멀리 수 키르나 떨어진 북쪽의 야트막한 언덕 위에, 그 장갑기룡을 두른 인물이 있었다.

기장과 소매를 줄인, 도적 같은 스타일의 검은 장의를 입은 묘령의 여자.

사람을 깔보는 듯한 웃음을 머금은 채, 그저 목소리만을 신전으로 보내고 있었다.

"『전장의 연주자』였던가요? 참으로 묘하군요. 용병 노릇을 하면서 허세를 부리려면, 좀 더 위협적인 이름이 낫지 않겠어요?"

여자 용병은 하얀 로브가 하는 말을 들으며 코웃음을 쳤다.

과거에는 유미르 교국을 포함한 세 나라에서 활개 치며 돌아다니던 전설의 용병으로, 현재는 가장 위험한 인물로 손꼽히는 역적 중 한 사람.

『용비적』의 삼두목— 인룡(人龍) 사단장, 드라켄 메기스트리.

그 다중으로 쌓아올린 전략과 교묘한 수법에 당한 희생자는 헤아릴 수 없을 정도다.

"언젠가 알게 될 거야. 그보다 댁이야말로 조심하시지. 그 퇴물 기사…… 딜루이처럼 허튼짓은 하지 않는 게 좋을 거야. 우리 『용비적』은, 배신자에게 가차 없거든."

왠지 모르게 부드럽게 느껴지는 말투로 묘령의 여도적은 경고했다.

협박이 섞인 사상 검증 행위에, 하얀 로브는 당당하게 미소 지었다.

"안심하세요. 그보다 딜루이의 말로는 어떻게 된 것이죠? 『엘릭시르』가 내려주는 『세례』란, 인간이 지닌 잠재능력을 일깨워주는 수법이 아니었나요?"

온화한 말투 속에, 약간의 가시를 섞은 질문.

그 질문을 듣자 드라켄은 쓴웃음을 지으며 머리를 긁었다.

"댁을 믿고 살짝 알려주자면 말이지. 그건 제대로 다룰 수 있는 물건이 아니야."

"딜루이나 저를 속인 것은 아니다, 이건가요?"

후우, 작게 탄식하며 드라켄은 중얼거렸다.

"『엘릭시르』라는 놈은 유적 내에서도 최고 기밀인데, 극약 비슷한 물건이거든. 일반인이 사용하면 아주 소량이라도 제정신을 잃을 정도의 고통이 몰려오고, 실제로 절반 이상이 시험해봤다가 죽었지. 게다가 몸뚱이가 감당할 수 있는 양에도 개인차가 있다 이거야. 그런데 생각 없이 한꺼번에 온몸에 퍼뜨리면, 일시적으로 강해질지언정 부작용으로 죽음은 면할 수 없지. 정신도 침식당해서 사악한 마음이 증폭되고 말이야."

그 말을 듣고 또 다른 그림자는 허공으로 하얀 숨결을 토해냈다.

"요컨대 그는 지시를 어기고 『엘릭시르』를 과용한 탓에 죽었다는 말인가요?"

"아니— 녀석한테는 아무것도 안 알려줬어."

핫, 짧게 웃고서 드라켄은 즉답했다.

"나는— 아니, 다른 녀석들한테도 확인해봤는데, 애초에 『용비적』은 딜루이한테 『엘릭시르』를 주지도 않았어. 누군가가 멋대로 녀석에게 준 거라고."

"어쭙잖은 거짓말을 하는 것보단, 솔직하게 실태를 인정할 때 신뢰를 얻을 수 있는 법입니다?"

"의심받아도 싼 상황이긴 한데, 믿어달라고 할 수밖에 없겠네. 『엘릭시르』 자체가 상당히 희귀하고, 입수방법도 알려지지 않았으니까. 뭐, 그 일에 관해서는 정말이지 예상 밖이었다고."

"……알겠습니다. 이 이상 당신과 이야기를 하면 위험하겠어요."

"댁의 지인의 목소리를 들을 기회를 준다면 그것을 모방할 수 있다고. 계획을 눈치챌만한 훼방꾼으로 의심되는 사람이 있다면, 배신자로 꾸미는 것도 식은 죽 먹기라니까?"

"걱정할 것 없어요. 그보다—."

"그래, 댁과의 거래가 잘 성사되면, 약속대로 비장의 정보도 넘겨주겠어. 그건 그렇고 소문은 사실이겠지? 교국과 에인폴크 가문이 숨긴 『천사』의 존재는."

"정보 제공은 당신의 성과에 달려있어요, 드라켄. 신왕국의 『칠용기성』까지 이번 『순례제』에 동행하게 되다니 놀랐습니다만……."

"추가 보수를 요구해도 되겠어? 이번 일은 귀찮아질 것 같거든."

"잘 해낸다면 생각해보죠. —그럼 이만."

드라켄의 농담에 하얀 로브는 냉담하게 대답했다.

그리고 이야기는 끝났다는 것처럼 신전 안으로 사라졌다.

"악행을 저지르는 신도라……. 뒤통수를 맞지 않았으면 좋겠는걸. 당신네가 믿는 신한테 말이지."

마찬가지로 목소리 전송을 중단한 여두목은 야유를 담아 혼잣말을 중얼거렸다.

"『칠용기성』이 두 사람……. 『정벌자』에 『검은 영웅』인가. 최강급 솜씨를 구경하러 가볼까."

내리기 시작한 눈의 빛깔로 성도 전체가 뒤덮여갔다.

Episode 3 신과 천사

—다음날.

『순례제』의 둘째 날도 일찍 일어나 아침을 먹은 후, 마차를 타고 호위 집합장소로 이동했다.

이번 목적지는 성도 서쪽에 위치한 묘지로, 어제와 같은 의식을 진행한다고 했다.

"오늘도 두 곳에 들를 거야. 고위 신도들이 잠든 이 공원묘지에서 의식을 마친 다음, 신전 근처의 수도원으로 이동할 예정이지."

"그런데 오늘 가는 곳에는 뭔가 있는 거야? 어쩐지 어제하곤 분위기가 다른 것 같은데."

룩스의 솔직한 질문에 크루루시퍼는 고개를 끄덕였다.

어제와는 다르게 신전 기사단의 표정에서는 강한 긴장감이 엿보였다.

"유적『갱도』와의 거리가 꽤 가까워서 그래. 환신수가 언제 나타날지도 모르지. 물론 유적 주변은 감시하고 있지만, 이곳『갱도』는 좀 특수하거든."

크루루시퍼가 말하길, 그 이름대로 광석을 모조리 채굴한

끝에 폐쇄된 탄광 같은 형태의 유적이라고 했다.

성도 변두리에 있는 출입구는 당연히 감시하고 있었지만, 때때로 그 외의 장소에서도 환신수는 출몰했고, 최근 그 빈도는 눈에 띄게 늘어나고 있었다.

"그랬, 구나."

설명을 듣고서 룩스는 정신을 바짝 차렸다.

아무래도 요즘 들어 많은 환신수를 상대한 탓에 정신이 좀 느슨해졌지만, 방심은 금물이었다.

그리고 신전 기사단이 준비한 마차를 타고서 한 시간 뒤.

순례지인 공원묘지 기슭에 도착하자마자 메르가 룩스에게 달려들었다.

"야호~. 오빠, 오늘도 와줬구나! 메르는 기뻐~!"

"무슨 일이야? 메르."

이미 어린아이 흉내라는 사실을 들켰음에도 장난을 치는 그녀를 보며 쓴웃음을 지었다.

그러나 결국 뿌리치지 못하고 있으니 옆에 있던 크루루시퍼가 입을 열었다.

"메르. 너는 신전 기사단의 일원이잖아? 좀 더 얌전히 처신하는 게 어떨까."

"알 게 뭐람. 나는 천재에다가 어린애인걸. 다소 멋대로 군다 해도 괜찮다구. 오빠도, 귀여운 여자애가 달라붙으니까 좋아하는 것 같고."

그러나 메르는 빙긋, 소악마 같은 미소를 지으며 더욱 도발했다.

"안타까운걸. 룩스 군은 평소에도 귀여운 여자애들 틈에서 사느라 그런 것에 익숙한 남자애라구? 그런데도 전혀 손을 대지 않으니까, 그 정도 행동을 해본들 소용없어."

"……저기, 아무렇지도 않게 나까지 헐뜯지 않았어?!"

그 즉시 룩스가 태클을 걸었지만, 안타깝게도 무시당했다.

"흐응~. 하지만 내 쪽이 더 귀여우니까, 오빠는 좋지?"

그래도 계속해서 밀어붙이는 메르를 보며 크루루시퍼는 한숨을 내쉬었지만, 그 와중에 은근슬쩍 룩스를 향해 뭔가 하고 싶은 말이 있는 듯한 시선을 보냈다.

'어, 어쩐지, 내게 반론하라고 재촉하는 듯한 느낌이……!'

언뜻 보면 메르의 도발에 끄떡하지 않는 연장자의 태도를 취하고 있었지만, 몸짓 하나하나마다 그런 분위기가 느껴졌다.

좋아, 하고 룩스는 각오를 다졌다.

여기선 크루루시퍼가 마음 상하지 않게끔 그녀 대신에 반론하기로 했다.

"그렇게 단정할 수는 없어. 크루루시퍼 씨는 예쁘기도 하지만, 단순히 그것만이 아니라 행동거지나 분위기까지 포함해서 무척 멋진 사람이라고 생각하니까."

백작 영애의 기품인가, 아니면 그녀 자신이 특별한 것인가.

리샤나 다른 소녀들과는 또 달랐다. 그녀 본인의 행실과 긍지를 관철하는 분위기가 무척이나 아름답다는 생각이 들었다.

그 말이 마음에 들었는지 크루루시퍼의 입매가 아주 약간

누그러졌다.

"룩스 군도, 사탕발림이 능숙해졌는걸."

그녀의 반응에 룩스가 안심하자, 메르는 불만스러운 표정으로 뺨을 부풀렸다.

"헤에~. 오빠는 어른스러운 사람이 취향이구나. 하지만 나도 앞으로 몇 년만 지나면, 지금 크루루시퍼랑 같은 나이가 된다구? 그때는 젊은 내 쪽이 좋겠지? 가슴도 물론 앞으로 더 커질 테고!"

"엑……?!"

룩스는 자신의 팔을 껴안은 채 메르가 꺼낸 한마디에 동요하며 얼굴을 붉혔다.

아직은 거의 절벽에 가까운 소녀의 가슴보다는, 위쪽 팔의 부드러운 감촉에 가슴이 뛰었다.

'—내가 대체 무슨 생각을?! 메르는 겨우 열세 살이라고?!'

애써 동요를 숨기려고 하고 있자니 옆에 있던 크루루시퍼가 조용히 중얼거렸다.

"보장할 수 없는 허세는 안 부리는 게 좋을 텐데? 나중에 창피한 기억으로 남아서 이불을 걷어차고 싶어질지도 모르니까."

"역시~. 지금 창피한 크기의 가슴을 지닌 사람은 말하는 게 확실히 다른걸~."

그녀의 냉정한 반응에 메르는 조소로 응수했다.

크루루시퍼의 얼음장 같은 표정에 빠직, 실낱같은 금이 생긴 것처럼 보였다.

"아, 신경 쓰고 있었어? 미안해. 남에게 상처를 줬을 때는 사과해야지."

"말해두겠는데, 나는 딱히, 가슴 크기에 신경 쓴 적 없어."

"흐~응. 웬만한 남자들은 안 그럴거라고 생각하지만 말야—. 저번에 신전 기사단 사람들한테 물어봤는데, 가슴은 커야 좋다고 그랬거든. 오빠는 어느 쪽이 좋아?"

"어, 어어 그게……."

갑자기 이야기의 방향이 자신 쪽으로 틀어져 룩스는 난처해했다.

어느 쪽이 좋은지 즉시 결정할 수 있는 문제가 아니었기에 뭐라고 말할 수는 없었지만, 일단 어찌어찌 대답해보았다.

"그러니까, 나는 크기 같은 건 신경 써본 적 없을……걸?"

힐끔, 멀리서 날아오는 크루루시퍼의 시선을 느꼈지만, 아마도 기분 탓일 것이다.

"흐응—. 뭐, 알았어. 그렇다고 해줄게."

메르는 생긋 앙큼한 웃음을 지으며 룩스 쪽으로 더욱 몸을 밀어붙였다.

"그나저나 당신, 생각보다 의리 있는 남자구나. 보기와는 다르게 제법 뚝심이 있는 것 같아."

"아하하, 고마워."

어린 나이에 비해 무섭도록 영악하고 천재적인 자질을 지닌 소녀에게 칭찬받는 기분은 나쁘지 않았다.

고집에 센 성격인 것은 분명하지만, 나쁜 애는 아닌 것 같다고 룩스가 생각했을 때—.

“그러면 크루루시퍼와의 약혼은 파기하고, 나랑 결혼하지 않을래?”

“—어?”

순간 무슨 말을 하는 건지 알아듣지 못하고 입을 쩍 벌리고 말았다.

그러나 메르는 룩스를 올려다보며, 요염한 웃음을 머금고 계속해서 말했다.

“생긴 것은 뭐, 남자다운 느낌은 좀 부족하지만 잘생겼으니까. 기룡사로서의 실력도 꽤 괜찮고, 그밖에 겸손한 점도 그럭저럭 마음에 들었어.”

“노, 놀리지 마?! 그, 아무리 나라도, 그렇게 몇 번이나 속진 않는다고.”

“나는 진심인데? 게다가— 모처럼 이렇게 『순례제』에 참가한 덕분에 번거로운 절차도 하나 줄었는걸.”

“……? 무슨 소리야?”

룩스가 고개를 갸웃하자 메르는 술술 대답해주었다.

“유미르 교국의 경건한 신도가 다른 나라 사람이랑 결혼하려면 조건이 있어. 교국에서 열리는 큰 축제 중 하나에, 그 상대와 함께 참가해야 하지. 유서 깊은 귀족들은 아직도 빼먹지 않는 전통이야.”

독특한 신앙을 지닌 유미르 교국.

그중에서도 위계가 높은 신도들에게는 특수한 의무가 부과

되어 있다는 이야기는 예전에 들어보았다.

'어라, 하지만……. 그렇다면—.'

"내 옆에서 그를 유혹하다니, 너도 참 어지간히 목숨 아까운줄 모르는구나."

룩스가 문득 생각한 순간, 크루루시퍼가 한숨을 내쉬며 대화에 끼어들었다.

"아직 어리다고 의식 도중에 소동을 일으키면, 명문 기잘트가의 이름에 오명이 남게 될 거야."

다시 언니 같은 말투로 충고하자, 메르는 기죽지도 않고 웃음으로 대꾸했다.

"그런 일은 없을 거야. 그럼 오빠, 나중에 봐!"

도발은 이 정도로 충분하다고 판단했는지 메르는 룩스의 팔을 놓아주었다.

웃는 얼굴로 손을 흔들고, 그대로 공원묘지로 이동하는 앞쪽 대열로 달려갔다.

그 일대에 둘만이 남게 되자, 크루루시퍼는 도끼눈을 뜨고 룩스를 노려보았다.

"꽤 즐거워 보이더라? 룩스 군은 어린 여자애 취향이었어?"

"뭣?! 이상한 소리 하지 마, 크루루시퍼 씨! 확실히 별난 애긴 하지만, 딱히 악의는 없어 보였고……."

"글쎄, 어떨까. 결국, 룩스 군은 귀여운 여자애한테 특히 더 다정한 것 같으니까."

앞쪽으로 시선을 고정한 채, 어쩐지 쌀쌀맞은 말투로 말했다.

늘 냉정한 그녀의 모습을 생각하면, 약간 토라진 것처럼도 보였다.

"그, 그건 둘째 치고, 이 『순례제』 말인데……."

그래서 화제를 전환하려고 조금 전에 메르의 이야기를 들으며 생긴 의문점을 입에 올렸다.

"뭔데?"

"이 행사에 참가하면, 교국에서 나를 크루루시퍼 씨의 결혼 상대로 인정한다는 게 사실이야?"

"……."

"잠깐, 왜 갑자기 조용해져?! 크루루시퍼 씨답지 않게?!"

당황해서 그렇게 다그치자, 크루루시퍼는 진지한 표정을 지으며 룩스에게서 슬며시 고개를 돌렸다.

"나답지 않게 깜빡 잊고 있었네. 그러고 보니 그런 관습도 있었지. 확실히 이 『순례제』를 마치면, 뜻하지 않게도 그 자격을 얻을 수 있게 돼."

"되게 속보이거든?! 크루루시퍼 씨!"

"그렇게 놀라지 마. 너를 이 귀향에 부른 이유는, 어디까지나 에인폴크가의 진의가 마음에 걸려서 그런 거니까. 딱히 룩스 군이 모르는 사이에 결혼 조건을 전부 갖춰둬야겠다든지, 그런 생각은 전혀 하지 않았어."

"하다못해 내 눈을 보면서 얘기해달라고?!"

담담히 대답하는 크루루시퍼에게, 룩스는 무심코 큰 소리로 태클을 걸었다.

주위의 신전 기사들이 힐끗 노려보는 시선에 입가를 가린 직후—.

"—전원, 발검하라!"

하얀 안개를 가르는 듯한 남자의 목소리가 대열 전방에서 들려왔다.

룩스와 크루루시퍼는 순식간에 표정을 바꾸고 검대에서 기공각검을 뽑았다.

"전방 공원묘지에 환신수 반응이 하나! 신전 기사단 다섯 명이 지금부터 요격에 나선다. 나머지 인원들은 장갑기룡을 장착하고, 교황 예하의 호위에 전념해라!"

신전 기사단장이 우렁찬 목소리로 대열에 지시를 내렸다.

당연한 이야기이지만, 부대원 중 누군가 한 사람은 상시 《드레이크》를 장착하게 해서 그 기본 기능인 레이더로 탐지하고 있었을 것이다.

"흣, 그건 둘째 치고 이제 발견한 거라면 아직 멀리 있을 텐데. 그렇게 허둥댈 필요가 있는 건가?"

어느새 근처에서 걷고 있던 장남 자인이 중얼거렸다.

그러나 크루루시퍼는 조용히 고개를 저으며 그 말을 부정했다.

"필요라면 있어. 이 길에서 공원묘지에 도착할 때까지는 좁은 언덕길이 이어지잖아. 적이 알아차리기 전에 선공에 나서서, 지형적 이점을 얻지 않으면 위험해."

"크흠……."

그녀에게 지적당한 자인은 못마땅한 듯 신음했다.

"확실히…… 여기서 싸우는 건 너무 위험해."

크루루시퍼의 지적에 룩스도 수긍했다.

당연하지만 이렇게 좁은 외길에서는 부대를 전개할 수 없고, 장갑기룡을 소환해도 싸우기 힘들었다.

공원묘지라는 넓은 장소에 환신수가 있다면, 이 좁은 길로 오기 전에 물리치지 않으면 위험하다.

"오히려 마음에 걸리는 건…… 아니, 지나친 생각이겠지."

"……무슨 소리냐?"

크루루시퍼의 중얼거림에 자인이 의아하다는 표정을 보인 바로 그 순간—.

이이이이이이이이이이이잇—!

"……윽?!"

강렬한 이질적인 소리가 공원묘지 부근 일대에 울려 퍼졌다.

몇 번이나 들어 익숙해진 개전을 알리는 음색.

환신수를 부르고, 복종시켜 조종하는 뿔피리 소리였다.

주위에 긴장감이 감돈 직후 좌우에 있는 나무들이 흔들리더니, 몇 마리의 환신수가 뛰쳐나왔다.

"—?! 이 녀석들은, 분명……!"

하이트라는 이름의 생물형 환신수.

털복숭이에 인간보다 몇 배나 덩치가 큰 거대 원숭이.

장검처럼 예리한 세 개의 갈고리 손톱으로 사냥감을 찢고, 일격으로 성벽마저 파괴하는 완력을 지녔다.

장갑기룡을 장착했다 해도 긴장을 늦추면 힘에 밀려 당할지도 모르는 난적.

심지어 커다란 덩치에 비해 움직임은 재빨라서, 전망이 좋지 않은 지형에서는 상당히 불리했다.

"혀, 협공이다?! 좌우에서 동시에 나타났어……!"

공포와 놀람이 섞인 목소리로 신전 기사단이 저마다 소리쳤다.

닥쳐오는 위협에도 동요하지 않고, 두 명의 기룡사는 거의 동시에 영창부(패스 코드)를 읊었다.

"—오라, 힘을 상징하는 문장의 익룡. 나의 검을 따라 비상하라, 《와이번》."

"—전생하라. 재화에 사로잡힌 재앙의 거룡. 끝없는 욕망의 대가가 되어라, 《파프니르》."

그 직후, 룩스와 크루루시퍼의 눈앞에 인광(燐光)이 모이며 형태를 이루었다.

소환된 유선형 기계 장갑은 신속하게 그 몸을 뒤덮는 갑옷으로 변했다.

"……으샤아아아아아아앗……!"

포효와 함께 우직우직! 하고 쓸려나간 나무들이 날아왔다.

협공에 나선 하이트는 여럿이었는지 다른 신전 기사단의 비명이 들려왔다.

그러나—.

"크루루시퍼 씨!"

"응, 전위는 맡길게."

《기룡포효(하울링 로어)》의 충격파와 장벽아검(스케일 블레이드)을 방패 대신 다루며 날아오는 나무를 튕겨내고 분쇄했다.

직후에 나무 사이에서 뛰쳐나온 거대 원숭이 한 마리를 크루루시퍼가 즉시 저격했다.

《파프니르》의 특수 무장, 《동식투사(프리징 캐논)》에서 발사되는 동결탄.

총구를 벗어난 푸른 섬광은, 어지럽게 날아다니는 무수한 장애물을 피해 하이트의 안면을 얼려버렸다.

평범한 짐승이라면 기도를 포함한 머리 전체가 얼어붙은 시점에서 승패가 결정된다.

—그러나 눈앞의 환신수는 그 상황에서도 통나무처럼 우람한 팔을 휘둘러 공격하려 했다.

"아니?!"

예상 밖의 반격에, 가까이에서 보고 있던 자인이 크게 놀랐다.

그러나 대치 중인 룩스는 안색 하나 바꾸지 않고, 날아오는 그 팔을 순식간에 잘라버렸다.

신속제어(퀵 드로우)를 이용한 단 한 동작의 초고속 일섬.

그럼에도 저항하는 환신수의 가슴에, 크루루시퍼의 《프리징 캐논》에서 발사된 통상탄이 여러 발 꽂혔다.

같은 부위를 집중적으로 사격해서 가슴의 핵을 파괴했다.

"……갸, 아아……!"

하이트는 남아있는 손으로 가슴을 쥐어뜯는 것처럼 발버둥

치다가 이내 절명했다.

굉음을 내며 그 자리에 고꾸라지다니 까만 재로 변해 사라졌다.

"이 상황에서 하이트를, 이렇게 간단히 해치웠, 어……?"

크루루시퍼와 룩스를 보고 있던 장남 자인은 아연실색하여 중얼거렸다.

두 사람의 호흡이 맞는 연계는 물론, 그 깔끔한 솜씨에 눈길을 빼앗겼다.

주위에 있는 신전 기사단 소속 기룡사들도 침착함을 되찾고, 다소 열세이긴 하지만 호각의 승부를 전개하기 시작했다.

"흐, 흥……. 『칠용기성』의 자리는, 이름만 번드레한 건 아니었던 모양이군."

두 사람의 실력에 압도당한 자인은 강한 척 했지만, 싸움은 아직 계속되고 있었다.

"하이트를 상대하는 법은, 학원에서 본 책에도 적혀 있었지."

그렇게 중얼거리며 크루루시퍼는 확인하는 것처럼 하늘을 올려다보았다.

"—그러네. 여기선 정석을 따르자."

환신수 하이트는 민첩한 대신 하늘을 날지 못한다.

따라서 비행형 기룡을 장착한 사람은 좁은 장소에 밀집하지 않고 흩어지는 것이 상책이었다.

"자인 오라버니는 전방 부대에 합류해줘. 내가 하늘에서 원호할 테니까."

크루루시퍼는 자인에게 그렇게 말한 후 재빨리 《파프니르》로 날아올랐다.

공원묘지와 그곳으로 가는 오르막길이 한눈에 들어오는 상공에 자리를 잡고, 원호하기 위해 라이플을 겨냥했을 때—.

"크루루시퍼 씨! 위험해!"

룩스가 소리친 직후, 《파프니르》의 배후에 광탄이 꽂히며 폭발이 일어났다.

연속적으로 터진 폭염이 사그라들었을 때, 크루루시퍼는 일곱 장의 방패와 함께 공중에 머물러 있었다.

"……어떻게 된 걸까? 이건—."

자동 방어형 특수 무장 《용린장순(오토 실드)》 덕분에 피해는 없었지만, 미리 계획한 듯한 공격에 눈살을 찌푸렸다.

《파프니르》가 하이트를 노리려고 날아오른 상공보다 훨씬 더 높은 고도— 구름 속에 환신수 가고일이 숨어있었다.

"노리고 한 짓인가? 아니, 그럴 리가……!"

룩스도 《와이번》으로 비행하면서 경계하는 시선으로 주위를 둘러보았다.

뭔가 묘했다.

일부 예외적인 상황을 제외하면, 환신수라는 존재는 다른 종족 간에는 연계를 하지 않는다.

특히 뿔피리로 여럿이 동시에 조종당하고 있다면, 같은 명령을 따르는 까닭에 움직임이 단조로워질 터였다.

그런데 이 훌륭한 연계는 어떻게 된 것일까?

가장 먼저 나타난 하이트 한 마리가 부대에 있는《드레이크》의 관심을 전방으로 집중시켰다.

색적의 이목이 그쪽으로 쏠린 틈을 타 좌우의 숲에 숨어있다가 협공.

아무리 전력을 갖추었다고 해도, 이런 지형에서 대응하려면 골머리를 앓을 수밖에 없다.

비행형 기룡사들이 상공으로 피신하여 지상에 원호사격을 하려고 진형을 가다듬으려는 순간, 기다렸다는 듯 그 머리 위에서 가고일이 광탄을 퍼부었다.

마치 이쪽 상황과 기룡사가 선택할 최선의 행동을 전부 간파하기라도 한 듯한 연계.

《오토 실드》를 지닌《파프니르》외의 기룡이었다면 추락하거나, 최악의 경우 그 자리에서 목숨을 잃었을 것이다.

현재 눈으로 할 수 있는 환신수는 총 일곱 마리.

뿔피리 사용자는 주위에서 확인되지 않았으니 적은 우선 그것뿐이었다.

대부분의 병력을 상급 계층으로 편성한 이번 부대라면 호각 이상으로 싸울 수 있을 테지만, 교묘한 적의 계략 탓에 지금은 열세를 면치 못하고 있었다.

"룩스 군. 지상은 맡겨도 될까? 나는 하늘의 환신수를 처리할게."

우선 적 전력부터 파악하지 않으면 아무것도 시작할 수 없었다.

신전 기사단은 연이어 일어나는 상황변화에 침착함을 잃어 진형을 무너뜨리고 있었다.

지금은 룩스와 크루루시퍼의 힘으로 어떻게든 활로를 열 수밖에 없었다.

"힘을 아낄 상황이 아니야."

그렇게 판단한 룩스는 재빨리 《바하무트》의 기공각검에 손을 댔다.

하지만 그 찰나. 무지막지한 살의가 주위의 공기를 꿰뚫었다.

"—움직이지 마. 그것들은 내 사냥감이야."

"……윽?!"

그 순간 룩스는 보았다.

조금 전까지만 해도 까불거리던 어린 소녀— 메르 기잘트가, 그 몸에 어울리지 않는 대형 장갑기룡을 착용하고 있는 모습을.

상반신은 붉은색, 하반신은 하얀색.

흔하지 않은 배색의 장갑에 눈길을 빼앗긴 순간 그 장갑기룡이 움직였다.

"《드래이그 귀버》…… 보여주겠어, 『정벌자』라는 이명의 의미를."

대형 용전부창[할버드](龍戰斧槍)을 높이 쳐들고, 메르는 차륜 추진장치[드라이브]로 가속했다.

그녀는 방어에 급급하던 신전 기사단 앞으로 뛰쳐나가 거대 원숭이에게 할버드를 냅다 휘둘렀다.

"기, 카아아아악?!"

철사처럼 단단한 체모까지 포함하여 강인한 신체를 지닌 하이트가 단 일격에 나가떨어졌다.

게다가 특수 무장의 능력인지 전신이 순식간에 불꽃으로 뒤덮였다.

그러나 그 정도로 끝날 상대가 아니라는 것은 조금 전 교전을 통해 룩스도 알았다.

"메르! 그것만으로는 부족해! 적의 핵을 파괴해야—."

"어머, 귀찮기도 하지."

그 직후, 전신이 불타는 와중에도 하이트는 《드래이그 귀버》를 향해 달려들었다.

그러나 메르는 할버드의 끝부분— 창날을 이용한 찌르기로 어렵지 않게 흉부의 핵을 꿰뚫었다.

"오, 그…… 으!"

짧은 신음을 남기고 3메르 남짓한 거구가 땅에 쓰러졌다.

그것을 확인하자 메르는 신속하게 신장기룡을 움직여 다른 하이트를 사냥하러 나섰다.

"……."

그 인상적인 솜씨를 보고 룩스는 말문이 막혔다.

하이트의 딱딱한 털을 태워버리기 위해 불꽃으로 공격하고, 그 직후 할버드로 찔러서 핵을 분쇄.

환신수의 특성을 간파한 극도로 효율적인 전술이다.

예사롭지 않은 그 실력에 감탄하고 있는데 크루루시퍼에게서 용성이 날아왔다.

『하늘에 있는 가고일 한 마리는 처리했어. 이제 한 마리밖에 안 남았어.』

『—응.』

메르의 움직임에 한눈팔고 있을 상황이 아니었다.

차륜 추진장치가 있는 것을 보면 메르의 신장기룡은 육전형이다.

룩스가 원호를 위해 공중으로 날아오른 순간, 아마도 마지막 한 마리일 터인 하이트가 맨몸의 수녀를 덮치려는 모습이 보였다.

"위험해!"

룩스는 전속력으로 비행해서 《와이번》으로 하이트를 공격했다.

반격하기 위해 들어 올린 주먹을 스케일 블레이드로 막아냈다.

직후에 그 거대한 주먹이 산산이 박살났다.

상대의 공격을 한 점에 받아내는 카운터 기술 극격.

"우…… 갸아아아아아악!"

절규를 내지르며 주위의 거목을 잡아 뽑은 하이트는 그것을 무기 삼아 마구 휘둘렀다.

룩스의 기술을 위험하다고 판단해서 세운 대책일 테지만, 그 움직임은 완전히 읽힌 상태였다.

"—《재화의(와이즈블러드) 예지》."

상공에 있던 크루루시퍼는 그것을 놓치지 않고 저격했다.

몇 초 뒤의 미래를 예지하는 《파프니르》의 신장에 하이트의 움직임은 완전히 예측 당했고, 여러 줄기의 섬광이 팔다리를 얼렸다.

끝으로 흉부를 노려 집중적으로 연사했고, 마침내 환신수는 무너져 내렸다.

"후우……."

어떻게든 궁지에서 벗어나자 룩스는 안도의 한숨을 내쉬었다.

신전 기사단도 역시 정예는 정예인지 니아스 교황을 포함해 눈에 띄는 피해는 없는 것 같았다.

그러나 똑같이 안도한 듯한 니아스 교황 옆, 아직 소년인 그와 바싹 달라붙어 있는 수녀의 존재에 룩스는 위화감을 느꼈다.

"하— 살았지 말입니다."

니아스나 메르와 비슷한 또래로 보이는 소녀.

동행 자체는 부자연스러울 게 없었고, 어제도 있었을지도 모른다.

하지만 의식 보좌라면 주교 한 사람으로 충분하지 않을까?

이런 위험이 따르는 순례에, 굳이 무력한 소녀를 대동시킨 이유는—.

"……큭?! 전원 경계하라! 아직 환신수의 반응이 하나 남아 있다!"

《드레이크》를 장착한 신전 기사 한 사람이 그렇게 외쳤다.

다시 일대에 긴장감이 팽팽해진 순간, 쌓인 눈 뒤에 숨어있던 익수(翼獸)— 키마이라가 니아스 교황을 향해 날아들었다.

"예하를 지켜라!"

역시 완전히 경계를 풀고 있던 것은 아니리라.

기룡사 몇 명이 니아스와 주교 앞을 막아섰지만, 갑자기 방향을 전환한 키마이라는 어린 수녀의 옷을 물고 공중으로 날아올랐다.

"……아니?!"

모두가 교황의 신변을 걱정하고 있던 상황에서의 표적 변경.

신전 기사단 일동만이 아니라 룩스와 크루루시퍼도 허를 찔렀다.

그것을 뒤쫓으려고 기룡 조종간에 힘을 넣었을 때, 지상에서 무언가가 날아올랐다.

"《드래이그 귀버》— 와이번 모드."

메르가 기공각검을 쥐며 중얼거리는 것과 거의 동시에, 사념조작에 의해 그녀가 장착한 신장기룡이 변형했다.

지상전과 근접전투, 방어력에 특화된 육전형에서 날개를 지닌 기동성 높은 비행형으로.

백색과 적색 투톤으로 채색된 장갑기룡의 비율이 역전되었다.

"변형?! 저 신장기룡은 설마 비행형과 육전형의 특성을 상황에 맞게 선택할 수 있는 건가?"

놀라운 광경이긴 했지만, 메르에게만 모든 것을 맡길 수는 없었다.

룩스와 크루루시퍼도 저마다 기룡으로 날아올라 뒤쫓으려

고 했을 때, 갑자기 키마이라 앞으로 돌풍이 불어 움직임을 순간적으로 제지했다.

직후에 날아오른 메르의 할버드가 등 뒤에서 키마이라를 두 동강 내버렸다.

"—기, 이이이!"

둔한 단말마의 잔향을 남기고 키마이라의 신체가 녹아내렸다.

그 모습을 만족스럽게 바라보며 메르는 요염하게 미소 지었다.

"—유감이야. 이제 적은 없는 것 같네. 하지만 뭐, 오늘 세운 공로는 내가 이겼다고 봐도 되겠는걸."

어딘가 그늘진 그 분위기에 룩스는 말문이 막혔다.

'방금 전에 분 돌풍은 《드래이그 귀버》의 신장인가?'

어쨌거나 이것으로 알게 된 것은, 이 메르 기잘트라는 소녀가 의심의 여지가 없는 천재 기룡사라는 사실뿐이었다.

"—그런 것보다 누가 좀 살려주세요오오오오오옷!"

"……큭! 크루루시퍼 씨! 할 수 있겠어?!"

"응, 충분해."

키마이라의 절명과 함께 해방되어 자유낙하를 시작한 수녀를, 비견할 데 없는 기동력을 지닌 《파프니르》가 신속하게 품에 안았다.

크루루시퍼는 그대로 교황과 다른 신전 기사 무리에서 조금 떨어진 공원묘지 변두리에 착지했다.

메르는 그것을 본 뒤에 돌아갔고, 룩스는 크루루시퍼의 뒤를 쫓았다.

"크루루시퍼 씨! 그 아이는 무사해?!"

바로 옆까지 달려갔더니 크루루시퍼는 넋이 나간 얼굴로, 새로 쌓인 눈 위에 누워있는 수녀복 차림의 소녀를 하염없이 내려다보고 있었다.

"응, 으으으……. 이젠 틀렸다고 생각했지 말입니다."

눈 위에서 천천히 눈을 뜨며, 괴로운 듯 몸을 비트는 소녀.

그 머리를 가리고 있던 베일이 흘러내리며 예쁜 머리카락과 얼굴이 드러났다.

연녹색 머리카락을 지닌 어린 소녀.

걱정했던 상처의 흔적은 어디에도 없었다. 단지— 그 머리에, 강아지처럼 축 처진 귀가 달려있었을 뿐.

"룩스 군, 이거……."

"이 귀는, 이 아이는, 설마……!"

짐승 귀가 달린 자그마한 몸집의 소녀.

각지의 유적에서 몇 번 목격한, 자동인형(오토마타)이라고 불리는 통괄자(기어 리더).

그 겉모습을 떠올리는 용모에 무심코 숨을 죽였다.

"어라……? 아아앗?!"

룩스와 크루루시퍼의 시선을 깨달았는지, 그 자리에서 벌떡 일어난 소녀는 허둥지둥 좌우로 손을 뻗었다.

눈 위에 떨어진 베일을 찾는 모양이었지만, 이윽고 체념했는지 두 손으로 귀를 숨겼다.

귀를 손으로 가린 채, 시선은 위를 올려다보며 한마디—.

"머, 멍멍!"

기묘한 정적이 주위를 휘감았다.

"후, 후후후…… 이렇게 액세서리와 캐릭터를 만든 척하면, 아마 어떻게든 무마할 수 있겠지 말입니다. 어, 언니들, 네이를 구해줘서 고마워요멍. 진심으로 감사드려요! ……멍!"

"……."

그녀를 바라보는 크루루시퍼의 눈초리가 점점 미묘하게 변해갔다.

언젠가 『방주(아크)』에서 발견한 라 클루셰와 비슷한 성격이었다.

아니, 어쩐지 이쪽이 더욱 이상하다는 생각이 들었다.

일단 위험하진 않다고 판단한 룩스와 크루루시퍼는 장갑을 해제하고 상담했다.

"자동인형이라는 건, 기본적으로 다들 덜떨어진 성격인 걸까?"

"글쎄……."

크루루시퍼의 어이없어하는 말에 룩스가 쓴웃음을 짓자, 네이라는 이름을 댄 소녀는 크게 당황하며 손을 흔들었다.

"아, 아니지 말입니다! 저는 자동인형인지 뭔지 하는 존재가 아니지 말입니다! ……후우, 하마터면 들킬 뻔한 상황이었지 말입니다."

"아무래도 좋지만, 생각이 그대로 흘러나오고 있거든……. 그래서 너는 대체—."

크루루시퍼는 기가 막혔지만, 네이는 그런 그녀의 태도도 눈치채지 못한 채 고개를 돌렸다.

“후후후, 감쪽같이 속았지 말입니다. 이 사람, 보기와는 다르게 실제로는 머리가 나쁘지 말입니다.”

“그러니까 다 들린대도. 나는 온화한 성격이라고 자부하지만— 자꾸 그러면 해체해버린다?”

“하와—?! 실례했지 말입니다!”

“농담이야. 그보다 혹시 내 얼굴을 본 적 없니?”

“네—?”

크루루시퍼는 냉정하게 말하며 네이의 머리를 가볍게 쓰다듬었다.

그 순간 네이의 눈이 활짝 열리더니 창백한 빛이 눈에 깃들었다.

“—당신은, 『열쇠 관리자』, 님?”

멍하니 눈을 몇 차례 깜빡인 후, 소녀는 자신의 머리에서 귀를 가리던 손을 뗐다.

축 늘어진 두 개의 귀를 쫑긋 세우고서, 장의를 입고 있는 크루루시퍼의 품에 느닷없이 뛰어들었다.

“꺄…….”

드물게도 가녀린 비명을 지른 크루루시퍼를 껴안으며 네이는 눈물을 글썽였다.

“드디어 만났군요, 관리자 님! 이것으로 저도 유적으로 돌아갈 수 있게 됐지 말입니다. 잘 되었어요!”

“좀 진정하렴. 정말로 너는, 유적의 자동인형이니?”

"네. 저는 유적『갱도』의 통괄자인 네이 루슈라고 해요. 앗, 그러니까……. 그러고 보니 이 분은―."

그제야 룩스의 모습이 마음에 걸렸는지 주뼛주뼛 바라보았다.

기억을 되찾은 라 클루세처럼 룩스를 적대하는 것이 아닐까 걱정됐지만, 지금으로선 그런 낌새는 보이지 않았다.

"그러면 내가 하는 말은 듣겠구나. 네이, 내가『열쇠 관리자』라는 사실과 네 정체를 알아차렸다는 이야기는 밝히지 않아 주겠니?"

"……네?"

크루루시퍼의 말에 룩스와 네이가 동시에 고개를 갸웃했다.

그 뒤 크루루시퍼는 네이와 작은 목소리로 이런저런 이야기를 나누었다.

"부탁할게. 상세한 이야기는 나중에 하자. 그러면―."

그러나 그녀의 의도는 금세 알게 되었다.

니아스 교황을 지키는 신전 기사단 부대가, 바로 옆인 공원 묘지 주변을 수색하고 있었다.

아마도 수녀로 변장한 이 소녀를―.

"두 사람 다 무사한가?! 그 수녀는 어디에 있지?!"

기사단장 사내의 목소리가 들렸기 때문에 룩스는 크루루시퍼의 의도를 파악했다.

"다들 무사합니다. 그녀도 다치지 않았구요."

그렇게 대답하면서, 다시 베일을 쓴 네이를 보여주었다.

안도한 표정을 지으며 기사단장은 예의를 표한 다음 그녀를 데리고 갔다.

"나중에 저 아이랑 다시 이야기를 나눌 필요가 있겠어."

"응……."

메르를 중심으로 한 신전 기사단의 활약으로 환신수 무리는 소탕된 모양이었다.

그 뒤로 순례 의식도 순조롭게 마쳐 오늘 일정은 전부 끝났다.

"—그러면 기사단 여러분, 내일도 신세를 지겠습니다."

오르펠 주교의 인사로 둘째 날이 마무리되어 신전 앞에서 해산했다.

니아스 교황 곁에 붙어 있는 네이를 남몰래 눈으로 좇았지만, 그대로 신전으로 들어갔다.

신전은 어디까지나 실무를 위한 공간이지 거주 공간은 아닐 터였다.

'네이는 교국 상층부의 관리 하에 있는 걸까?'

적어도 대주교, 주교쯤 되는 고위 신관은 네이의 정체를 알고 있을 거라고 보는 게 맞을 것이다.

"어딜 보는 거야? 오빠."

"우왓?!"

갑자기 등을 간질이는 감각에 룩스는 살짝 튀어 올랐다.

뒤를 돌아보자 메르 기잘트가 요염한 미소를 머금고 있었다.

"나, 나한테 뭐 볼일이라도 있어?"

네이의 정체를 알아차렸나 싶어서 철렁했지만, 다행히도 그건 아닌 듯했다.

"어땠어? 나랑 《드래이그 귀버》가 싸우는 모습은. 크루루시퍼보다 더 멋지지?"

의기양양하게 말하며 메르는 웃었다.

『검은 영웅』, 신장기룡 《바하무트》를 다루는 룩스의 정체에 대해서는 왕도의 투기장에서 그라이퍼와 맞붙었을 때 알아차린 것 같았지만, 그것을 언급하려는 낌새는 없어보였다.

애초에 보통은 동맹국의 내부 사정에는 머리를 들이밀지 않는 법이다.

다시 말해 룩스가 동격의 실력자임을 알기 때문에, 순수한 궁금증에서 물어보는 것이다.

"굉장했어. 그 나이에 그 정도로 신장기룡을 잘 다루는 사람을 처음 봤다고."

"좀 더 멋진 찬사를 듣고 싶은데. 나이에 비해서라든지, 천재라든지, 그런 흔해빠진 미사여구는 이제 질렸다구. 아참, 아름답고 귀엽다는 건 알고 있으니까 괜찮아."

"메르는 역시 재미있는 아이구나."

한없이 자신만만한 태도였지만, 신기하게도 그것이 불쾌하지는 않았다.

그녀의 순수한 분위기 덕분인지도 모른다.

"하지만 네 전투 방식은 위험하다고 생각해."

"헤에, 참고로 삼게 의견을 부탁해볼까?"

룩스의 말에 메르는 태연하게 응대했다.

아직 어리지만 정신적으로 약한 것 같지는 않았다.

그래서 룩스도 괜한 배려는 하지 않고 솔직한 의견을 말하기로 했다.

"확실히 너는 강해. 아마도 많은 환신수의 생태를 기억하고 있을 테고, 그 특수한 신장기룡도 손발처럼 자유자재로 다루고 있지. 실력만이라면 확실히 조금 전의 부대에서는 그 누구보다 뛰어날 거라고 생각해. 하지만……."

"다른 사람들의 안전을 영순위로 생각하지 않는다. —그런 말을 하고 싶은 거야?"

메르는 비꼬는 듯 웃으며 룩스의 말을 가로챘다.

상황판단이 정확하고 압도적으로 강한 탓에 파악하기는 어렵지만, 메르는 사정권 내의 환신수를 최단시간 내에 사냥하려 했다.

그것 자체는 한 가지 전략으로서는 타당했지만, 동시에 여유를 잃을 수가 있었다.

그리고 다른 기룡사와의 연계를 고려하지 않았다.

빼어난 실력을 지녔고 절대적인 자신감을 가졌기에 가능한 행동일 테지만, 위태로웠다.

"—맞아. 뭐, 그건 어쩔 수 없어."

그러나 그 지적에 일단 고개를 끄덕인 다음, 메르는 태연한 모습으로 그렇게 대답했다.

"왜냐하면, 내 마음은 저주받았으니까."

"……뭐?"

의미심장한 한마디에 룩스가 고개를 갸우뚱했다.

"내가 『정벌자』— 이 교국에서 그 누구보다 많은 환신수를 처치한 사람이라는 칭호를 얻은 이유가 바로 그거야. 나는 환신수를 보면 누구보다 먼저 쓰러뜨리지 않고서는 견딜 수 없는 성격이거든."

"그게, 무슨 소리야……?"

"크루루시퍼가 안 알려줬어? 우리 집안— 교국의 대귀족인 기잘트 가문은 7년 전에 멸망했어. 오직 나 하나만을 남기고, 환신수의 습격으로 가족은 전부 저세상으로 떠났지."

"……."

그 처절한 사실에 놀라는 한편, 동시에 무언가 막힌 것이 풀리는 듯한 기분도 들었다.

왜 에인폴크 가문과 동급의 무가라면서, 그녀의 존재만이 유명한 것인가—.

그것은 그녀를 제외한 혈통이, 전부 죽은 탓이었다.

"7년 전, 오늘과 같은 『순례제』날. 유적이 폭주해서— 십여 마리의 환신수가 한꺼번에 쏟아져 나왔어. 미숙했던 당시의 교국 기룡사들은 제대로 대처하지 못했지."

항상 당당한 웃음을 머금고 있던 메르의 얼굴에, 아주 살짝 슬픔이 드러났다.

"그래서 그날 이후로 나는 부서졌어. 설령 다소의 위험을 무릅쓰게 될지언정, 환신수를 보면 해치우지 않고서는 못 배기지. 내 손으로도 제어할 수 없는 거야, 이 충동은 말이지."

"메르……."

"이야기는 끝났어. 나중에 봐, 오빠."

평소의 말투로 돌아온 메르는 인사를 남기고 그 자리에서 떠났다.

룩스는 그 이상 아무 말도 할 수 없어서, 조용히 그 뒷모습을 배웅했다.

†

"오늘도 수고하셨습니다. 그러면 성도 제일의 여관으로 모시겠습니다."

신전 근처에서 호위 임무가 해제된 후, 이번에도 마차를 준비해 마중 나온 알테리제가 오늘은 다른 행선지를 제시했다.

"어라, 집에는 안 돌아가는 겁니까?"

"『순례제』 기간에 열리는 만찬회에 참가할 예정이 잡혀있거든요."

"피곤하다면 에인폴크 저택으로 돌아가도 되지만, 오늘만큼은 밖에서 묵는 쪽이 차라리 마음이 편할걸?"

크루루시퍼의 제안을 따라 룩스도 파티에 참가하기로 했다.

유미르 교국의 축제는 기본적으로 자택이나 교회에서 엄숙히 치러지지만, 일부 귀족들은 화려한 연회를 열기도 한다고 했다.

교황이나 주교 등 높은 자리에 있는 신도는 이 연회에 참가하지 않았다.

교의에 따라 정식으로 열리는 것이 아니라, 일부 귀족이 독자적으로 주선하는 회합인 듯했다.

그래도 다른 나라의 연회에 비하면 조용하다는 것은 틀림없었다.

한동안 마차를 타고 달려서 목욕탕이 있고, 주점과 식당도 함께 경영하는 고급 여관에 도착했다.

"아가씨께서는 다른 용건을 좀 해결해야 하시니, 먼저 이곳에서 편히 쉬고 계십시오."

알테리제의 안내에 따라 룩스는 개인실 문을 열었다.

구석구석 깔끔하게 청소되어있는 차분한 색조의 실내 장식.

왕도의 고급 여관 수준으로 호사스럽지는 않았지만, 시크한 디자인으로 장식이 통일되어 있어 신비로운 차분함을 자아냈다.

침대에는 따뜻하게 데운 돌이 놓여있는 등, 북쪽 나라가 아니면 볼 수 없는 서비스도 제공하는 것 같았다.

그렇게 여관의 시설 자체는 룩스의 마음에도 쏙 들었지만—.

"저기 알테리제 씨. 이 방, 어째 침대가 두 개나 있네요……?"

한 차례 둘러본 후, 룩스는 마음에 걸리는 부분을 언급했다.

"네. 대형 침대 하나짜리 방도 있습니다만, 그게, 아직 『순례제』도 끝나지 않았으니까요. 혹여나 두 분께서 분위기에 휩쓸려 선을 넘기라도 하면……."

어째선지 시선을 피하고 뺨을 붉히는 알테리제를 보며 룩스는 확신했다.

"그 이야기가 아니라, 설마 크루루시퍼 씨와 같은 방인 겁니까?!"

"……솔직히, 저로서도 아직 이르다고 생각합니다만, 룩스 님께서도 학원이나 에인폴크 저택에서는, 별로 그, 대담한 행동을 하실 수 없을 테니까요."

"그런 배려는 하지마세요! 그보다, 저랑 크루루시퍼 씨는 아직 약혼 같은 건 한 적—."

"그럼, 옷을 다 갈아입으시면 2층의 연회장으로 와주십시오. 아가씨께서도 이 방에서 옷을 갈아입으실 테니, 될 수 있는 한 빠르게 부탁드리겠습니다."

인사 하는 동시에 탕, 문을 닫았다.

또, 오해를 풀 기회를 놓치고 말았다.

"—하지만 크루루시퍼 씨는, 약혼자 문제를 어떻게 생각하고 있는 걸까?"

룩스는 준비된 예복으로 갈아입으며 문득 그런 생각을 했다.

크루루시퍼는 현재 에인폴크가에서 귀찮은 약혼을 강요당하고 있기에 룩스를 가짜 약혼자로 내세워서 성가신 일을 피하려 하는 것이리라.

그러나 아무리 그래도 이 오해를 풀지 않는다면 훗날 문제가 되고 말 듯한 기분이 들었다.

"어떻게든, 해야 하겠지."

그렇게 긴장을 푼 순간 침대에 드러눕고 싶은 충동이 솟아올랐다.

"후우, 피곤하다……."

일단 침대에 앉아 기지개를 쭉 켠 다음 그대로 뒤로 쓰러졌다.

그러자 부드러운 깃털 이불 대신에 말캉, 부드러운 감촉이 머리에 느껴졌다.

"얼레—?"

룩스가 고개를 갸웃한 순간, 재빨리 튀어나온 소녀의 손이 룩스의 몸을 끌어안듯 구속했다.

너무나 놀란 나머지 말문이 막힌 룩스의 귀에, 익숙한 소녀의 목소리가 들렸다.

"루우, 잡았다."

"……켁, 피이?! 잠깐, 왜?! 어떻게?!"

룩스의 침대에서, 소꿉친구 소녀 피르히가 자고 있었다.

마침 드러누워 있던 그녀의 가슴에 룩스의 후두부가 올라가 흡사 베개 대신 벤 듯한 그림이 펼쳐졌다.

게다가 피르히는 룩스의 몸에 두 팔을 두른 채 움직이지 못하도록 꽈악 안고 있었다.

"문단속을 잘 안하면, 들어와버린다구?"

"아, 그렇구나. 조심해야— 가 아니라, 난 지금 그걸 물어보는 게 아니거든?!"

피르히의 가슴의 부드러움과 탄력을 느끼고 얼굴이 뜨거워진 룩스가 소리쳤다.

그러자 피르히는 담담하게 대답했다.

"그냥, 언니랑, 내 스승님이 어떻게든 손을 써줬어. 그래서,

겨우 올 수 있었어."

그것만으로는 자세한 사정을 알 수 없었지만, 아무래도 렐리의 힘으로 교국에 온 모양이었다.

"스승님? ……그보다 이 자세는 위험하니까, 일단 좀 놔줄래?!"

"……싫어."

룩스를 안은 채 도끼눈을 뜬 피르히는 고개를 팩 돌렸다.

"에에엑, 잠깐만, 왜—?!"

당황한 룩스가 무심코 소리치자—.

"……나, 화났다구."

"어……?!"

피르히는 아주 살짝 뺨을 부풀리며, 전혀 화난 것처럼 보이지 않는 표정과 목소리로 말했다.

"루우랑 같이, 크레이프 가게, 가기로 약속했는데."

"앗……."

룩스는 그 말을 듣고 기억해냈다.

급하게 하루 일찍 출국한 탓에 피르히와 한 약속을 지키지 못한 것이다.

"미, 미안해, 피이! 이번에는 피치 못할 사정이 있었어. 나중에 꼭 갚을 테니까—."

"……약속, 할거지?"

허둥대는 룩스의 얼굴을 빤히 바라보며 피르히는 물어보았다.

"응. 그러니까 그, 이번에는 용서— 헙."

룩스가 변명하려는 순간 피르히가 구속을 풀었다.

그리고 일어선 룩스의 입술에, 무언가를 살짝 밀어붙였다.

잘 보니 그것은 피르히가 자주 먹는 쿠키 한 조각이었다.

"그럼, 줄게. 화해의 증거."

희미하게 웃음 짓는 피르히의 모습에 안심하며, 룩스는 쿠키를 먹었다.

은은하게 달콤하고 부드러운 맛이 입속에서 녹아내렸다.

"저기, 난 지금부터 연회에 참가할 예정인데……."

이대로 놔두고 가기도 좀 그런데, 같이 데리고 가야 할까?

그렇게 룩스가 어떻게 해야 할지 생각하고 있는데 피르히가 천천히 일어섰다.

"여관의 높은 사람이 불렀으니까, 나는 괜찮아. 나중에 봐, 루우."

아무래도 피르히도 용무가 있는 모양이었다.

자세한 이야기는 나중에 하기로 한 후, 룩스는 일단 그녀와 헤어져 연회장으로 가기로 했다.

거울을 보며 옷매무새를 체크한 다음 룩스는 객실에서 나와 2층으로 향했다.

연회장에 들어서자 넓고 환상적인 공간이 펼쳐졌다.

"……이것이, 성도의 연회구나."

무심결에 중얼거릴 정도로, 그 자리는 룩스의 눈에는 이상하게 보였다.

휘황찬란한 왕도의 파티와는 전혀 다른 분위기.

은밀하고 어둑어둑한 성찬 같은 분위기.

각 테이블에는 작은 은세공 촛대가 놓여 있었고, 자리로 안내받으니 빵과 와인이 먼저 제공되었다.

다른 요리는 기도를 마치고 서서히 조명을 밝힌 다음에 나오는 모양이었다.

조명이라곤 미덥지 못한 촛불이 전부였으며, 단상에서는 성가대의 조용한 목소리가 울려 퍼졌다.

"어쨌든 크루루시퍼 씨가 올 때까지 기다려야……."

하지만 정숙한 분위기임에도 어쩐지 뒤숭숭한 기분이 들었다.

"저기— 혹시 혼자 오셨나요?"

룩스가 가시방석에라도 앉은 기분으로 있는데, 갑자기 우아한 귀부인과 그녀의 동행으로 보이는 묘령의 여성들이 말을 걸었다.

취한 것인지 강렬한 향수 향 외에 술 냄새도 풍겼다.

아무래도 유미르 교국이라고 해도 형식에 구애되지 않는 신도도 있는 것 같았다.

"『순례제』를 보러 온 여행자시죠? 괜찮다면 잠시 이야기라도 어떤가요?"

"시, 신경 써주셔서 감사합니다. 하지만 저는, 잠시 사람을 기다리는 중이라—."

룩스가 그녀들의 권유에 당황하며 그렇게 대답하자, 여성은 더욱 신체를 밀착했다.

"어머나? 당신 같은 남자애를 내버려두다니, 못된 여자네요. 그럼 그동안은 우리가 놀아드리죠. 술도 따라줄게요."

"아, 아뇨, 저는—?!"

조바심이 났지만 적절하게 받아칠 말이 생각나지 않아 룩스는 굳어버리고 말았다.

어떡하나 싶어서 부랴부랴 잡일 지식을 총동원했지만, 연상 여성에게서 달아날 수 있을 만한 경험은 해본 적이 없었다.

룩스가 더욱 당황하며 갈팡질팡 하고 있는데—.

"—『순례제』에서는, 성가가 끝날 때까지 조용히 있는 것이 관례라고 들었습니다만?"

돌연히 그녀들 옆에서 다른 소녀의 목소리가 들렸다.

"그리고 술을 마시기에도 아직 이른 시간이죠. 그래서 물을 가져왔습니다."

소녀는 침착한 몸짓으로 물이 담긴 잔을 테이블에 내려놓았다.

품위있는, 그러면서도 완곡하게 여성들을 나무라는 의연한 말투.

겨우 그 몸짓만으로, 룩스를 희롱하던 분위기가 아주 깔끔하게 잘려나갔다.

"윽…… 뭐, 뭐야. 흐, 흥이 깨졌어. 모처럼 즐겁게 이야기나 해볼까 했더니."

끝까지 자기 멋대로 분개하면서 그녀들은 떠나갔다.

그 뒤에 「실례하겠습니다」라는 말과 함께 그 소녀가 옆에 앉았다.

"엇……?"

너무나도 자연스러운 소녀의 행동에 룩스는 무심코 소리를 내고 말았다.

어두침침한 탓에 얼굴은 잘 보이지 않았지만, 그녀의 포근한 기척에 룩스는 가슴이 뛰었다.

장식이 적은, 시크한 검은색과 보라색 천을 겹친 드레스.

이 성찬에 걸맞은 차분한 분위기였지만, 살짝 열린 가슴 부근에서는 풍만한 부피감이 보여서 도리어 그 요염함을 강조하고 있는 듯한 기분마저 들었다.

"저기, 도와주셔서 고맙습니다."

룩스는 가슴의 고동을 숨기려는 듯 인사를 건넸다.

그러자 어둠 속 옆에 앉은 소녀가 쿡쿡 웃고는 룩스 가까이로 얼굴을 다져다 댔다.

"―감사 인사는 허가하지 않겠어요. 당신을 보좌하는 건 제 임무이니까."

"어― 어어어억……?!"

그녀의 모습을 확인한 룩스는 깜짝 놀라 자기도 모르게 신음했다.

신왕국의 학원 최강, 『기사단』의 단장이자 공작 영애.

『칠용기성』이 된 룩스의 보좌관이기도 한 세리스티아가 드레스 차림으로 그곳에 있었다.

"어, 어떻게?! 세리스 선배가 이곳에―."

이 여자 선배와는 학원에서 자주 어울리는 사이였지만, 교국에서— 심지어 이 성도의 여관에서 재회하리라곤 생각지도 못했다.

"그건 제가 할 말입니다, 룩스. 멋대로 먼 곳으로 떠나버리면 곤란해요."

세리스로서는 흔치 않게도 사고뭉치 동생을 나무라는 듯한 투로 말했다.

출발 날짜가 앞당겨지는 바람에 요루카에게 전언을 부탁하고 교국으로 출발했다는 이야기를 들은 것이리라.

그 점에 대해서는 변명할 말이 전혀 없었으니 그저 미안할 따름이었다.

"—하지만 당신이 무사해서 안심했습니다. 앞으로는 사전에 상담해주세요."

그러나 딱히 화내는 것이 아니라, 순수하게 룩스의 신변을 걱정한 것이라는 분위기가 세리스로부터 전해졌다.

"네. 다음부터는 꼭 그럴게요."

그 뜻을 알아차린 룩스는 안도의 웃음을 지으며 대답했다.

그러자 세리스는 쓴웃음을 지었다.

"하지만 도움을 받은 것은 저도 마찬가지입니다. 조금 전부터 남성분들이 자꾸 말을 걸어서 곤란하던 참이었거든요. 『가까이 오지 마세요』라고, 반사적으로 거절하고 말았습니다. 긴장되니까 오지 말아 달라는 의미였습니다만……."

"아……."

한숨 섞인 세리스의 설명을 듣고 룩스는 납득했다.

"역시, 학원 밖에서도 남자를 상대하는 건 껄끄러우신가 보네요."

"노, 놀리지 마세요! ……예전보다 노력은 하고 있으니까요."

부끄러워하듯 고개를 숙이는 세리스를 보며 룩스는 쓴웃음을 지었다.

"하지만 괜한 긴장만 하지 않으면, 분명 태연하게 대화할 수 있을 거라고 생각한다고요? 그러면 다른 남자들과도 좀 더 사이좋게—."

"그런가요? 그렇다면……."

그리고 세리스는 주변에 있는 남자들을 쭉 둘러보았지만, 그다지 내키지 않는 표정을 짓더니 끝으로 룩스에게 미소를 보냈다.

"—아뇨, 역시 아직은 괜찮습니다. 룩스 이외의 남성은 아직, 좀 무서우니까요. 당신을 통해 남성에 대한 것을 좀 더 배운 다음에 해보겠습니다."

"그, 그런가요."

마치 자신을 특별하게 생각하는 듯한 표현에 무심코 가슴이 콩닥거렸다.

그런 분위기가 흐를 때, 룩스 정면에 있는 의자가 조용히 움직였다.

"아름다운 여성과 단둘이서 보내는 시간이 즐거운가 봐? 룩스 군."

"크, 크루루시퍼 씨?!"

뒤늦게 나타난 드레스 차림의 크루루시퍼가 어쩐지 싸늘한 도끼눈을 뜨고 말을 걸었다.

"여러모로 귀찮은 절차를 거친 내가 잘못했네. 설마 이 교국에까지 다른 여자애를 불러들이려고 할 줄은 몰랐거든."

"오, 오해야, 크루루시퍼 씨. 세리스 선배는 그저, 나를 걱정해서 와주셨을 뿐—."

룩스가 당황해서 변명했지만 크루루시퍼의 태도는 어딘가 불만스러워 보였다.

"수고했습니다, 크루루시퍼. 밀린 이야기는 나중에 하지요."

"뭐, 이렇게 될 것을 예상하지 못한 것은 아니지만."

크루루시퍼는 체념한 듯한 어조로 중얼거리며 자리에 앉았고, 세 사람은 저녁 식사를 시작했다.

역시 주변 사람들의 이목을 모으고 만 것 같았지만 그래도 즐거운 한때를 보낼 수 있었다.

"그건 그렇고 당신들, 아무리 룩스 군이 보고 싶어도 그렇지 너무 성급하게 행동한 거 아니야?"

식사를 마치고 볼일을 끝낸 피르히와도 합류한 뒤—.

여관 복도를 걸어가던 크루루시퍼가 야유를 섞어 물어보았다.

"그게, 그렇지만도 않습니다. 룩스가 에인폴크 가문에 체류하고 있다면, 그곳으로 한꺼번에 들이닥칠 수도 없는 노릇이니까요."

"그 말은, 설마……."

세리스의 대답을 듣고 크루루시퍼의 표정에 의심이 떠올랐다.

룩스도 고개를 갸웃하면서 방문을 연 순간, 놀라운 광경이 시야에 날아들었다.

"기다리고 있었다, 룩스!"

"오랜만이어요, 주인님."

"리샤 님?! 요루카까지?!"

한 시간 정도 비워두었던 객실에 있던 인물은 신왕국 공주 리즈샤르테와 룩스의 종자임을 자청하는 전 암살자 소녀—키리히메 요루카 두 사람이었다.

리샤는 평소의 교복 차림으로 침대에 앉아있었고, 요루카는 노출도가 높은 이국풍 옷을 입고 바닥에 무릎을 꿇은 채 룩스를 맞이했다.

"……하아, 어째서 이렇게 되어버리는 걸까."

드물게도 이마를 짚으면서 탄식을 흘린 크루루시퍼가 시선을 돌렸다.

"결국 다들 와버린 겁니까?! 그럼, 신왕국과 학원은—."

이러니저러니 해도 학원에는 정예 기룡사들이 모여있다.

출타 예정이 있으면 왕도에서 성채 도시로 기룡사 증원을 파견해주지만, 이번에는 괜찮은 걸까?

"걱정할 것 없다. 우리를 대신할 기룡사는 학원장이 수배해주었으니까. 우리도 조금 전에 막 도착한 참이다."

득의양양하게 팔짱을 낀 리샤가 대답했다.

"그래서 다 같이 이곳에 묵으러 오신 겁니까? 요루카까지—."

요루카에게 전언을 부탁할 때, 그 뒤로는 『학원장의 지시를 따라주길 바란다』라고 당부했다.

만에 하나 학원에 위기가 찾아왔을 때 협력해주길 바랐기 때문이었으나…….

"네. 학원장님께서 일단 어떻게 하고 싶은지 물어보셨기 때문에, 이렇게 주인님 곁으로 달려온 것이랍니다. —폐를 끼쳐드렸는지요?"

"아니, 그런 건 아닌데……."

"그렇다면 다행이어요. 주인님께 봉사하는 것이야말로 제 바람이니까요."

그렇게 말하며 요루카는 공손히 인사했다.

솔직히 말하자면 요루카가 이곳에 온 것은 좀 뜻밖이었다.

전언해달라는 명령을 완수한 후에는 『학원 규범을 따라주길 바란다』라는 평소의 명령만을 지킬 거라고 생각했더니, 그녀는 자신의 의지로 이곳에 왔다.

소녀는 자신을 도구라고 부르길 주저하지 않았지만, 그 저변에는 분명 감정적인 일면도 있었다.

앞으로 조금씩 모두와 사이가 가까워지면 좋을 텐데—.

룩스는 그런 생각을 하며 다시 리샤 쪽을 바라보았다.

"하지만 다들 굳이 이곳으로 온 것을 보니— 설마."

"……그래. 너희와 유미르 교국에 큰 위기가 다가오고 있다는 사실을 알았다. 우린 그 소식을 알리고, 도와주기 위해 이곳에 온 것이지."

리샤는 그렇게 대답하며 정리해둔 보고서— 유미르 교국에서 벌어질 유괴계획에 관한 자료를 침대 위에 펼쳤다.

그리고 2인실에 여섯 명이나 되는 남녀가 모여 떠들썩한 작전회의를 시작했다.

†

같은 시각, 성도 중심.

조용히 눈이 내리기 시작한 설경 속, 이미 불이 꺼진 신전에는 한 여자가 서 있었다.

하얀 로브를 걸친 여자의 귀에, 사사삭— 모래바람 같은 잡음이 들려왔다.

"—그래서 대주교 나리는 뭐라고 하던가? 순례 도중에 적에게 습격당했답시고 『순례제』를 중단하겠다…… 같은 소리는 설마 하지 않겠지?"

『용비적』 삼두목 중 한 사람, 인룡 사단장 드라켄의 목소리가 신전 내 알현실에 있는 하얀 로브의 귓가에 닿았다.

드라켄은 신전과는 거리가 있는 곳에서 장갑기룡을 장착하고 있었지만, 대화 상대인 하얀 로브는 맨몸인 채였다.

두 사람은 용성이 아니라 드라켄이 보유한 신장기룡 《애스프》의 신장을 통해 소리를 전달하여 먼 거리에서 대화를 나누고 있었다.

"심리적 부담을 줄 만한 보고는 애초에 하지 않았어요. 어디까지나 예상하고 있던 수준보다 작은 위기를, 문제없이 해결했다는 정도로만 이야기했네요."

"크크크, 입담이 제법인데? 나도 그 자리에서 동원할 수 있는 전력으로 최선을 다했다고 생각하지만……."

"패배를 인정하지 않다니 볼썽사납군요. 전설의 용병이라는 작자의 실력이 고작 그 정도입니까?"

하얀 로브의 냉담한 말투에 드라켄은 쓴웃음을 돌려주었다.

"거 참 듣기 거북하네― 그렇게 말하고 싶은 참이지만, 댁은 전쟁이라는 것을 모르는 모양이군?"

"다음부터는 전력을 다하겠다, 따위의 상투적인 말을 할 생각인가요?"

"―아니. 눈앞의 싸움에서 이겼다고, 그게 바로 승리로 이어지지는 않는 법이야. 무슨 일이든 중요한 건 정보라고. 상대의 전력도 파악하지 않은 채 승리를 탐내다니, 꿈도 야무지지."

기가 찬다는 듯 한숨 섞인 목소리가 하얀 로브의 귀에 들어왔다.

"뭐― 기실 전략은 고사하고, 싸움의 진짜 목적조차 잊어버린 왕후 귀족들도 많다마는. 그런 같잖은 명예와 체면을 지키기 위한 무모한 싸움에 내몰려서 개죽음당하는 부하를, 나는 이 눈으로 몇 번이나 보아왔어."

"그래서 당신은 끝내 『용비적』이라는 용병 기룡사 부대를 창설했다는 건가요? 다른 두목들도?"

그러나 드라켄은 하얀 로브의 질문에는 대답하지 않았다.

"그 부분은 댁의 상상에 맡기겠어. 그보다 내일은 계획대로 부탁한다고. 신왕국 녀석들이 왔나 보던데, 이 이상 강력한 증원을 『순례제』에 동행시키는 건 사양하겠어."

"그 문제는 제가 알아서 할 겁니다. 선처하지요. 그리고 선지급 보수는 어떻게 됐죠?"

"아아, 예의 물건은 이미 보내뒀어. 좋을 대로 쓰라고. 이 일이 잘 해결되면— 댁은 드디어 대주교 자리를 손에 넣게 될 거야. 부탁한다고, 오르펠."

그 말을 끝으로 다시 모래바람 같은 불협화음이 들리더니 전송되던 목소리가 끊겼다.

몇 초 정도 침묵한 후, 오르펠 주교는 조용히 미소 지었다.

꾸러미를 열자, 그 안에는 끝부분만이 일곱 색으로 빛나는 작은 날붙이가 있었다.

"아직 방심할 수는 없지만, 예정대로군요. 이것으로 제 소원도 성취되는 것입니까, 나의 신이시여—."

누구에게랄 것도 없이 홀로 중얼거리며, 오르펠 주교는 눈을 감았다.

그리고 신전 안에서 소리가 완전히 사라졌다.

†

"후우……. 당장은 이 대책이면 괜찮겠지."

고급 여관에서 리샤 일행과 재회한 뒤로 몇 시간 후—.

딜루이의 방에서 발견한 『용비적』과 주고받은 것을 기록한 밀서. 거기에서 유미르 교국의 니아스 교황과 대주교의 유괴 계획을 해독해낸 신왕국은, 그들이 『순례제』 기회를 노릴 거라고 판단해 리샤 일행 『기사단』의 멤버를 파견했다.

더욱이 니아스 교황의 호위하는 룩스 일행과 연계를 취하기 위해 회의를 가져야한다.

그것이 목적이었다.

정보 전달과 대책 회의를 얼추 마쳤을 즈음, 방 안은 완전히 혼돈의 도가니였다.

침대 두 개를 붙인 시트 위에는 서류가 어지럽게 흩어져 있었고, 근처 테이블에는 요리사에 주문한 와인이나 주스, 안주나 과자 따위가 널려있었다.

적당히 넓은 2인실이었지만, 역시 여섯 명이 쓰기에는 좁았다.

“여관에 묵는 것은 좋다 이건데, 다른 방을 구하지 못한 거야?”

“어, 어쩔 수 없잖느냐?! 이런 시기에 갑자기 오게 되었는데…….”

크루루시퍼가 어이없어하자 리샤는 불만스런 표정으로 반론했다.

다행히도 아인그람 재벌이 힘을 써준 덕분에 요금을 넉넉하게 치르고 여섯 명이 2인실에 묵는 것은 허가받은 것 같았지만, 마치 합숙을 하는 듯한 상태였다.

이미 취침 시간은 지나 창밖은 정적만이 가득했다.

"하지만 뭐, 이것으로 일단 작전은 잘 진행될 것 같군. 후아암……."

리샤가 졸린 듯 하품을 하고, 피르히는 룩스의 등에 기대 꾸벅대고 있다.

취침에 대해 생각했을 때, 룩스는 불현듯 그 문제를 깨달았다.

"그, 그럼 이제 밤도 깊었는데, 난 잠깐 프론트에서 이불을 빌려올게. 바깥 소파를 써도 괜찮냐고 물어봐야지."

룩스는 아무리 그래도 『2인용 침대에서 모두와 같이 잔다』라는 말은 할 수 없어서, 그렇게 제안하고 방을 나가려 했다.

그러나 그의 의도는 크루루시퍼의 한마디에 냉정하게 저지당했다.

"룩스 군. 너는 교국의 추위를 쉽게 생각하나 본데, 그런 짓 했다간 내일 아침에 동사체로 발견될걸?"

"……그, 그 정도야?"

주위에 소녀들이 있어서 깨닫지 못했지만, 확실히 복도는 몸이 떨릴 정도로 추웠다.

난로 불이 이미 꺼져버린 지금, 그러는 것은 역시 무모하다는 생각이 들기 시작했다.

"그럼, 나도 루우랑, 같이 잘래."

꾸벅꾸벅 몸을 흔들면서 피르히가 살짝 룩스의 잠옷 소매를 붙잡았다.

"……둘이서 자면 안 추우니까, 아마도, 괜찮을 거야."

"뭣이?! 무슨 짓을 할 셈이냐, 이 마이페이스?! 룩스와 단둘이서 하룻밤을 보내겠다니, 그런 짓을— 어이, 앉은 채로 자지 마라!"

리샤가 뺨을 붉히면서 허둥댔을 때, 피르히는 이미 고른 숨소리를 내고 있었다.

이를 어쩐다, 하고 생각하며 룩스가 더욱 난처해하고 있자니—.

"그렇다면 제가 주인님의 호위를 맡겠사와요. 이래 봬도 지식은 골고루 갖추고 있는지라, 밤시중은 자신 있답니다."

"왜 목적까지 뒤바뀐 거야?!"

활짝 웃음을 떠올리고서 손을 모으는 요루카를 향해 룩스는 무심코 태클을 걸었다.

인기척에 예민하며 검 실력도 뛰어난 이 소녀의 호위는 원래대로라면 더없이 믿음직했지만, 지금은 다른 의미로 위험할 것 같다는 기분이 들었다.

"—두 사람 다, 그 행위는 허가할 수 없습니다."

그러자『기사단』단장인 세리스가 의연한 말투로 끼어들었다.

"룩스는 제가 보기에도 어느 정도 신사적인 남자아이라고는 생각합니다만, 남녀가 몸을 밀착한 채 하룻밤을 보내다가 무언가 문제가 생겨서는 곤란합니다."

어느 정도……라는 표현이 약간 마음에 걸렸지만, 세리스의 중재에 룩스는 가슴을 쓸어내렸다.

연장자이자 규율을 잘 지키는 그녀가 제지해준다면, 이 자리도 어찌어찌 수습될 듯한 기분이 들었다.

그러나…….

"어라? 그건 유감스럽군요. 하지만 저는 주인님의 안위가 걱정되어요. 추위도 그렇지만 누군가가 노리지 않을 거라는 보장이 없으니까요—."

"네. 그러므로 오늘 밤, 룩스는 제가 돌봐주겠습니다."

"……뭐어엇?!"

그러면서 득의양양하게 가슴을 펴는 세리스를 보며 룩스와 리샤가 동시에 소리쳤다.

"저라면 무술에 소양이 있으니 만에 하나 자객이 오더라도 대처할 수 있습니다. 게다가 룩스와 함께 밤을 보낸다 해도, 뭔가 이상한 일을 저지르지 않을 이성은 갖고 있으니까요."

자신감 넘치는 미소와 함께 세리스는 단호하게 선언했다.

그러나 크루루시퍼는 뭐라고 표현할 수 없는 표정으로 그녀를 보았다.

"자각이 없는 거라면 곤란한 사람이네. 룩스 군이 먼저 요구한다면, 높은 확률로 몸까지 허락해버릴 것 같은 성격인 주제에……."

"그게 무슨……?! 무, 무례하군요, 크루루시퍼?! 맹세코 저는 그런 짓을—."

세리스는 새빨간 홍당무로 변해 룩스의 얼굴 쪽으로 눈길을 돌렸다.

눈이 마주친 순간 룩스도 『그런 짓』을 의식하고 말았고, 똑같이 얼굴이 뜨겁게 달아올랐다.

"에잇—! 됐으니까 전부 썩 물러나라! 룩스는 내 기사란 말이다!"

와인 탓인지 취해버린 리샤가 눈물을 글썽이면서 룩스의 팔을 껴안자, 상황은 더욱더 걷잡을 수 없이 혼잡해졌다.

어떡하지…….

적어도 룩스가 방 밖에서 자려고 하면 누구든 한 명은 따라올 것만 같았다.

어떻게 판단해야할지 고민하고 있는데, 옆에서 한 소녀가 작게 한숨을 내쉬었다.

"어쩔 수 없네. 그렇다면 차라리 모두의 의견을 받아들이자구."

"어……?"

크루루시퍼가 꺼낸 말을 듣고 나머지 사람들은 당황한 기색을 보였다.

그리고 그녀가 내놓은 제안을 들은 후 그 방법을 결행하였다.

모두가 잠자리에 들고서 한 시간 후.

실내에서는 규칙적인 시계바늘 소리와 소녀들의 평온한 숨소리가 들렸다.

창밖에서는 조용히 눈이 내려 쌓이는 가운데, 룩스는 잠 못 이루는 밤을 보내고 있었다.

춥지는 않았고, 그렇게 더운 것도 아니었다.

그럼에도 룩스는 긴장과 흥분 탓에 아직도 잠들지 못하고 있었다.

침대 두 개를 붙여서 만든 잠자리에는 다섯 소녀와 룩스가 누워있었다.

크루루시퍼가 내놓은 제안이란, 모두가 한 곳에서 룩스와 잔다는 극도로 자극적인 것이었다.

서로 감시한다면 룩스가 실수를 저지르지도 않을 것이고, 소녀들도 이상한 짓을 하지 않을 것이다.

아무도 없는 홀에서 동태가 될 걱정도 없는 데다가, 자객에게 습격당할 확률도 줄일 수 있었다.

그렇게 어떤 의미로는 매우 합리적이자 세심한 절충안이기는 했다.

당사자인 룩스에게는 몹시도 힘든 상황이라는 점을 제한다면 말이다.

"……."

작은 짐승기름 램프 하나만 남긴 채, 불을 끄고 막 잠자리에 들어선 무렵까지는 아직 괜찮았다.

룩스 주위에는 소녀들이 약간 거리를 두고 누워있었고, 이불도 잘 덮어서 잠옷도 드러나지 않았다.

목욕을 마친 소녀들의 달콤한 체취나 숨소리에 가슴이 떨리기는 했지만, 그것만이라면 어떻게든 버틸 수 있을 것 같았다.

—그러나 장갑기룡을 이용한 긴 여행의 피로 탓인지, 가장 먼저 잠든 리샤부터 그것을 시작하였다.

"……룩스, ……계속 기다리고 있었다. 네가 공방에 와주지 않아, 서……."

공주님이면서 잠버릇이 사나웠다.

그렇다기보다는 공방에서 자는 버릇이 들어 묘한 자세로도 잘 수 있는 것인지, 리샤는 자신이 덮은 이불을 조금 걷어냈다.

하지만 잠든 그녀의 얼굴은 순수하고 사랑스러웠으며, 앞섶이 열린 잠옷 사이로는 속옷을 밀치며 과시하듯 부푼 가슴과 하얗고 매끈한 배가 보였다.

리샤에게는 어딘가 어린 분위기가 남아있었지만, 그 작은 신체에서 느껴지는 은은한 색기에 무심코 배덕적인 흥분을 느끼고 말았다.

'리샤 님, 역시 귀여운걸…….'

조금 전 회의에서 꼼꼼하게 방위용 작전을 생각하던 모습을 보면, 장갑기룡 개발자로서만이 아니라 기룡사 지휘관으로서 움직이는 것도 고려하고 있는 것이리라.

대쪽 같은 성격이긴 하지만, 단순한 억측이나 충동만으로 움직일 소녀는 아니었다.

룩스와 크루루시퍼를 돕기 위해 진지하게 생각하고, 그것을 실천하는 리샤의 존재는 무척이나 믿음직했다.

그런 리샤에게 살며시 모포를 다시 덮어준 순간, 그녀의 손이 룩스의 손을 꽈악 붙잡았다.

"아……."

작고 보드라운 손바닥의 감촉에 룩스의 가슴이 요동쳤다.

잠든 채로 그의 손을 붙잡은 소녀의 몸짓이 어쩐지 어린아이 같아서, 그 손을 차마 뿌리칠 수 없었다.

일단 이 방에 있는 소녀들과 자는 동안에는 건드리지 않겠다고 약속했지만—.

"뭐, 아침까지는 놓으실 테니, 이 정도는…… 읏?!"

그렇게 룩스가 중얼거린 찰나, 리샤가 붙잡은 쪽과는 반대쪽 팔에 말랑하고 부드러운 감촉이 느껴졌다.

"루우……. 감기 걸리니까, 안 돼……."

그쪽을 보니 어느새 바로 옆에 붙은 피르히가 모로 눕더니, 룩스의 팔을 두 팔 사이에 끼우고 있었다.

부드러운 두 팔의 감촉과 어린 티가 남아있는 소녀의 잠든 얼굴.

그것만으로도 감정을 자극하기에는 충분한데 그 상태로 힘까지 주었다.

룩스의 팔이 피르히의 풍만한 가슴에 파묻히고, 온몸이 단번에 열기를 띠었다.

"잠깐, 피이. 위험하다니까……!"

다른 소녀들을 깨우지 않게끔 작은 목소리로 속삭였지만, 소꿉친구 소녀는 고른 숨소리를 내면서 룩스의 팔을 놓지 않았다.

까만 캐미솔 잠옷 너머로 그 부드러운 감촉이 전달되었다.

어떻게든 빼보려고 팔을 움직였지만, 오히려 가슴의 탄력을 즐기는 결과가 되고 말아 머리에 점점 피가 쏠렸다.

그렇게 이러지도 저러지도 못하고 있는데, 갑자기 룩스의 머리에도 부드러운 감촉이 느껴졌다.

"……응, 으응."

"세, 세리스 선배까지?!"

세리스가 잠결에 몸을 뒤척이다가, 하필이면 가슴이 룩스의 머리를 누르는 형태로 닿고 말았다.

순백색 레이스 잠옷 너머로 피르히와 동급의 탄력과 질량을 갖춘 부드러운 살덩이의 탄력이 전달됐다. 게다가 계곡에서 풍기는 이성의 향기가 룩스의 머리를 황홀하게 만들었다.

"거, 거기는 안 돼요, 룩, 스……. 그것은 허가 못, 합니다……."

세리스는 목소리에 반응한 것인지 꾸짖듯 말했지만, 행동은 전혀 정반대였다.

'우, 움직이질 못하겠어! 여러 의미로……!'

이것으로 오른손, 왼팔, 머리까지 세 소녀들에게 구속당하고 말았다.

어느 의미로는 부수입이랄까, 남자로서 기분 좋은 상황이기는 했다. 하지만 만에 하나 아이리가 이 사실을 알게 된다면 1개월은 말도 섞어주지 않을 것 같았다.

'게, 게다가 다들 잠든 틈을 타서 이런 짓을 하다니— 안 돼!'

달콤한 욕망의 파도에 휩쓸리기 직전에 남아있던 이성으로 간신히 버텼다.

그러나 옴짝달싹조차 할 수 없었기 때문에 요루카 쪽을 보았다.

그녀도 자고 있는 것 같았지만, 룩스의 기척을 감지했는지 그것만으로 그녀는 눈을 번쩍 뜨고 침대에 누운 채 룩스 쪽으로 얼굴을 돌렸다.

"……."

좌우 비대칭인 그녀의 두 눈이 깜빡이며 룩스의 얼굴을 포착했다.

도와달라는 의사를 담은 룩스의 시선을 그녀는 진지한 얼굴로 받아들였다.

원래 잠을 얕게 자는 체질인지, 그것만으로도 상황을 파악한 것 같았다.

"—곤란하신 모양이로군요, 주인님."

그녀의 윤기 있는 입술이 움직이며 조용한 웃음을 떠올렸다.

룩스가 고개를 끄덕이자, 요루카는 얌전히 상반신을 일으켜서 룩스 쪽으로 몸을 기댔다.

이렇게 잠에서 쉽게 깨어나는 것은 아마도 타고난 것이리라.

그런데다가 그녀 자신의 무예까지 걸출했으니, 확실히 호위로서는 이 이상의 적임자도 없었다.

거듭 그녀의 믿음직함에 룩스가 감명하고 있는데, 그 하얗고 가느다란 손가락이 살며시 룩스의 잠옷을 스치고 하반신 위로—.

"—으앗! 내 바지는 왜 벗기려고 그래?!"

자칫하면 하반신이 바깥으로 노출될 것 같아, 룩스는 무심코 언성을 높이고 말았다.

“주인님. 그렇게 큰 소리를 내시면, 다들 깨어날지도 모른답니다?”

요염한 미소를 짓고서 요루카는 바지 속으로 손을 집어넣었다.

“으아……?! 잠깐, 만—?!”

매끄러운 손바닥과 손가락이 허벅지를 쓰다듬자 그것만으로도 닭살이 일어나는 감각이 들었다. 펄펄 끓는 강렬한 충동을 참고 있는데, 요루카가 룩스의 허리 근처로 얼굴을 가져가 시선을 위로하며 그의 얼굴을 바라보았다.

“어라? 제 신체에 욕망을 분출하기를 원하신 게 아니었나요?”

거침없이 말하는 요루카를 보며 룩스는 뺨을 붉게 물들였다.

“……이 상황에서, 내가 그런 말을 할 것 같아?”

“저는 영락없이 모두가 자고 있는 옆에서 하기를 원하고 계신다고 생각했사와요.”

“아니거든?! 나한테 그런 한정적인 스릴을 즐기는 취미는 없다고!”

태클을 걸면서 룩스는 내심 안심했다.

조금만 더 나아갔으면 이성은 둘째 치고 육체 쪽이 백기를 들었을 것이다.

“그게 아니라, 잠깐 방에서 나가고 싶은데 모두를 깨우지 않게 도와줄래?”

한사코 작은 목소리로 부탁하자 요루카는 주위를 보고 끄덕였다.

"아쉽군요. 하지만 분부대로 하겠사와요."

그 순간 요루카의 팔이 룩스의 바지를 빠져나와 시트 위를 스르륵 기었다.

억지로가 아니라 적당히 힘을 조절해 룩스의 신체를 더듬는 것처럼 움직이며, 그와 소녀들이 맞닿은 부분을 떼어냈다.

"응……."

소녀들은 눈을 감은 채 잠깐 반응했지만, 잠에서 깰 정도까지는 아닌 것 같았다.

그렇게 구속에서 벗어난 룩스는, 어떤 사실을 깨닫고 일단 방을 나가기로 했다.

"고, 고마워. 그럼 잠깐 나갔다 올게. 아, 호위는 필요 없어."

"기다리고 있겠사와요. 조심하시길."

침대 위에 정좌하고 인사하는 요루카.

순백색 속옷 차림을 숨기려 하지도 않는 그녀에게서 시선을 돌리며, 룩스는 겉옷을 입고 밖으로 나갔다.

불빛은 아주 약하게 켜져 있을 뿐이라 주위는 어두침침했다.

3층 발코니 앞으로 가니 한쪽 벽 전체가 창문으로 되어있었다.

성도의 설경이 한눈에 들어오는 그 장소에서, 소녀는 달빛을 쬐며 서 있었다.

"—가끔은 기도도 해볼 일이네. 덕분에 소원이 이루어졌어."

돌아본 소녀의 옆모습이 아름다워서, 룩스는 말을 잃고 말았다.

고요함만이 가득한 환상적인 분위기 속에서 이윽고 룩스는 심호흡을 한 차례 했다.

"화났어? 크루루시퍼 씨."

어쩐지 초조한 마음에 그렇게 묻자, 크루루시퍼는 눈을 내리깔며 고개를 돌렸고—.

"딱히, 화난 건 아니야."

무뚝뚝한 말투로 대답했다.

"그래, 딱히 내가 화낼만한 이유는 하나도 없는걸. 룩스 군을 찾아 저 아이들이 쫓아오리라는 것도 예상했고. 귀찮은 일을 떠맡게 된 귀향길에서, 유일하게 기대하고 있던 단둘만의 여행을 방해받았지만— 전혀 관계없어. 그리고 룩스 군도 모두가 와줘서 기쁜 것 같으니까."

'……아니, 엄청 삐쳤잖아?!'

새침하게 고개를 돌린 채 담담하게 말하는 태도는, 지금까지 크루루시퍼가 보여준 적 없었던 것이었다.

어떻게 해야 할지 몰라 룩스는 쩔쩔맸다.

"농담이야."

그러자 소녀는 갑자기 짓궂게 미소 지으며 조용히 머리카락을 쓸어올렸다.

"분명 방에 없으면 찾으러 와줄 거라고 생각했어. 그보다 이쪽으로 와 봐. 너한테 보여주고 싶었던 게 있으니까."

크루루시퍼에게 재촉받아 룩스는 그녀 옆에 섰다.

한쪽 벽을 차지한 유리창 너머로 그 경치가 펼쳐져 있었다.

"아……."

그 광경을 본 룩스의 입에서 말이 되지 못한 한숨이 흘러나왔다.

창백하게 빛나는 눈에 반사된 빛에, 아련하게 밝혀진 성도의 거리가 한눈에 들어왔다.

마치 세계 제일의 그림을 비추듯 장엄한 광경.

룩스는 잠시 숨을 쉬는 것조차 잊고 그 절경에 빠져들었다.

"입양되고서 몇 년 뒤였더라? 『순례제』가 끝난 후에 우리 에인폴크가는 이 여관에 묵은 적이 있어. 나랑 가족이 아직 그렇게 소원하지 않았던 시절의, 마지막 추억이지."

"……."

"1년 반 전에 일어난 유적의 폭주로 내가 붕괴에 말려들었을 때, 무너진 잔해 속에서 누군가가 내 손을 끌어당겨주었어. 다치는 것도 아랑곳하지 않고, 피범벅이 되면서까지."

기억을 더듬듯 눈을 감고, 가슴에 손을 대며 중얼거렸다.

얼굴에는 외로움이 느껴지는 자조적인 미소가 떠올라있었다.

"당시에는 장갑기룡을 사용하시던 아버님께서 구해주셨다고 생각했지만, 눈을 뜬 나를 데리러 와주는 일은 없었어. 내가 물어봤더니 『모른다』라는 대답만이 돌아왔지."

"크루루시퍼, 씨……."

룩스가 섣불리 말을 붙이지 못하고 우두커니 서 있는데, 문득 그녀가 말을 바꾸었다.

"그보다 그 아이에 대해서 알아냈어. 아까 연회에 참석하기 전에, 이 여관에 불러둔 네이 루슈랑 이야기를 해봤어. 『열쇠 관리자』인가 하는 것의 권한을 써서."

크루루시퍼는 그런 이유로 늦은 모양이었다.

그녀는 일단 주위를 경계하면서, 네이와 어떤 이야기를 했는지 조금씩 알려주었다.

네이 루슈는 얼마 전에 모종의 이유로 유적에서 나와, 일시적으로 관리자 권한에서 손을 떼고 행동을 시작했다고 한다.

그런 와중에 대주교는 그녀를 발견해 거둬들여, 자동인형인 네이를 신의 사자인 『천사』로 대우하면서 교회에 몰래 숨겨두었다.

네이의 존재가 세상에 알려지지 않은 것은 대주교의 신앙이 독실한 덕분이었다.

네이 본인이 스스로 기억을 되찾기 전까지는 일부러 유적에 다가가게 한 적도 없었다.

그러나 유적에서 출몰하는 환신수가 강화되고 출현 빈도도 늘어남에 따라, 사실을 아는 주교들은 네이를 이용해 유적을 탐사하자는 계획을 제안했다.

그리고 이번 순례를 틈타 자연스럽게 네이를 이용한 조사를 꾀한 것이다.

"그렇다면 이번 『순례제』에 크루루시퍼 씨를 불러들인 이유는, 설마……."

"우연일 리는 없겠지. 내가 유적 출신이라는 사실을 알고, 네이와 병용해서 어떻게 써먹을 데가 없을까 시험해볼 요량일 거야. 적어도 아버님도 알고 계시겠지."

현재 네이는 교국의 상층부에는 『갱도』의 통괄자라는 사실 말고는 알리지 않았다고 한다.

그리고 크루루시퍼는 이 이야기를 들었다는 사실에 대해 네이에게 입단속을 명령해둔 모양이었다.

"네이 루슈…… 그녀를, 어떻게 할 거야?"

순례의 마지막 행선지— 내일 가게 될 옛 신전터에서 『순례제』 의식은 막을 내린다.

"그 아이의 이야기를 들어보니까, 옛 신전터 지하에서 전송을 통해 유적의 서고라는 정보를 관리하는 방으로 들어갈 수 있다고 하더라구. 물론 내가 지닌 『열쇠 관리자』의 권한이 있어야 하지만."

유적의 관리자인 크루루시퍼라면 아무도 모르게 『갱도』의 서고에 들어가, 과거가 기록된 정보를 입수할 가능성이 있었다.

그것을 솔직하게 교국에 밝힐지는 둘째 치고, 유적의 비밀을 조사하는 것이 가능하다는 이야기였다.

그리고 크루루시퍼가 그토록 원하던 자신의 정체를 알아낼 수도 있을 터였다.

"크루루시퍼 씨는, 그걸로 괜찮겠어?"

"난 괜찮아. 에인폴크가는 관계없어. 나는 나를 위해, 그곳에서 모든 것을 알아낼 작정이야."

무언가를 참는 듯한 소녀의 말투.

그녀답지 않다고 생각했지만, 룩스는 말릴 수가 없어서 조용히 고개를 끄덕였다.

"알았어. 나도 힘닿는 데까지 유적 조사에 협력할게."

"너만 믿을게, 왕자님."

살짝 웃으며 룩스의 뺨을 쓰다듬은 크루루시퍼는 평소의 그녀였다.

"그럼, 슬슬 방으로 돌아갈까? 얼른 안 돌아가면 다들 룩스 군을 쫓아서, 또 이곳에 모여버릴 거야."

형언할 수 없는 표정으로 쓴웃음을 지으며, 룩스와 크루루시퍼는 방으로 돌아갔다.

길었던 하루가 드디어 끝을 고했다.

Episode 4 『정벌자』 메르 기잘트

"으— 아아아아악……!"

성도 북쪽에 자리 잡은 대성당 근처. 고위 수도사나 신전 기사단이 잠든 기숙사의 어떤 방.

아직 으스름한 새벽 공기를 날카로운 비명이 뒤흔들었다.

"하아, 하앗! 하아…… 하아……."

침대 위에서 상반신을 일으킨 채, 메르는 어깨를 위아래로 들썩이며 거친 숨을 몰아쉬었다.

주변 상황을 확인하고 벽에 기대 세워둔 기공각검을 끌어안았다.

"……마음대로 되질 않네. 7년 전 그날 이후로, 이 꿈만큼은 변하질 않아."

악몽의 여운으로 떨리는 몸뚱이를 자신의 두 팔로 끌어안아 억누른다.

7년 전, 유적 폭주 사건으로 온 가족을 잃으며 맛본 공포와 절망.

그리고 가슴속에서 세차게 타오르는 분노가 메르 기잘트의 신체를 떨리게 했다.

"어째서, 오늘이 그 날이 아닌 거야……."

아랫입술을 질끈 깨물고, 침통한 표정으로 중얼거렸다.

"오늘이 그 날이라면 지지 않았을 텐데. 아버님도 어머님도, 오라버니도, 언니도— 여동생도 죽지 않았을 텐데!"

메르는 칼집에서 기공각검을 뽑아, 젖은 것처럼 아름다운 두 가지 색으로 빛나는 도신을 바라보며 읊조렸다.

신장기룡 《드래이그 귀버》는 메르가 무예 대회에서 크루루시퍼에게 패한 후, 오르펠 주교가 대주교에게 진언해서 수여받은 보물이었다.

비록 판정에서 밀리긴 했어도 얼마 안 되는 기간 만에 그 정도로 높아진 실력과 장래성을 생각해서— 라는 이유인 듯했지만, 메르는 아마도 명목에 지나지 않을 거라고 생각했다.

교황 직속 신전 기사단에 오래전부터 공헌했고, 순직한 기잘트 가문에 내려주는 조의금 같은 것이 아닐까? 처음에는 그렇게 의심했다.

하지만—.

"메르, 또 꿈을 꾼거니?"

똑똑, 가볍게 노크를 한 뒤 오르펠 주교가 방에 들어왔다.

"……괜찮아. 늘 있는 일이니까."

땀을 닦으며 그렇게 대답하는 메르에게, 오르펠은 불안한 표정으로 다가왔다.

침대 옆에 앉아 하얀 속옷 위에 서둘러 겉옷을 덮어주었다.

"주교님은 여전히 걱정이 많네. 내가 아니라 교황 예하를 더 신경 써야 하는 거 아냐?"

메르는 비꼬는 투로 말했지만, 호의는 순순히 받아들이며 웃었다.

그 말을 들은 오르펠 또한 별 반응 없이 그저 타이르는 듯한 말투로 말했다.

"여자애가 몸을 차갑게 하면 안 돼. 너는 강하고 머리도 똑똑하지만, 그런 부분은 아직 어설프니까."

그리고 천으로 감싼 따뜻한 돌을 메르의 손에 쥐여주었다.

식기 시작한 몸이 따뜻해지고, 고동이 평정을 되찾아갔다.

"……."

메르는 교회의 선임자인 주교— 오르펠이 신기한 여성이라고 늘 생각했다.

원래 교국에서는 정치나 의식에 종사하는 주교와 군인인 신전 기사단은 깊은 관계를 맺지 않았다.

서로 나라의 중요한 권한을 담당하는 데다가, 그다지 밀접하게 관련되어서는 안 된다는 규율이 있는 탓이었다.

그런데 어째선지 7년 전의 사건 이후로 오르펠은 자주 메르의 상황을 보러 와주었다.

오르펠이 딱히 기잘트 가문과 친교가 있었다는 이야기도 들어보지 못했건만—.

'정말이지, 뭘 생각하고 있는 걸까. 이 사람은…….'

공공연하게 떠들고 다니지는 않았지만, 메르와 오르펠의 관계를 나쁘게 말하는 무리들도 적지는 않았다.

기잘트 가문의 숨겨진 재산을 노리고 있다든지, 고독한 소녀의 연약한 부분을 이용해서 『칠용기성』의 실력자를 포섭하려고 한다든지, 이것저것 말이 많았다.

메르는 영리한 소녀이기에 그런 시커먼 속셈은 금세 알아차렸다.

하지만 왠지는 몰라도 오르펠에게는 그런 악감정을 품어본 적이 없었다.

확실한 것은 아니지만, 오르펠은 값싼 위로를 하지 않기 때문일지도 모른다.

가족을 막 잃었을 무렵에는 어린 메르를 가엾게 여겨 많은 사람들이 위로를 건네주었다.

『꺾이면 안 돼. 신께서는 네 노력을 계속 보아주실 테니까.』

『지지 말려무나. 이것도 너에게 주어진 시련이야.』

『기도를 하자꾸나. 그러면 네 마음도 분명 구원받을 때가 올 거야.』

—웃기지 마.

겉으로는 웃으며 고개를 끄덕이면서도 메르는 그렇게 생각했다.

그런 싸구려 동정심에 자신의 마음이 얼마나 많은 상처를 받았는지 모른다.

그런 말을 하는 이들에게는 악의가 전혀 없다는 것을 알기 때문에 더욱 분노가 치솟았다.

눈앞에서 괴물이 부모님을 물어 죽였는데, 하루아침에 부조리하게 모든 것을 빼앗겼는데, 어떻게 신을 믿을 수 있을 거라고 생각하는 거지?

오직 오르펠만이 단 한 번도 메르에게 그런 말을 꺼낸 적이 없었다.

그저 뭔가 불편하지는 않느냐. 배가 고프진 않느냐. 춥지는 않느냐. 아픈 곳은 없느냐. 그런 것을 물어보았고, 나중에는 하잘것없는 대화를 하면서 누구보다 오랫동안 곁에 있어주었다.

매일 아침 기숙사로 찾아와서는 악몽에 시달리는 메르를 돌봐주었다.

다쳤을 때나 병에 걸렸을 때는 밤새도록 간호해주었다.

그래서 메르는 이 오르펠 주교라는 여성에게 친애에 가까운 감정을 품고 있었다.

그녀가 진짜 어머니였다면…… 하고 생각할 정도로—.

'나도 참 어리석어. 이 사람도, 어딘가에 나를 이용하려고 할 가능성이 높은데 말이지…….'

신장기룡 《드래이그 귀버》를 손에 넣은 것도, 『칠용기성』이 된 것도, 전부 메르의 후견인을 되기를 자청한 그녀의 추천 덕분이었다.

물론 메르 본인의 실력도 교국 제일이라고 자부하지만, 오르펠에게 어떠한 의도가 있다는 것은 느낄 수 있었다.

그러나 그럼에도 그녀의 존재와 마음을 기분 좋게 생각하고

마는 자신이 있었다.

'결국, 교국의 신동입네 뭐네 해도, 나는 아직 어린애라는 소리네.'

내심 자조했지만 그 점만큼은 어떻게 할 수 없었다.

사람은 약해졌을 때 자신을 두둔해주는 사람에게 호의를 품기 마련이다.

이 사람에게 버림받고 싶지 않다고 생각하고, 기대에 부응하고 싶다고 생각하고 만다.

"메르, 네게는 재능이 있어. 이번 순례에서 수훈을 세워 그 사실을 증명하는 거야. 그러면 모두가 너를 인정해줄 거야. 외로움을 느낄 때도— 이제 없어질 거야."

"그렇게 추켜세워봐야, 나를 이용 할 순 없을 거야."

피식 웃으며 메르는 침대에서 일어났다.

"하지만 이번에도 호위로서 최고의 공적을 올릴 생각이고, 나는 나를 위해 크루루시퍼에게 이길 거야. 신한테든 천사한테든 기도할 생각은 없어."

"아무리 그래도 너무 불경하구나."

신도임에도 그런 말을 하는 메르를 보며, 오르펠은 쓴웃음을 지으면서도 나무라지는 않았다.

"슬슬 준비할 시간이구나. 기대할게, 네 후견인으로서."

그 말을 끝으로 오르펠은 조용히 방을 나섰다.

창밖으로 보이는 잿빛 하늘에서는 진눈깨비가 약하게 내리고 있었다.

†

『순례제』 마지막 날 아침.

룩스와 크루루시퍼는 예정대로 우선 출발지점인 신전으로 향했다.

동시에 리샤 일행도 마차로 동행해서 신전에 도착하자, 교황에게『용비적』이 꾸민 유괴계획을 저지하기 위해 협조하겠다고 제안했다.

"이야기는 잘 들었네. 아티스마타 신왕국 정예의 조력, 동맹국으로서 감사히 받아들이도록 하겠네."

니아스 교황은 놀란 듯했지만, 주교와 상담한 후 바로 받아들인 것 같았다.

그러나 리샤 일행이 교황의 순례에 동행하는 것은 아니었다.

『용비적』의 목표물은 현재 두 개로 분산되어 있었다.

딜루이가 남긴 밀서에는 대주교나 교황 중 한 사람을 유괴 대상으로 삼겠다고 기록되어 있었기 때문이다.

니아스 교황이 『갱도』 근처의 옛 신전터에서 의식을 진행하는 동안, 리샤 일행은 대주교가 있는 성도에서 대기하고 상황에 맞춰 그 전력을 운용할 계획이었다.

신전 기사단의 정예 50명과 룩스, 크루루시퍼, 메르 세 사람은 지금까지 해온 것처럼 교황의 호위를 맡기로 했다. 기본적으로 그 정도면 충분하다고 판단한 것 같았다.

“『칠용기성』의 보좌관으로서 룩스와 동행하고 싶었습니다만…… 작전상 어쩔 수 없군요. 이쪽은 우리에게 맡겨주세요.”

세리스는 조금 아쉬운 분위기를 넌지시 드러냈지만, 그래도 등줄기를 꼿꼿하게 세우고 가슴을 폈다.

룩스가 고개를 끄덕이자, 갑자기 피르히가 룩스의 얼굴을 빤히 바라보았다.

“우왓?! 피, 피이?!”

“루우. 밤에는 푹 자야 한다구?”

아무래도 룩스가 잠을 설친 사실을 순식간에 간파한 모양이었다.

뭐, 그 원인 중 하나에는 피르히가 들어있었지만—.

“그리고, 너무 고민하면서 싸우면, 안 돼.”

“응……?”

여느 때처럼 진지한 표정의 피르히가 담담하게 꺼낸 말에 룩스는 약간 놀랐다.

크루루시퍼와 유적 문제, 네이 루슈의 건에 대해서는 한마디도 한 적 없건만—.

피르히는 룩스의 머리를 가만히 슥슥 쓰다듬고서 부드러운 미소를 떠올렸다.

“루우의 마음을 잘못 파악하지만 않으면, 분명 괜찮을 테니까.”

“……응. 고마워.”

자세한 사정은 모른다 해도, 피르히의 말을 들으면 신기하게도 안심이 되었다.

그렇게 평온한 기분을 느끼고 있으니, 마지막으로 리샤가 다가왔다.

"조심하거라, 룩스. ……그리고 크루루시퍼랑 너무 끈적하게 굴지 말라고."

"아하하……."

"꼭 무사히 돌아와야 한다. 교황 예하의 안위도 중요하지만, 너는 내 기사이니까."

"네. 리샤 님을 슬프게 하는 일은, 절대로 없을 겁니다."

그렇게 대답하며 미소 짓자, 리샤는 살짝 시선을 피하며 슬그머니 손을 내밀었다.

그 손을 맞잡으며 요루카와도 가볍게 인사를 마쳤다.

니아스 교황의 준비가 끝나자 신전 기사단의 정예가 마차에 올라탔다.

그런데 그때, 평소에는 교황의 마차를 타고 다니는 시종 수녀, 네이 루슈가 룩스 일행을 찾아왔다.

"오르펠 님의 명령으로, 오늘은 관리……가 아니라 크루루시퍼 님 일행을 따라가게 되었어요. 잘 부탁합니다예요. ……후우, 하마터면 전부 밝혀버릴 뻔했지 말입니다, 이런이런."

네이는 얼굴 앞에 손을 들더니, 그대로 고개를 옆으로 틀며 중얼거렸다.

그 모습을 본 룩스와 크루루시퍼는 서로 마주보며 떨떠름한 표정을 지었다.

"그러니까 속내가 죄다 흘러나오고 있다니까……. 얘를 이번 계획에 넣은 것은 실수일지도 모르겠어. 아무리 몇 년이나 정비를 하지 않았어도 그렇지, 너무 고물인 것 같아."

"너, 너무하시지 말입니다! 이래 봬도 네이는 하면 되는 아이지 말입니다. 예의 계획에 대해서도 아직 말하지 않았고— 우부읍."

그 말에 기겁한 룩스와 크루루시퍼는 즉시 네이의 입을 틀어막았다.

다른 사람들은 듣지 못한 모양이었지만, 탄로 나기 전에 마차에 태우기로 했다.

마지막 순례지, 『갱도』의 입구 부근에 있는 옛 신전터로 출발한다.

과연 신왕국이 입수한 정보대로, 『용비적』은 니아스 교황을 유괴하러 올 것인가?

아니면 그것을 양동으로 삼아 성도를 공격하고, 대주교가 있는 대성당을 제압하러 올 것인가?

그리고 룩스는 네이의 안내를 따라 『갱도』의 서고로 향할 수 있을 것인가?

다양한 생각이 교차하는 하루가 시작되었다.

†

십여 분 후, 우선은 아무 일 없이 옛 신전터에 도착했다.

여기서 올리는 의식은 시간이 오래 걸린다고 했으니, 룩스 일행은 틈을 봐서 목적을 달성할 생각이었다.

옛 신전터 지하로 내려가 크루루시퍼가 지닌 관리자의 권한을 사용해 『갱도』의 서고로 이동, 과거의 정보를 획득한다.

니아스 교황— 실질적으로는 그에게 조언하는 교회 상층부는, 네이 루슈에게 크루루시퍼와 공동으로 유적 내부를 조사하라고 지시했다.

그러나 크루루시퍼의 목적은 주교와 교황이 『열쇠 관리자(엑스퍼)』에게 복종하는 자동인형의 특성을 모른다는 점을 거꾸로 이용해서, 룩스와 함께 『갱도(홀)』의 서고를 조사. 한발 앞서 자신들의 정체와 『창조주(로드)』라고 불리는 존재들의 목적을 알아내는 것이었다.

니아스 교황이 의식을 준비하는 사이, 에인폴크가의 장남 자인이 크루루시퍼에게 말을 걸었다.

"너무 쏘다니지 마라. 우리의 임무는 어디까지나 교황 예하의 호위이며, 너는 메르 기잘트에게 지지 않는 공적을 세워야 하니까."

나무라는 듯한 말투였지만, 딱히 악감정은 느껴지지 않았다.

그래서 크루루시퍼도 그저 순수한 의문점을 자인에게 물어보았다.

"알고 있어. 그보다 왜 오늘 아버님이 순례에 참가하신 거야?"

그리고 조용히 고개를 돌려 뒤쪽을 보았다.

지팡이를 짚은 장년의 남자— 크루루시퍼의 양아버지인 스테일 에인폴크가, 호위인 알테리제와 함께 어째선지 멀리서 이쪽을 보고 있었다.

해묵은 상처 탓인지 다리가 불편하고, 장갑기룡을 운용하지 못하는 몸이라 그런지 제법 거리가 되는 곳에 있는 마차 옆에 있었다.

위험이 일어날 것으로 예상되는 『갱도』와 가까운 옛 신전터에, 굳이 찾아오는 것은 확실히 부자연스러운 행동이었으나—.

"나도 말씀드렸다. 아무리 에인폴크가의 입장이 있다지만, 오늘만큼은 아버님께서도 자중하셔야 한다고. 하지만 보다시피 완고하게 『그럴 필요가 있다』고 하시면서 요지부동이시더군."

"……."

룩스는 자인의 불평을 무시하고 멀리 떨어진 곳에 서 있는 스테일을 바라보았다.

그의 진의는 알 수 없었지만, 어쩐지 크루루시퍼의 모습을 신경 쓰고 있는 것처럼 보였다.

"의외로 아버님도, 네 활약을 보러 오셨을지도 모르지."

"그럴 리가 없어. 절대로."

비아냥이 담긴 오빠의 말을 크루루시퍼는 조용히 잘라버렸다.

"그때도, 나를 구하러 와주지도 않았으면서……."

쓸쓸하게 중얼거리고 천천히 옛 신전터로 들어섰다.

"—실례하겠습니다."

"가, 같이 가시지 말입니다!"

룩스도 자인에게 한마디 하고서, 네이와 함께 크루루시퍼의 뒤를 따라갔다.

이미 메르를 포함한 신전 기사단이 선행 중인 옛 신전터는 한마디로 말하자면 신비로운 장소였다.

유적과는 다르게 구시대에 존재한 건축물이 아니라, 200년 정도 전에 만들어진 유미르 교국의 대신전.

그 흔적지 부근인 이 장소에서 우연히 『갱도』로 들어가는 입구가 발견되었다고 들었다.

중앙 깊은 곳에는 커다란 제단이 있어서, 천장이 무너진 탓에 하늘이 보이는 이 상태에서도 장엄한 분위기의 잔재를 파악할 수 있었다.

잔해의 산 옆에는 지하로 내려가는 계단이 있었으며, 그곳은 지반이 붕괴될 위험이 있는 까닭에 쇠사슬로 출입을 금지해두었다.

그곳이야말로— 이번에 룩스 일행이 노리고 있는 『갱도』로 들어가는 입구였다.

"유적은 조용한 것 같습니다. 어젯밤부터 척후병을 보내 조사해봤습니다만, 이곳에서 1키르 정도 떨어진 『갱도』의 입구에는 한 마리의 환신수도 없었습니다."

"그런가, 수고했네. 짐은 지금부터 기도 의식을 시작하도록 하지. 오르펠, 거들어주겠나?"

신전 기사단장이 니아스 교황에게 진언하자, 오르펠 주교가 의식을 보좌하기 위해 움직였다.

기도용 제사 도구가 준비되고, 『순례제』의 마지막 의식이 이곳에서 시작하려 하고 있었다.

그러나 주위에 환신수의 반응이 없다 해도, 어제 같은 강습이 일어날 가능성은 있었다.

총 50여명의 기룡사들은 경계의 고삐를 늦추지 않으며 최초에 예정한 대로 배치에 들어갔다.

룩스와 크루루시퍼, 그리고 네이는 니아스 교황과 오르펠의 지시를 따라 옛 신전터 내의 경호에 배정되었다.

니아스 교황을 통해 전달받은 교회 상층부의 지시대로, 유적 출신인 크루루시퍼와 자동인형인 네이가 협력하여 『갱도』에서 보물과 정보를 갖고 돌아가는 임무였다.

하지만 막상 계단을 내려간 순간, 빠끔히 입을 연 깊은 어둠 앞에서 네이가 겁을 먹었다.

“우와— 어두워요! 무서워요! 네이는 생쥐랑 박쥐가 질색이지 말입니다!”

“그러니? 딱해라. 하지만 네가 앞장서야 하니까 힘내렴.”

“히익—! 이곳의 관리자 님은 악당이지 말입니다! 아, 알겠습니다. 선처하겠습니다. ……그건 그렇고 지독하지 말입니다. 남성에게 미움받을 타입이에요, 아, 앗차~!”

‘여전히 마음의 소리가 흘러나오고 있네…….’

룩스가 무심코 쓴웃음을 짓자, 크루루시퍼가 옆에서 작게 한숨지었다.

“딱히 너를 괴롭히려는 게 아냐. 통로가 이렇게 좁아서야 장갑기룡을 전개할 수 없으니까, 그동안에는 자동인형인 네

쪽이 위험을 쉽게 감지할 수 있을 거라고 생각했을 뿐이지. 아무리 유적에서 빠져나왔다고 해도, 그 정도 기능은 남아있을 거 아니니?"

"우— 알겠지 말입니다. 어떻게든 노력해보겠습니다예요."

"부탁할게, 네이. 네 실력에 기대하고 있으니까. 마음먹으면 할 수 있는 아이잖니."

"머, 멍! 마, 맡겨만 주세요!"

크루루시퍼 마지못해 고개를 끄덕인 네이의 머리를 쓰다듬자, 그녀는 눈을 초롱거리며 기운을 되찾았다.

'이 짧은 기간 만에 길들이다니……!'

크루루시퍼의 솜씨가 훌륭한 것일까, 아니면 네이가 단순한 것일까.

어쨌든 룩스가 감탄할 새도 없이, 네이는 솔선해서 무너진 지하통로를 따라 걷기 시작했다.

다행히 춥고 먹을 것도 없는 탓인지, 네이가 걱정하던 생쥐 따위는 없었다.

다만 통로 곳곳 잔해가 어지럽게 흩어져있는 데다가 어둡까지 겹쳐서 꽤 걷기 힘들었다.

"생각보다 깊지는 않나 보네. 싸우는 기척이 느껴지면 바로 돌아갈 수 있을 것 같아."

"그렇지. 상대가 전력을 분산할 예정이었다고 해도 방심할 수는 없어. 유괴계획을 주도한 기룡사, 『용비적』의 사단장 드라켄은 아주 뛰어난 책략가라고 들었거든."

"응. 게다가 크루루시퍼 씨의 아버지나 오빠도 걱정이고……."

"……."

룩스의 말에 크루루시퍼는 대답하지 않았다.

횃불 빛을 받아 희미하게 드러난 옆모습도 평소처럼 쿨한 표정이었다.

"룩스 군은, 계속 본가와 거리를 두고 있는 내가 싫어?"

"어……?"

갑작스러운, 흡사 독백과도 같은 소녀의 말에 룩스는 당황했다.

그럼에도 크루루시퍼는 그저 앞쪽에 시선을 고정한 채 조용히 걸음을 옮겼다.

"알고 있어. 룩스 군이 내 눈이 닿지 않는 곳에서 가족들이랑 이야기했다는 거. 나랑 가족의 불화에 대해서, 뭔가 정보를 얻으려고 했다는 걸."

"……미안해. 숨길 생각은, 없었지만……."

룩스가 여동생들에게 선물을 주거나, 아버지와 대화를 나눈 것에 관해 이야기하고 있는 것이리라.

"사과할 필요는 없어. 화난 거 아니니까."

크루루시퍼 문득 입가를 느슨하게 풀고 상냥한 미소를 보내주었다.

"오히려 감사 인사를 하고 싶을 정도야. 나랑 가족이 정말 다시는 어울릴 수 없는 것인지, 나 대신에 확인하려고 해준 것은 기뻤어. 하지만— 솔직히 나는, 내 기분을 잘 모르겠어."

과거 크루루시퍼가 자신이 유적 출신임을 알아버린 것.

그 이후로 가족과 자신과의 사이에 골이 생겨버린 것.

그리고 교국에서 신왕국으로 추방당한 것.

신왕국에서 유적의 비밀을 풀면, 진짜 가족과 만날 수 있을지도 모른다고 생각하며 거기에 희망을 걸었던 것.

크루루시퍼 자신은 지금도 여전히 마음이 흔들리고 있었다.

"다시 한 번 가족에게 다가가야 하는지 밤새도록 생각했지만, 답은 나오지 않았어."

여기서 지금 『갱도』의 서고에 들어가 어떠한 진실을 얻는다 해도—.

그래서 룩스는 그녀의 소중한 친구 중 한 사람으로서 대답했다.

"—나는 크루루시퍼 씨 편이야. 무슨 일이 있어도, 말이지."

"그랬지 참."

룩스의 진지한 표정을 보며 크루루시퍼 키득, 미소 지었다.

그 직후 앞장서서 걷고 있던 네이가 탁 트인 장소에서 멈춰 섰다.

"도착했지 말입니다. 『열쇠 관리자』님, 룩스 님."

어두컴컴한 탓에 확실하게 보이지는 않았지만, 원뿔형 홀처럼 생긴 공간.

그 안쪽에 돌과는 다른, 기묘한 문양이 더해진 금속 벽이 있었다.

“지금부터 『갱도』의 내부, 서고로 침입할 생각이지 말입니다. 그리고— 왔지 말입니다. 환신수 열두 마리가, 옛 신전터 바로 위에 나타났습니다.”

“—윽?!”

룩스와 크루루시퍼는 경계하는 표정으로 고개를 들었다.

유적으로 이어지는 문 쪽에 있는 이 공간은 천장이 높아 장갑기룡을 소환할 여유가 있었다.

추가로 머리 위를 파괴하면 붕괴 위험은 따르지만, 탈출은 가능했다.

“대형 환신수는 없습니다만, 어떻게 하시겠어요? 관리자님. 서고 근처에 있는 전망실로 가면 지상을 감시할 수 있고, 전송을 통해 돌아가는 것도 가능합니다만—.”

지금 당장 도우러 갈 것인가, 아니면 서고에서 볼일을 마친 다음 전망실로 서두를 것인가.

대다수가 상급 계층 이상으로 구성된 정예부대 50명은 환신수 열두 마리에 대항할 수 있는 전력이었다.

게다가 지금은 『칠용기성』 메르와 특급(엑스 클래스) 계층 알테리제도 있었다.

하지만 도중에 환신수나 『용비적』의 증원이 오면, 크루루시퍼의 의붓오빠인 자인이나 양아버지인 스테일도 위험에 노출될 가능성이 있었다.

“나는—.”

“잠깐만! 내가 알테리제 씨한테 연락해볼게!”

룩스는 재빨리 기공각검을 뽑아 《와이번》을 소환해서 장착했다.

그리고 용성을 사용해서 알테리제의 《엑스 와이엄》으로 말을 보냈다.

적의 접근을 눈치챘다면 그녀도 장갑기룡을 장착하고 있을 터—.

그렇게 생각한 룩스의 의도는 적중해서 바로 그녀와 통신이 연결됐다.

『룩스 님? 지하에서 무슨 일이라도 있사옵니까? 이쪽은 현재 출현한 환신수와 교전 중입니다. 수는 열두 마리, 가고일과 키마이라, 그리고 하이트 세 종류입니다.』

약하지는 않지만, 그녀들이라면 대항할 수 있을만한 환신수의 종류와 숫자.

만일에 대비하는 마음으로 룩스는 좀 더 자세히 질문했다.

"그밖에, 적의 증원은요?"

『신전 기사단의 《드레이크》부대가 환신수와 기룡의 반응을 찾고 있습니다만, 일단 이 일대에서는 눈에 띄지 않사옵니다. 소문의 뿔피리인가 하는 것의 소리도 확인했지만, 그것을 분 사람은 바로 떠난 모양입니다.』

룩스와 알테리제의 회화는 바로 옆에 있는 소녀들에게도 들렸다.

그 사실을 룩스가 전하자, 알테리제가 등을 떠밀어주었다.

『아가씨, 전진해주십시오. 이쪽은 저희가 버티겠습니다.』

"—알았어. 에인폴크가를 부탁할게."

크루루시퍼는 가족, 이라는 표현을 사용하지 않고 말했다.

처음부터 이번 『순례제』의 진정한 목적은 여기에 있었던 것이다.

유적 출신 소녀 크루루시퍼와 유적에서 나온 자동인형 네이 루슈.

두 명의 힘을 합쳐 유적의 비밀을 해명하겠다는 사명.

크루루시퍼가 금속 벽에 손을 대자, 빛의 문자가 한 면에 빼곡히 떠오르더니 눈부시게 빛났다.

『……《열쇠》의 존재를 확인하였습니다. 특수 코드 해제를 실시합니다. 문제가 없을 시 전송을 시작하겠습니다.』

무기질적인, 직접 머릿속에 울리는 것 같은 기묘한 목소리가 들렸다.

예전에 조사한 『모형 정원』의 제단에서 일어난 것과 동일한 현상.

크루루시퍼가 지닌 권한으로 특수한 경로를 통한 침입을 가능케 하는 것이다.

"그럼, 들어가지 말입니다!"

네이의 구령과 함께 빛이 주위를 감쌌다.

직후에 어둠 속을 부유하는 듯한 감각이 느껴지더니, 정신을 차렸을 때는 전혀 다른 장소에 서 있었다.

무기질적인 은색 벽으로 만들어진 통로가 눈앞에 펼쳐져 있다.

룩스 일행의 존재에 반응한 것처럼 주위가 희미한 빛을 띠었다.

"—여기가 『갱도』 내부야……?"

"그렇지 말입니다! 오랜만에 그리운 나의 집으로 돌아온 것이에요~! 와아~!"

유적에 돌아와 만족했는지 네이는 강아지 귀를 쫑긋 세우고 폴짝폴짝 뛰었다.

하지만 크루루시퍼는 차분한 표정으로 네이의 머리를 탁 때렸다.

"미안하지만 지금은 시간이 없어. 빨리 끝내고 지상으로 돌아가야 하니까, 서고로 안내해주겠니?"

"아, 알겠지 말입니다!"

똑바로 자세를 가다듬고 네이는 즉시 통로를 따라 걸었다.

다양한 생각을 가슴에 품은 채, 저마다 행동을 개시했다.

†

—같은 시각. 유괴계획 정보를 입수하고 포진하고 있던 신전 기사단 200명 및 리샤를 비롯한 신왕국의 협력자들은 최대한의 경계태세로 방위에 임하고 있었다.

교국의 수도인 성도는 어디든 중요한 거점이었으나, 『순례제』 마지막 날인 오늘 경비가 가장 탄탄한 곳은 성도 북부에 있는 대성당이었다.

교국의 신도들이 모든 순례지를 돌아보기에는 이동 수단이

마땅하지 않았다.

하지만 자택이나 가까운 교회에서 끝낼 정도로 신도로서의 지위가 낮지 않은 귀족들은, 대신에 이 대성당에서 기도를 올리고 하루의 반을 보내는 관습이 있었다.

게다가 지금 이곳은 대주교의 거처이기도 했다.

『용비적』이 니아스 교황 및 대주교의 유괴를 노리는 이상, 요인들이 대성당에 모이는 것을 막아 불필요한 위험을 줄이는 방법도 고려되었다.

하지만 논의한 결과, 그 방법은 두 가지 이유로 기각되었다.

첫 번째 이유는 전투 무대가 성도 그 자체인 이상, 요인들이 흩어져있으면 오히려 그들을 보호하기가 어렵다는 것이다.

두 번째 이유는 『용비적』의 유괴계획을 이쪽이 알고 있다는 사실을 적이 눈치채지 못하게 하기 위해서였다.

원래대로라면 귀족 신도들이 잔뜩 모여있어야 할 대성당에 사람이 없으면, 적도 자신들의 계획이 탄로났다는 사실을 알아차리게 된다.

따라서 이번에는 리샤 일행도 숨어서 배치에 들어가 있었다.

네 사람의 대기 장소는 대성당 3층에서 튀어나온 석조 발코니 위였다.

"후우. 그나저나 이 나라는 춥군……. 밖에 있는 것만으로 얼어붙을 것 같다."

리샤는 양손을 마주 비비고 하얀 입김을 불면서 부르르 떨었다.

위에는 모피코트를 입고 있었지만, 그 바로 밑은 장의였다.

"안에서 몸을 좀 녹이는 게 어떤가요? 경계는 우리가 잠시 맡겠습니다."

"아니, 그럴 수는 없다."

옆에 있던 세리스가 눈치 있게 제안했지만, 리샤는 즉시 고개를 저었다.

"『용비적』 녀석들이 기회를 노리고 있는 이상, 몇 초 늦는 정도로도 희생자가 나올지도 모른다. 게다가― 룩스도 지금쯤, 같은 추위를 느끼고 있을 테니까."

그렇게 등줄기를 곧게 펴면서 리샤가 강한 모습을 보이자, 세리스의 표정이 부드럽게 풀렸다.

"싸우기 전에 체력을 소모해서야, 본전도 못 찾게 될지도 모른다고요."

"두 사람, 이거 줄게."

그때 뒤쪽에서 쿠키를 먹고 있던 피르히가, 비어있는 손으로 무언가를 내밀었다.

천으로 감싼 뜨거운 돌을 받고서 리샤와 세리스는 감사 인사를 했다.

"그건 그렇고, 저 음란녀는 여전히 멋대로 구는군."

신왕국의 지원 부대 중에서 요루카만이 정해진 위치가 아니라 대성당 옥상에서 대기하고 있었다.

리샤 일행은 적의 공격을 방어하는 동시에 교국이 내리는 지시를 받기 쉬운 장소로 안내받았지만, 그녀의 판단은 다른 모양이었다.
『제 목적은 주인님의 적을 섬멸하는 것이어요.』
그렇게 잘라 말하고, 이곳은 시야가 나쁘다며 지시받은 대기 장소에서 이탈했다.
"리샤 님, 걱정하는 거야?"
"그, 그럴 리가 있느냐! 그런 저속한 음란녀가 어떻게 되든 내 알 바 아니다! 다만 그— 신왕국 대표로서, 제멋대로 행동하면 곤란할 뿐이지!"
피르히의 질문에 리샤는 적잖이 당황한 모습으로 대답했다.
"좋군요. 신경 써줄 수 있는 상대가 있다는 건—."
그 모습을 세리스가 흐뭇하게 바라보며 중얼거린 직후, 뒤쪽에서 우렁찬 목소리가 들려왔다.
"저, 적습— 방위 라인의 《드레이크》로부터 연락이 왔습니다! 비행형 환신수의 대군입니다!"
그것을 들은 리샤 일행은 각자 표정을 바짝 다잡으면서 기공각검을 힘차게 뽑았다.
"룩스가 오기 전에 정리해주마. —가자, 다들!"
신속하게 소환한 기룡을 장착하는 동시에 전투가 시작되었다.

†

한편, 옛 신전터—.
뿔피리 소리가 울린 직후에 환신수 열두 마리가 습격했지만, 교황의 호위들은 전투를 우세하게 이끌어나가고 있었다.

"기, 이이이이이이이잇……!"

긴 절규와 함께 하이트의 불타버린 신체가 분쇄됐다.

"『용비적』의 사단장인가 하는 녀석은 어제 그렇게 당해놓고 아무것도 배운 게 없나 보네."

저번 강습과 신왕국이 가져온 정보를 토대로 경계하고 있던 신전 기사단은 전체적으로 선전하고 있었지만, 그중에서도 메르의 활약은 단연 으뜸이었다.

육전형과 비행형.

두 형태를 자유롭게 오갈 수 있는 신장기룡《드래이그 귀버》를 수족처럼 조종하며, 환신수를 차례차례 해치웠다.

눈이 남아있는 땅에서는 차륜을 이용하여 가속, 중량이 실린 할버드의 일격으로 적을 쪼갰다.

딱딱한 체모를 지닌 하이트를 상대로는 불꽃을 뿜어내 태우면서 공격—.

고속으로 하늘을 나는 가고일에게는 돌풍을 날려, 상대의 움직임이 둔해진 순간을 노려 포격했다.

돌풍의 정체는《드래이그 귀버》의 무장인가, 아니면 신장의 힘인가.

어쨌거나 환신수의 특성을 순식간에 간파하고, 전광석화같은 솜씨로 처치했다.

마치 춤을 추는 것처럼 매끄러운 동작으로 환신수 무리를 압도하고 있었다.

"—부족한걸. 차라리 지금이라도 성도를 지키러 가볼까?"

정확하고 신속한 메르의 공격에 같은 신전 기사단의 정예들도 눈길을 빼앗겼다.

"고작 1년 반 만에, 이렇게 변할 수 있는 겁니까……?"

"도저히 믿을 수가 없군……. 저런 실력인데 겨우 열세 살이라고?"

《엑스 와이엄》을 다루며 환신수 두 마리를 해치운 알테리제가 멍하니 중얼거렸다.

게다가 장남 자인이 다른 기룡사 몇 명과 연계해서 가까스로 한 마리의 환신수를 처리했을 무렵, 남은 환신수는 고작 두 마리 뿐이었다.

"역시 우리나라의 『칠용기성』이로다. 이번에는 위험을 동반하는 순례 여행이었지만, 역시 메르야말로 수훈을 얻기에 걸맞은 실력자로군."

감탄한 모습으로 중얼거리는 니아스 교황을 보며 오르펠 주교도 미소를 지었다.

"과분한 칭찬의 말씀, 영광입니다. 그녀도 분명 기뻐하겠지요. —메르 기잘트, 내려오세요!"

오르펠은 숨을 크게 들이마신 후, 하늘을 향해 소리쳤다.

때마침 마지막 가고일을 처치한 메르가, 와이번 모드의《드래이그 귀버》와 함께 신속하게 눈앞으로 내려왔다.

"이제 환신수는 더 보이지 않으니 이곳은 괜찮을 거예요. 그러니 지금 당장 가줬으면 하는 장소가 있습니다."

"사람을 부리는 방법이 거친걸. 뭐, 성도의 대주교님이라도 지키라는 거야?"

교국의 신전 기사단— 주력 기룡사는 니아스 교황의 호위에 전력을 할애하고 있었다.

대신에 신왕국에서 파견한 신장기룡 사용자 네 명이 성도의 방어를 도와주고 있었지만, 그쪽에 나타난 환신수의 숫자는 이곳보다 더욱 많다는 연락이 들어왔다.

그러니 환신수 토벌에 능한 메르를 한발 먼저 성도로 돌려보낸 다음 철수하는 것이 이상적인 방법이었다.

—여기까지가 드라켄과 오르펠의 공모였다.

"이 나라도 참 딱하네. 저런 악녀가 주교 자리에 앉아있다니 말이야."

히죽, 『용비적』의 기룡사가 입꼬리를 비틀어 올렸다.

아래에 있는 『갱도』 주변은 평소와 비교도 안 되게 경비가 허술해졌다.

이것이야말로 드라켄이 오르펠에게 언급한 진짜 목적이었다.

활성화한 유적인 『갱도』 안에 발을 들이면, 거기에 반응해서 새로운 환신수가 솟아나온다.

그것을 뿔피리로 조종하면 대량의 전력을 확보할 수 있었다.

요컨대 대주교 및 니아스 교황의 유괴는 이 시점에서는 전력을 분산시키기 위한 양동이었다.

이 작전을 위해 드라켄은 약 1년 전부터 주교인 오르펠과 손을 잡았다.

대주교는 암살, 교황은 인질로 삼아 교국이 보유한 장갑기룡 및 보물과 교환해서 자금을 확보한다.

그 대가로 오르펠 주교는 대주교의 자리를 이어받아, 아직 어리고 미숙한 니아스 교황을 꼭두각시로 만들어 정치를 한다는 계획이었다.

『—자, 그쪽 전력도 예정대로 성도로 보냈으니, 마음 놓고 유적에서 날뛰어볼까.』

드라켄은 오르펠의 귓가에 음성을 전송했다.

지정한 위치라면, 다른 사람에게 들리지 않을 정도의 속삭이는 목소리로도 조정할 수 있었다.

소리를 자유자재로 만들고 조종하는 힘.

그것이 드라켄이 보유한 신장기룡 《애스프》의 신장이었다.

그래서— 원래는 환신수 전체를 광범위하게 조종하는 뿔피리 소리를 개체별로 날려서, 복잡한 전략을 실천할 수 있었다.

회심의 미소를 짓는 드라켄의 귀에, 옛 신전터에 있는 오르펠의 대답이 돌아왔다.

"그렇군요. 하지만 조심하는 게 좋을걸요? 아무리 당신이 전설의 용병이라 해도— 나의 메르에게는 이길 수 없을 테니까."

『……뭐라고?』

드라켄이 응답한 직후, 차가운 하늘의 대기를 가르는 맹렬한 바람 소리가 울려 퍼졌다.

공중에 있던 『용비적』 소대 다섯 명이 그것을 눈치챈 순간, 그들의 패배는 이미 결정되었다.

"—허억?!"

그 직후 《와이번》 한 기가 《드래이그 귀버》의 할버드에 얻어맞고 떨어져 내렸다.

날개가 부서져 땅을 향해 일직선으로 떨어진 기룡사는 설원 위에 빨간 폭염의 꽃을 피웠다.

"너무 방심한 거 아냐? 아니면 기본조차 모르는 걸까. 비행형 기룡사는 머리 위와 배후를 항상 경계해야 하는 법이라구?"

"네, 네년은?!"

『용비적』 대원이 비명을 지르며 반사적으로 중형 블레이드를 휘둘러 공격했지만, 메르는 그 일격을 어렵잖게 맞받아쳤다.

그것만으로 남자의 《와이번》의 무장은 순식간에 얼어붙었고, 장갑 팔마저 움직임이 봉쇄되었다.

"이건, 무슨?!"

자신에게 일어난 현상에 소스라치게 놀라 발악하는 남자를 향해 메르는 극도로 냉담하게 선고했다.

"—시시해. 환신수보다 사람 쪽이, 훨~씬 약점이 많다구."

손에 든 할버드로 어깻죽지 장갑을 깨부쉈다.

환창기핵(포스 코어)에 강한 충격이 전달되자, 《와이번》의 기능이 정지하여 그대로 추락했다.

"제기랄!"

"이 애송이가— 우쭐대지 말라고……!"

"그 얼리는 능력의 정체를 안 이상, 승리는 우리 것이다!"

남아있던 세 사람이 한마디씩 소리치며, 각자 다른 세 방향에서 동시 공격을 시도했다.

기룡식총(브레스 건)의 탄막, 기룡식포(캐논)의 포격, 용미강선(와이어 테일)을 이용한 후려치기.

그러나 그 모든 공격은 《드래이그 귀버》를 그대로 통과했다.

"—이럴, 수가?!"

환영이라는 사실을 알아차리고서 몇 초 후. 그들의 배후로 돌아간 메르는 연달아 《와이번》을 격추한 다음 마지막 한 사람에게 말을 걸었다.

"당신이, 사단장 드라켄이야? 나를 좀 즐겁게 해달라구, 알겠지!"

공격적인 웃음을 드러낸 메르의 할버드를 중형 블레이드로 간신히 받아냈다.

그 일격에 도신에는 균열이 일어났고, 드라켄은 멀리 뒤쪽으로 밀려나갔다.

"칫……!"

안색이 변한 여자 용병은 그대로 날아서 도주를 꾀했다.

그러나 등을 보이고서 몇 초 후. 쿠웅! 하고 기룡이 기울더니, 속도가 전혀 올라가지 않게 됐다.

"뭐, 뭐야 이건! 기룡 조작이, 먹통이 됐어—!"

돌발적인 고장.

하지만 왜 하필 이런 상황에?! 그렇게 생각하며 여자 용병은 당황했다.

“작별 선물로 가르쳐줄게. 이것이 《드래이그 귀버》의 신장, 《상극의 천리(天理)》야.”
듀얼 시프트

불꽃, 얼음, 바람, 환상, 심지어 기룡의 출력조차 봉쇄하는 수수께끼의 신장.

그 정체를 마지막 순간까지 파악하지 못한 채, 격추당한 여자 용병은 폭염에 삼켜졌다.

“—후우.”

오르펠 주교의 지시대로 『용비적』을 쓰러뜨린 메르는 한숨을 내쉬었다.

자타공인 천재소녀라 하지만, 아직 미성숙한 몸으로 신장기룡을 장시간 다루는 것은 불가능했다.

“크루루시퍼에 대한 대항의식을, 좀 과하게 낸 걸까…….”

주위의 안전을 확인한 후 그 자리에 착륙해 장갑을 해제했다.

『갱도』의 입구를 지키던 신전 기사단의 기룡사들이 메르의 모습을 보자마자 달려와 가까운 초소로 그녀를 안내했다.

유적으로의 침입을 막는 기룡사들은 항상 그중 한 사람은 《드레이크》로 주위를 경계하고 있었다.

지금 바로 습격당한 성도를 지원하러 가고 싶어도, 일단 잠시라도 휴식을 취해야 할 것이다.

“아무래도 순조롭게 끝낸 것 같네.”

초소 안에서 휴식을 취하며 메르는 자랑스럽게 미소 지었다.

이것으로 이번 호위 임무에서 수훈을 올릴 수 있었고, 오르펠도 무사히 지켜냈다.

“역시 이런 건, 나 같은 천재한테는 필요 없는 물건이었어.”

메르는 자신의 허리에 차고 있던 단검의 홀스터를 해제하고, 칼날을 바라보며 중얼거렸다.

칼집에 씌어있는 나이프 끝부분은 일곱 빛깔 빛줄기를 약하게 발산하고 있었다.

『엘릭시르』라고 불리는 유적의 비약을 내장한 칼날.

그것으로 신체 일부에 상처를 내면, 비약이 체내로 흡수돼서 인간이 지닌 잠재능력이 각성된다고 한다.

만약 궁지에 몰리게 된다면 그것을 사용하라며 조금 전 오르펠이 건네주었다.

‘조금밖에 안 남았어. 조금만 더 하면 나는— 과거의 그날을 극복할 수 있어.’

7년 전, 유적이 폭주하며 발생한 환신수의 습격.

그것으로 인해 모든 가족을 잃고 말았다는 절망.

『칠용기성』이 되어 환신수를 처단할 실력을 쌓은 지금이라면, 반드시 성도를 구할 수 있으리라.

그리고—.

“오르펠…… 나, 열심히 싸웠어.”

가만히 눈을 감고서, 누구에게도 들리지 않을 정도의 목소리로 중얼거렸다.

그것은 메르 자신도 평소에는 의식하지 못하는 그녀를 향한 마음이었다.

†

"—여기가, 『갱도』의 서고야?"

그 무렵, 옛 신전터의 지하에서 성공적으로 『갱도』에 침입한 룩스 일행은 마침내 목적지에 도착했다.

룩스가 무심코 물어보고 말 정도로, 지금까지 보아온 서고와는 전혀 닮은 구석이 없는 방이었다.

매끈한 은색 벽이 무수한 선으로 구획이 나뉘어 있었고, 그 하나하나가 연한 빛을 발산하고 있었다.

그리고 주위의 서가에는 작은 상자가 셀 수 없이 들어있었다.

"이것이, 이 서고의 『책』이니?"

"맞지 말입니다. 조작하려면 요령이 좀 필요하지만— 어차피 번역기에 달려있는지라—. 그보다 관리실에는 가지 않아도 괜찮은가요? 제 기억을 보완하는 쪽이, 여러모로 편리할거라고 생각하지 말입니다?"

"몇 번이나 같은 말 하게 하지 마. 이번에는 이것만으로 충분해."

질문하는 네이를 크루루시퍼는 명령으로 제지했다.

대신 서고에 있는 『책』의 내용을 알려달라고 지시했다.

"아, 알겠지 말입니다! 그러니까, 우선—."

그리고 네이는 책 종류를 차례차례 말하기 시작했다.

그중에서 크루루시퍼는 우선적으로 내용을 해독해줬으면

하는 책 세 종류를 골랐다.

『장갑기룡(드래곤 라이드)의 융합기능』, 『대성역(아발론)과 성식(聖蝕)』, 『열쇠 관리자(엑스퍼)』에 대해서—.

첫 번째는 기룡에 숨겨진 한정적 강화기능에 관해 기록된 책.

두 번째는 이 세계의 역사에 대한 것.

세 번째는 크루루시퍼 본인에 대한 것.

"알겠지 말입니다. 그러면 로딩 및 고대 언어의 번역을 시작하겠습니다!"

네이가 서고 안에 있는 오브제에 『책』을 올리자 빛의 테두리와 문자가 떠올랐다.

"……."

그 광경을 크루루시퍼는 차분한 표정으로 지켜보았다.

크루루시퍼 외에 다른 동포가 있는 것인가? 『열쇠 관리자』란 무엇인가?

지금까지 미궁 속에 빠져있던 그 정보가 밝혀지려 하고 있었다.

"세 권의 해독이 끝났지 말입니다. 언제라도 읽을 수 있습니다만—."

"그러면 얼른 전망실인가 하는 곳으로 가자. 이곳의 바로 위쪽과 성도 쪽이 걱정돼."

알테리제에게 듣기로는 옛 신전터에서의 전투는 우세하게 흘러가고 있는 것 같았지만, 어떤 변수가 일어날지는 알 수 없는 법이다.

일단 번역이 끝난 『책』을 입수한 이상, 오래 머무를 필요는 없었다.

"알겠지 말입니다. 그럼 즉시…… 윽?!"

네이가 고개를 끄덕이고 전망실로 이동을 끝낸 직후— 쿠쿵! 유적 내부가 격렬하게 흔들렸다.

"이 소리는……?! 설마, 유적에 이상이—."

룩스가 경계심이 깃든 목소리로 중얼거리며 기공각검의 자루에 손을 올렸다.

"아니지— 말입니다. 이 바로 위, 옛 신전터가 공격당한 모양이에요."

그렇게 대답한 네이는 급히 의자에 앉아 전망실을 조작했다.

은색 벽면에 빛으로 된 영상이 떠올라 이곳 바로 위에 있는 옛 신전터의 광경을 비추었다.

"이건— 무슨 일이, 일어난 거야?"

거기에는 이미, 다시 나타난 십여 마리의 환신수에 포위당한 니아스 교황 일행의 모습이 있었다.

"이 유적에서 출현한 것이 아니에요. 하지만 아직 전력을 이 근처에 배치해두었다면, 적이 처음부터 전군을 동원하지 않은 이유는—."

네이가 중얼거린 순간, 환신수 무리가 기묘한 연계를 보이며 우왕좌왕하는 신전 기사단 부대를 공격했고—.

"—으, 아아아악……!"

니아스 교황 옆에 있던 오르펠 주교의 배를, 그 발톱으로 후벼 파는 모습이 눈에 들어왔다.

"오르펠! 정신 차리게!"

"달아나세요, 예하. 그들의 목적은, 당신일, 터……."

말할 때마다 입에서는 핏덩어리가 왈칵 튀어나왔다.

내장이 찢겨나갔으니 치명상임은 분명했다.

흘러나온 피가 주위의 눈을 진홍색으로 물들였다.

조금 전까지만 해도 승리에 환희하며 성도를 걱정하던 신전 기사단은, 다시 출몰한 환신수 무리의 공격 앞에 단숨에 지옥으로 곤두박질쳤다.

숫자와 종류는 제1진과 거의 같았지만, 부대를 재편성하는 사이에 공격당한 점이 치명적이었다.

장갑기룡을 해제하고 있던 기사들이 많아 완전히 선공을 빼앗기고 말았다.

그래서 군대는 혼란을 피할 수 없었다.

『칠용기성』인 메르는 이 자리에 없었고, 기사단장은 니아스 교황을, 알테리제는 스테일 에인폴크와 장남 자인을 힘겹게 지키고 있었다.

"이런 불찰을……. 고작 시간차 강습 따위에, 이렇게까지 농락당하게 되다니!"

알테리제는 소리를 지르며 《엑스 와이엄》의 쌍검을 휘둘렀다.

그러나 주군을 지키면서 싸우는 탓인지 그 검에 기세는 없었다.

장남 자인도 《와이번》의 블레이드를 휘두르면서 겁에 질린 것처럼 소리치고 있었다.

"포, 폭주다! 그때랑 똑같이, 유적을 어지럽히려고 한 벌이라고!"

"……자인! 그 이야기는 하지 말거라!"

지금까지 굳은 표정으로 전황을 지켜보고 있던 당주 스테일이 날카롭게 일갈했다.

한편, 그 이야기를 처음 들어본 알테리제는 곤혹스러운 표정을 떠올렸다.

"폭주? 유미르, 유적의—?"

"지원바랍니다! 주교님께서 당하셨습니다!"

그녀가 숨을 헙 들이키며 돌아본 순간, 신전 기사단의 비통한 목소리가 들렸다.

그쪽을 보자 오르펠 주교가 피범벅이 되어 눈 위에 쓰러져 있었다.

"—잘도 깜찍한 짓을 꾸몄구나, 오르펠. 내 옛 동료여."

사사삭— 모래바람 같은 불협화음 직후, 오르펠의 귓가에 목소리가 닿았다.

목소리의 주인은, 조금 전 메르에게 격추당했을 드라켄이었다.

지난 1년에 걸쳐 공동으로 모의한 두 사람 사이에서 이루어졌던 대화.

드라켄의 신장기룡 《애스프》의 신장을 이용한, 음성을 날리는 메시지였다.

"메르가 해치운 것은, 당신의 대역……. 미끼, 였다는 건가요? 언제부터 알고 있었죠? 내가 당신을 배신하려고 한다는 것을—."

손가락 하나 까딱하지 못하는 오르펠은 공허한 눈으로 소곤소곤 질문했다.

그 말을 알아들은 드라켄은 어이없다는 듯 쓴웃음을 지었다.

"댁한테 설명해줄 의리는 요만큼도 없는데 말이야. 뭐, 굳이 말하자면, 나는 처음부터 댁이 나를 배신하리라는 사실을 알고 있었다고."

"……."

"저승길 선물로 알려주지. 사람을 속이는 요령은 말이다, 얼마나 자신이 의심받지 않게끔 행동하느냐가 아니야. 상대가 무엇을 믿을지 파악하는 것이지. 신뢰할 수 있는 사람이 하는 말이나, 자신이 의지하는 권위의 가르침이나, 뭐 이것저것 있기야 하지만— 하여간 자신의 발로 조사한 정보라는 놈은, 뭇 사람들은 쉽게 의심할 수 없는 법이거든."

"제가, 부하에게 당신을 감시하게 했다는 사실을 눈치챘다는, 건가, 요……?"

"아니. 알아차린 건 다른 때야."

"……?"

사사사삭— 다시 독특한 잡음이 오르펠의 귀에 닿았다.

"이 소리, 댁한테 《애스프》로 음성을 보낼 때 들리는 잡음.

처음에 이것이 들리는 상황이 아니라면 댁의 목소리는 나한테 닿지 않고, 내 목소리도 댁한테 닿지 않는다—. 그렇게 생각하게 한 것 자체가 처음부터 함정이었다는 거야."

"크……!"

그 고백에 오르펠은 이를 갈았다.

함정에 빠지고 말았다.

《애스프》의 신장— 특정한 장소에 소리를 보내거나, 혹은 그 장소의 소리를 수집하는 능력.

발동하기 전에 반드시 들리던 모래바람 같은 잡음 자체가 드라켄이 꾸며둔 함정이었던 것이다.

그 잡음은 사실 신장의 발동과는 무관한 소리였으며, 그 소리가 나지 않는 한 신장에 도청당할 일은 없다고 오르펠이 오인하게끔 하기 위한 속임수였다.

다시 말해 오르펠의 생각은 먼 곳의 소리를 수집하는 그 신장의 능력에 평소에도 모조리 누설된 것이었다.

이것이 그 결과였다.

"그리고 댁은 그녀에게 공적을 세우게 하고 싶었던 거지? 그『정벌자』에게 말이야."

"……무슨, 소리입니까?"

"메르 기잘트 말이야. 저건— 사실은 댁의 딸이지?"

"읏……?!"

당장이라도 숨이 넘어갈 듯 헐떡이던 오르펠이 그 자리에서 작은 신음을 냈다.

"어떻, 게…… 그 사실을—."

"어라, 사실이었어? 뭐, 이건 그냥 넘겨짚은 거지만. 댁을 감시하다가 그런 생각이 들더라고. 기잘트 가문하고 접점이라곤 없는 주교가 왜 저렇게까지 고아 소녀를 후원해주는 걸까…… 뭐, 드문 이야기는 아니지. 기사 명문 기잘트가와 교회 측 사람이 눈이 맞아 아이가 생기더라도 하나도 이상할 건 없어. 물론 공표할 수는 없는 사실이라 메르는 기잘트가에서 데려갔겠지만—."

기잘트 가문 그 자체가 멸망하는 바람에 메르는 외톨이가 되고 말았다.

마음 같아서는 어머니라는 사실을 밝히고 싶었지만, 형편상 그렇게 할 수는 없었다.

"저 아이를, 어떻게 할, 셈……이죠?"

"안심하라고. 댁의 딸한테는 최고로 화려한 무대를 준비해뒀으니까. 교국을 멸망시키려고 한 배신자들의 말살. 우리 『용비적』이 유적을 손을 넣기 위한 비장의 수단으로 써먹을 거야."

"……메……르……."

이미 오르펠의 목에서는 소리조차 나오지 않았다.

의식이 멀어지려는 순간, 장갑으로 된 팔이 그녀를 안아들었다.

"오르펠! 정신 차려!"

이미 몸은 움직이지 않았지만, 남은 힘을 쥐어짜 간신히 눈을 떴다.

눈앞에는, 관계를 사실대로 밝힐 수 없었던 자신의 딸— 메르 기잘트가 있었다.

—어째서.

어째서어째서어째서어째서.

그 한마디가 메르의 머릿속에서 빙글빙글 맴돌았다.

자신은 잘 했을 텐데…… 이제는 강해졌을 텐데…….

7년 전, 유적이 폭주했을 때—.

기잘트가가 괴멸당했을 때와는 다르게, 더는 무력하지 않을 텐데…….

오르펠도, 좋아하는 사람은 아니었을 텐데…….

어째서— 눈물로 시야가 부옇게 흐려지는 것일까.

"메, 르……."

핏기가 완전히 사라진 그녀의 입술이 열리며 목소리가 들렸다.

"……네게, 전해야만 하는, 것이—."

"오르펠—!"

마지막 한 마디를 들은 순간, 아직 어린 티가 남아있는 소녀의 눈에서는 뜨거운 눈물이 떨어져 내렸다.

†

성도 북쪽. 대성당 앞의 전장에서는 출몰한 환신수 무리와의 교전이 시작되었다.

기도를 올리러 와 있던 귀족 신도들은 허겁지겁 내부로 피난했다.

그 외부를 방위용 부대가 에워싸 외벽 째로 지킬 수 있게 장벽을 펼쳤다.

현재 확인되는 환신수의 종류는 가고일이나 키마이라 등의 하늘을 나는 환신수 뿐.

따라서 피르히와 요루카를 제외하고 비행형 《와이번》을 다루는 기룡사만이 요격에 나섰다.

약 세 종류로 구성된 환신수의 혼성부대는 전부 서른 마리 정도 되었다.

성가신 것은 그 안에 세 마리 정도 섞여 있는, 디아볼로스라는 강력한 환신수의 존재였다.

아무리 신장기룡 사용자라 해도 동시에 상대하기는 버거운 숫자였지만, 그것은 지금까지 끊임없이 싸워온 소녀들의 경험과 실력으로 뒤집었다.

디바인 게이트
“《지배자의 신역》.”

《린드부름》을 장착한 세리스가 순간이동의 신장을 발동해, 단숨에 상공에 있는 환신수를 간격에 넣었다.

라이트닝 랜스
여유를 주지 않고 《뇌광천창》으로 찌르기를 구사해서 어렵잖게 가고일의 핵을 관통했다.

그 훌륭한 솜씨에 대성당 안으로 피신한 귀족 신도들에게서 환성과 술렁임이 새어나왔다.

그 모습을 본 리샤도 자극당한 것처럼 미소 지었다.

"여전히 강력하지만— 나도 질 수야 없지!"

그 몸을 뒤덮은 《티아마트》의 기공각검을 힘차게 뽑아 정신 조작을 시도했다.

동시에 추가 무장인 투척 병기 《공정요새(레기온)》가 무수히 나타나, 일제히 환신수를 노리고 날아갔다.

"그아아악!"

합성형 환신수— 키마이라가 무수한 투척 병기에 얻어맞았다.

그것을 피하려고 적이 틈을 보인 순간을 노려 주포인 《일곱 개의 용머리(세븐스 헤즈)》에서 발사된 극대 섬광이 산산이 분쇄했다.

원호사격 중이던 교국 기룡사들은 그 공격을 보고 더욱 사기가 높아졌다.

세리스는 단독으로 환신수 무리에 뛰어들어 차례차례 가고일을 섬멸했다.

원래대로라면 환신수에 포위당하는 게 정상적인 상황이었으나, 《지배자의 신역》의 순간이동능력 덕분에 전혀 걱정할 필요가 없었다.

리샤는 《레기온》을 자유자재로 조종해서 공격만이 아니라 적의 교란까지 하고 있었다.

덕분에 교국의 《와이번》 사용자들의 지원이나 캐논으로 포격을 퍼붓는 지상부대의 공격이 적에게 효과적인 피해를 주고 있었다.

하지만 적 또한 반격 태세를 가다듬기 시작했다.

환신수 무리 중에서는 멀리 뒤쪽에 있었을 터인 디아볼로스 한 마리가 눈에 보이지도 않는 속도로 날아왔다.

“그르르르르오오오아아아아앗!”

가고일의 세 배는 됨직한 칠흑빛 우람한 팔뚝을 휘둘러 《와이번》을 장착하고 있던 교국의 기룡사를 강습했다.

“우아아아아아악?!”

장벽이 자동으로 전개되었지만 디아볼로스는 완력으로 그것을 돌파했다.

그리고 신전 기사단 소속 젊은 기룡사가 비명을 지른 순간, 갑자기 디아볼로스의 모습이 아래를 향해 고속으로 끌려내려갔다.

파일 앵커
“《용교박쇄》.”

피르히가 다루는 육전형 신장기룡 《티폰》.

그 장갑의 각 부위에서 사출된 와이어 병기가 한순간 움직임을 멈춘 디아볼로스를 붙잡아 자신이 있는 대성당 앞 지상으로 끌어당긴 것이다.

“—읏, 조심하라고, 마이페이스 아가씨?! 그 녀석은 불꽃을 뿜고 자폭도 한다! 대성당이 말려들 수도 있어!”

“멀어질 거니까 괜찮아. 앞으로 두 마리, 부탁해.”

끌어당긴 디아볼로스에게 돌려차기를 휘두르며, 피르히는 《파일 앵커》로 적을 구속한 채 일대일 전투에 들어갔다.

그 모습을 본 세리스도 《지배자의 신역》으로 나머지 디아볼로스에게 접근해서 제압하는데 성공했다.

“잠깐, 나는 너희의 지휘관이라 경솔하게 움직일 수 없는데—.”

입장상 지휘 역할을 수락하고 만 것을 벌써부터 후회하기 시작한 리샤가 조바심을 냈다.

『어이, 들어라, 음란녀! 네가 마지막 디아볼로스 한 마리를, 어떻게 좀―.』

요루카의 모습이 보이지 않아 『용성』으로 말을 건 순간 리샤의 안색이 변했다.

그와 동시에 모르는 기룡사가 보낸 용성이 자신에게 도착한 것이다.

『여어, 건투하고 있나 보네. 신왕국 여러분.』

『네놈은― 설마.』

『처음 뵙겠습니다, 라고 해둘까. 「용비적」의 삼두목. 인룡 사단장 드라켄이라는 사람이다.』

느닷없이 이번 일의 흑막이 용성을 보내자 리샤는 미심쩍은 표정을 지었다.

그러나 그 의도를 생각할 여유도 없이 드라켄은 선고했다.

『뭐, 인사는 이쯤 하고, 눈치챘어? 위쪽에 이목을 붙들어놓고, 댁들이 있는 곳에 신형 환신수를 보냈는데 말이지.』

『뭐……?』

리샤가 성도 거리를 내려보자, 건물 그늘에 숨어서 무언가 까만 물체가 접근하고 있었다.

점액 덩어리― 슬라임 형태의 환신수로 보였다.

하지만 『신형』이라는 이름에 걸맞게 지금까지 리샤가 본 타입과는 달랐다.

크기도 그리 크지는 않아, 한 마리가 성인 남성 수준의 체적이었다.

『싸움은 머릿수가 장땡이라고 하지만, 그것을 뒤엎는 실력자인 댁들을 쓰러뜨리기에는 좀 부족한 격언이란 말이지. —그렇다면 보여주지. 강함에 취해서 적을 얕보는 그 교만을 때려 부술 전략을—.』

『핫, 일부러 가려쳐주다니— 우리를 얕보지 마라!』

리샤는 기공각검을 휘둘러 《레기온》을 조작했지만— 그 검은 슬라임을 공격한 순간 위화감을 느꼈다.

"—큭? 이것은?!"

슬라임을 타격한 《레기온》을 회수하자, 으깨진 것처럼 보였던 검은 슬라임이 풀처럼 들러붙어 있었다.

《티아마트》의 장갑 팔로 그것을 떼어내려고 하자, 이번에는 손에도 달라붙었다.

"장갑은 멀쩡해……. 공격력은 없는 건가? 그렇다면—."

이대로 놔둬도 될 것이다. 다소 움직임이 둔해지긴 하겠지만, 문제없이 전투는 속행할 수 있다.

그렇게 판단한 리샤가 《레기온》을 날린 순간, 엉뚱한 방향으로 날아가다가 땅으로 떨어졌다.

"—윽?! 아냐, 이 슬라임의 능력은, 장갑기룡을 성능을 저하시키는 것인가!"

《레기온》 자체의 출력과 기공각검을 이용한 조작이 둔해졌다.

아마도 점착성만이 아니라 기룡 본체에서 내리는 명령신호를 방해하는 성질이 있는 것 같았다.

『헤에, 감이 좋은데? 기룡 개발자로도 일류의 재능이 있다는 이야기는 사실이었나 보군……. 그 녀석의 이름은 채프 슬라임이야.』

『흥, 내 눈에 보인 순간 이 녀석의 운명은 결정됐다. 이 신형 환신수, 일단 달라붙으면 떨어지지 않고 기룡을 약화하는 모양이다만, 그런 만큼 공격력은 없는 것으로 보이는군. 건드리지 않고 처리하면—.』

『이봐, 신왕국의 공주님. 이 내가 그런 어설픈 전략을 세웠을 것 같아?』

『—무슨 의미냐?』

『대성당보다 더 북쪽을 보면 큰 언덕이 있잖아? 거기에 쌓인 눈이 전부 눈사태가 되면, 엄청난 일이 일어날 것 같지 않아?』

『—네놈, 설마?!』

순식간에 그녀의 의도를 파악한 리샤는 용성 통신을 끊고 뒤를 돌아보았다.

"다들! 대성당에서 사람들을 대피시켜라! 눈사태가—."

드라켄의 신장기룡 《애스프》의 신장은 소리를 자유자재로 조종하는 힘.

그리고 소리란 공기의 진동.

드라켄이 언덕 위 일면에 극대 진동파를 때려 박은 직후—거대한 하얀 파도가 포진하고 있던 대성당을 집어삼켰다.

대성당 일부가 무너지며 주위를 지키던 신전 기사단의 기룡사들이 전부 매몰되고 말았다.

아니— 무너진 대성당 안에도 눈이 밀어닥쳤다.

이대로는 교국의 귀족들이 대거 생매장당하고 말 것이다.

한순간 눈 앞에 펼쳐진 광경처럼 머릿속이 새하얗게 질려버렸지만, 리샤는 바로 호흡을 가다듬으며 지휘를 시작했다.

『—들리느냐?! 움직일 수 있는 모든 기룡사에게 알린다! 지금부터 눈에 파묻힌 부대 동료 및 사람들의 구조에 착수한다. 움직일 수 있는 자는 전원 대성당 내부를 수색해라! 《드레이크》의 레이더도 함께 사용하는 거다!』

명령이 떨어진 직후, 혼비백산 하고 있던 신전 기사단이 움직이기 시작했다.

사람들을 구조하기 위해 눈 속에 뛰어든 순간, 단원들은 이변을 눈치챘다.

"윽…… 뭐, 뭐야 이건?! 묘한 환신수가, 눈 속에 섞여서—."

"이쪽도야?! 어디에 숨어있던 거야?! 어, 엉겨 붙어서…… 해치울 수가 없어!"

"—이것은, 조금 전의……."

그것을 본 리샤의 안색이 변했다.

조금 전 《레기온》으로 공격한 신형 환신수.

공격력은 없지만 장갑기룡의 기능을 저하하는 채프 슬라임을 눈 속에 대량으로 묻어둔 것이었다.

『성도 주변을 감시하던 《드레이크》로부터 전령입니다! 약 50명에 달하는 「용비적」 기룡사들이, 이쪽으로 진군 중이라고—.』

“그런, 거였나……!”

드라켄의 책략을 알아차린 리샤는 자기도 모르게 입술을 깨물었다.

산채로 파묻힌 성도의 백성들은 장갑기룡을 사용하지 않으면 제시간에 구출할 수 없다.

그러나 눈 속에 섞여있는 채프 슬라임이 그때마다 장갑을 침식해서, 적의 본대가 나타날 때쯤이면 이쪽의 전력은 대폭 약화되고 말것이다.

『목적을 눈치챈 것 같으니 다행이군. 내 부대와 만전의 상태로 싸우고 싶다면 거침없이 버리면 된다고. 거기에 모여있는 귀족 신도님들 말이야.』

“……큭!”

조롱하는 듯한 드라켄의 목소리.

그러나 이대로 판단을 망설이고 있을 수도 없었다.

저 눈 속에는 크루루시퍼의 두 여동생도 있었다.

『거듭 전달한다! 눈 속에 묻힌 환신수에 공격 능력은 없다! 구조를 최우선으로 행동해라! 구조가 끝나는 대로 접근 중인 「용비적」을 격퇴한다! 서둘러!』

『……옙!』

“돕겠습니다. 리즈샤르테.”

“나도, 할 수 있어.”

리샤가 명령을 내린 직후, 디아볼로스를 처치한 세리스와 피르히도 그녀 쪽으로 다가왔다. 분명 디아볼로스 한 마리가 더 남아있었을 텐데—.

"이봐, 음란녀! 마지막 디아볼로스를 해치우—."

"한참 전에 처리했사와요."

어느 틈에 근처 외벽 위에 서 있던 요루카가 미소를 짓자, 《야토노카미》의 손에서 디아볼로스의 머리가 떨어져 내렸다.

협조성은 여전히 없었지만, 전투력만큼은 이상하리만치 뛰어났다.

"그렇다는 건, 이것으로 당신과의 의리도 다 완수했다는 거네요."

"기다려! 여유가 있다면 협력해라! 여기에는 지금 산채로 묻힌 사람들이 있다! 그들을 도와주는 것도 우리의 임무란 말이다!"

말하는 동안에도 리샤는 실제로 구조작업을 하고 있었다.

두꺼운 눈의 산에 손을 넣어 구조할 때마다, 그 안에 섞여 있는 채프 슬라임에 침식당해갔다.

그러나 요루카는 대성당 발코니에 올라선 채, 웃으면서 고개를 가로저었다.

"거절하겠사와요. 그 묘한 환신수를 건드리면 제대로 움직일 수 없게 되어버리는걸요. 그래서야 곧 다가올 주인님의 적을 처리할 수 없게 되어요."

"윽……?! 네놈! 진심이냐?!"

"리즈샤르테, 그녀를 설득하려 해봐야 소용없습니다. 우리만이라도 서두르죠."

세리스는 그렇게 재촉했지만, 리샤는 단념하지 않고 요루카를 올려다보며 말했다.

"네가 그런 녀석이라는 건 이해한다. 하지만 말이다. 만약 이곳에 룩스가 있다면 무엇을 바랄지, 그런 걸 생각해보려는 용기조차 없는 거냐?"

"무슨 의미인가요?"

고개를 갸웃하는 요루카에게 리샤는 구조를 계속하며 말했다.

"너는, 네 의지로 결정하기를 두려워하는 게 아니냔 말이다. 주인이 진정 바라는 것을 생각하지 않고, 그저 자신의 규칙만을 따르려고 하다니. 너는 룩스의 종자로서 더욱 발전하기를 바라지 않는다는 것이냐?"

"—그것을, 무슨 근거로 당신이 판단하는 것인가요?"

"뻔하지 않느냐. 그 녀석을 종자로 삼은 내가 기뻤기 때문이다. 그 녀석이 언제나 내 마음에 부응하려 하는 것이. 그래서 나도 거기에 부응하고 싶다고 생각하는 거다!"

힘차게 단언하고서 리샤는 《티아마트》의 조작에 더욱 힘을 실었다.

차츰 달라붙는 채프 슬라임이 늘어나 움직임이 둔해졌지만, 그래도 손을 늦추지 않았다.

"네가 아무것도 바라지 않는 도구라면, 내가 가르쳐주마! 거들어라, 요루카! 교국의 모두를 구하기 위하여, 우리에게 힘을 나눠주거라!"

아주 잠시 진지한 표정으로 리샤를 바라보던 요루카의 입가가 문득 완만한 곡선을 그렸다.

"……유감스럽게도, 그럴 여유는 없어지고 말았군요. ―왔사와요."

"큭……."

요루카가 시선이 가리키는 곳, 북쪽 언덕을 넘어 『용비적』의 부대가 접근하는 모습이 보였다.

†

옛 신전터와 성도가 동시에 위기에 빠지고서 몇 분 뒤―.

네이가 전망실을 조작해준 덕분에 룩스와 크루루시퍼는 각자의 기룡을 장착한 상태로 『갱도』 바로 위에 있는 옛 신전터로 전송되었다.

유적 관리를 네이에게 맡기고, 니아스 교황 일행을 구출하기 위해 최단거리로 이동했지만―.

"……무슨 일이, 일어난 거야?"

평소에는 냉정한 크루루시퍼가 떨리는 입술로 중얼거렸다.

메르 일행에게 뒤를 맡긴 옛 신전터의 설원에는 부서진 장갑과 핏자국이 널려있었다.

시간차를 두고 다시 이 자리를 습격한 십여 마리의 환신수에게, 허를 찔린 신전 기사단 부대는 와해되었다.

"큭, 으으……."

기사단장이나 알테리제가 분투한 덕분인지 니아스 교황은

아직 무사했지만, 전황은 명백하게 열세였다.

"큰일, 났습니다……! 성도 쪽에서도 북동부 산악지대에서 어마어마한 눈사태가 일어났고— 게다가 환신수까지 습격해서, 이대로라면 구출 활동조차 제대로 할 수 없습니다!"

《드레이크》를 장착한 신전 기사 한 명이 피폐한 몰골로 처절하게 소리쳤다.

성도의 상황도 가혹하긴 마찬가지였다.

남아있는 환신수를 처리하고, 서둘러서 성도로 달려가지 않으면 리샤 일행이 위험할 것이다.

《와이번》을 장착하고 있던 룩스는 그렇게 판단하고 다른 한 자루의 기공각검에 손을 댔다.

《바하무트》를 사용하면 부담이 심해지지만, 더는 체력을 아낄 여유가 없었다.

"크루루시퍼 씨! 남아있는 환신수를 섬멸하자! 서둘러서 성도로 돌아가야만 해!"

"그래, 알았어…… 윽?!"

룩스의 목소리에 크루루시퍼가 대답한 순간, 그것이 눈앞에 나타났다.

"—용서 못해."

"아……."

두 사람 앞에 체공하고 있던 것은 한 명의 기룡사.

《드래이그 귀버》를 장착한 메르 기잘트는 아무리 봐도 상태가 이상했다.

평소에는 순진무구한, 아니면 오만한 웃음기를 머금고 있던 소녀의 눈빛은 어둡게 가라앉아 불온한 기운을 내뿜고 있었다.

"용서못해용서못해용서못해용서못해용서못해용서못해용서못해용서못해용서못해용서못해용서못해용서못해…… 용서못해—!"

두 눈을 부릅뜬 메르 기잘트가, 장갑기룡을 구동하여 날아들었다.

폭발하는 듯한 기세로 휘둘러진 할버드의 일격이 멍하니 있던 크루루시퍼의 《파프니르》를 덮쳤다.

"크루루시퍼 씨……?!"

메르의 공격이 너무나도 뜻밖이었던 탓에, 룩스도 막으려고는 했지만 늦고 말았다.

그러나 《파프니르》의 특수 무장, 《오토 실드》로 막아낸 크루루시퍼는 곤혹스러운 표정으로 눈앞의 메르에게 말을 걸었다.

"무슨 생각이야? 갑자기 무슨 짓을—?!"

"……아직도, 모르는 척 할 셈이야? ……좋아, 마지막 순간까지 그렇게 시치미를 떼보시지."

메르가 표독스러운 웃음을 지으며 소리쳤다.

일단 거리를 두고 멀어진 다음, 다시 파프니르를 향해 할버드를 내리찍었다.

"윽……! 어쩔 수 없네."

크루루시퍼도 이번에는 그 공격을 피하며 《프리징 캐논》의 동결탄으로 메르를 저격했다.

순간적으로 할버드로 막아냈지만, 그것 째로 장갑 팔이 얼어붙었다.

명중한 부위를 얼려버리는 《파프니르》의 특수 무장은 일반적인 장벽이나 무장을 이용한 방어로는 완벽하게 막을 수 없었다.

우선은 공격수단을 봉쇄했다고 생각한 두 사람이 안심한 찰나, 얼어붙은 《드래이그 귀버》의 장갑에서 물이 뚝뚝 떨어지는가 싶더니 순식간에 얼음이 녹아내렸다.

"뭐―?!"

그 광경을 확인한 크루루시퍼가 동요한 순간을 노려 메르는 재차 할버드를 휘둘렀다.

룩스는 반사적으로 블레이드를 방패삼아 막아냈지만, 도신이 순식간에 얼어붙었다.

"크……!"

극격 카운터를 노릴 틈이 없었던 것이 화근이 되었다.

크루루시퍼의 특수 무장을 이용한 공격과 동일한 현상에 룩스는 움직임이 봉쇄되었다.

'이 동결은, 특수 무장의 효과인가? 하지만― 어떻게?!'

《프리징 캐논》처럼 동결 효과를 지닌 무장이라면 얼어붙은 할버드를 무슨 수로 녹인 것일까?

아니면, 이것이 《드래이그 귀버》가 지닌 신장의 능력이란 말인가?

"—《재화의 예지(와이즈블러드)》!"

난적이라고 판단한 크루루시퍼가 《파프니르》의 신장, 미래예지 능력을 발동했다.

하지만 신장의 빛이 기룡을 감싼 직후, 메르는 급강하하여 설원의 숲으로 달아났다.

"《드래이그 귀버》, 와이엄 모드."

지면에 내려선 순간 《드래이그 귀버》는 순식간에 육전형으로 변형했다.

날개가 접히고 장갑 다리에서는 활주용 차륜이 튀어나왔다.

착지하는 동시에 약간의 틈도 주지 않고 번개처럼 숲속으로 사라졌다.

"제법이네……!"

《파프니르》의 《재화의 예지》는 적의 움직임을 예측할 수 있지만, 상대가 도주에 전념하면 이쪽이 선택할 수 있는 공격수단의 폭은 눈에 띄게 줄어든다.

저격을 하려고 해도 눈이 쌓인 숲이 엄폐물 역할을 하는 탓에, 고속으로 이동하는 메르가 맞을 확률은 대폭 감소되었다.

메르는 미래예지의 지속시간이 끝나는 순간을 노려 다시 달려들 속셈이리라.

따라서 크루루시퍼는 신장을 해제하고 메르의 강습에 대비해 자세를 잡았지만—.

"……?!"

룩스는 뭔가 이상함을 느꼈다. 조금 전까지 어마어마한 살기를 발산하던 메르가 단순하게 같은 수단으로 공격할까?

의심스럽게 생각해 시선으로 메르의 움직임을 탐색한 순간, 룩스는 대기가 아지랑이처럼 하늘거리고 있다는 사실을 퍼뜩 깨달았다.

나무 사이를 고속으로 누비는 《드래이그 귀버》의 양 어깨에, 소형 굴뚝처럼 생긴 관이 삐어 나와 있었다.

"방어해! 크루루시퍼 씨! 공격이 올 거야!"

"—?!"

룩스가 소리친 순간 크루루시퍼의 온몸에 전율이 흘렀다.

에어리얼 버스터
『……《용식초열》.』

용성을 통해 메르의 목소리가 들린 직후, 대기가 떨리더니 하늘 그 자체가 터져나갔다.

"크, 아아아악,—!"

"으아, 아아아아악!"

불꽃과 충격파, 보통은 한 방향에서만 쏟아지는 그것을 상하좌우에서 일제히 얻어맞은 듯한 착각에 사로잡혔다.

충격과 굉음, 섬광이 망막을 불태우고, 숨조차 쉴 수 없는 폭염에 휩싸여 장갑기룡이 비명을 질렀다.

"저 아이, 무슨 짓을……!"

크루루시퍼는 장갑기룡을 필사적으로 조작해서 가까스로 공중에서 버텼다.

제아무리 《오토 실드》라 해도 전방위를 공격하는 광범위

폭격은 완전히 방어할 수는 없었다.

메르는 도주하는 것처럼 위장하여 지상을 활주하면서 기화된 인화성 연료를 분출했다.

그리고 불을 붙이면 상공 일대의 적을 모조리 불살라 격추할 수 있는 것이다.

그것이 그녀가 중얼거린 《용식초열(에어리얼 버스터)》. 대공요격용 특수 무장이리라.

메르는 거리가 멀어지면 크루루시퍼가 《재화의 예지》의 사용을 중단하리라는 것을 읽은 것이다.

'강해! 이 나이에, 이정도로 신장기룡을 잘 다루는데다가 전략까지 세워서 실행하다니.'

열두 살 때 《바하무트》를 사용한 룩스조차 혀를 내두를 정도로 뛰어난 메르 기잘트의 실력.

그녀가 적으로 돌아섰을 때의 공포를, 두 사람은 뼈저리게 느끼고 있었다.

"놀랄 틈이 있다니, 꽤 여유롭나 봐?"

"윽……?!"

주위를 뒤덮은 폭염의 연기 속에서 《드래이그 귀버》와 메르가 나타났다.

크루루시퍼는 반사적으로 《프리징 캐논》을 발사했지만, 그 섬광은 덧없이 허공을 갈랐다.

"—이건, 환상?!"

피하지도 않았는데 메르의 장갑과 신체를 통과하여 아무런 피해도 입히지 못했다.

그 틈에 크루루시퍼 앞으로 뛰쳐나온 메르는 할버드를 수직으로 내리찍었다.

까가각! 《오토 실드》가 반응하여 일곱 장의 방패가 그 일격을 막아냈다.

그 틈에 라이플을 조준한 크루루시퍼를 강렬한 돌풍이 휩쓸었다.

"이번에는 바람?! 대체, 무슨 일이—?!"

"귀찮은 특수 무장…… 그것도 이제 못 쓰게 해줄게."

냉혹하게 중얼거린 메르의 기룡이 불가사의한 오렌지 빛을 뿜었다.

조금 전부터 몇 번이나 목격한 《드래이그 귀버》가 신장을 기동하는 모습.

룩스는 바짝 경계하면서, 조금 전 폭염의 여파로 휘어버린 스케일 블레이드를 들고 극격을 준비했다.

크루루시퍼는 신장 《재화의 예지》를 기동해서 메르의 움직임을 예측했다.

"—기가 막히네. 이 지경에 이르러서도, 여전히 그런 방법이 통용될 거라고 생각하다니."

가차 없고 냉혹한 말투로 메르는 조롱했다.

그 직후, 전혀 움직이지 않는 메르 근처에 있던 룩스와 크루루시퍼의 기룡에 이변이 일어났다.

"윽…… 이건, 무슨 일이 일어난 거야?!"

“기룡의 출력이 내려가고 있어?! 갑자기, 왜—.”

즉시 자세를 제어하기 위해 두 사람은 필사적으로 기룡을 조작했지만, 기룡의 반응 자체가 나빴다.

성능 자체와 조작 기능이 약화되어 있었다.

아무리 우수한 기룡사라 해도, 기룡에 명령을 제대로 내릴 수 없다면 손 쓸 방법이 없었다.

“설마, 이건—.”

“그래, 너의 그 짜증나는 방패도, 이제는 사용할 수 없을 거야. —그럼, 안녕.”

메르는 반응이 둔해진 《오토 실드》를 일격으로 날려버린 다음, 반동을 이용해서 할버드를 가로로 휘둘렀다.

무방비한 틈을 드러낸 크루루시퍼와 《파프니르》를 노리고 도끼날이 날아왔다.

—그러나 룩스는 출력이 떨어져 제대로 움직이지도 못하는 《와이번》을 움직여서 가까스로 그 공격을 막아냈다.

“그만해, 메르! 무슨 일이 있었는지는 모르지만, 지금은 동료끼리 싸울 때가 아니야! 다른 사람들이— 성도에서도 사람들이 적에게 습격당하고 있다고!”

메르가 전력으로 공격하고 있다는 사실은 알았지만, 그럼에도 룩스는 설득을 시도했다.

메르는 확실히 특별한 처지에 있긴 했으나 결코 나쁜 소녀는 아니었다.

그런데 어째서 크루루시퍼에게 적의를 드러내는 것인가?

그것을 재차 물어보자, 메르는 증오를 담은 시선으로 룩스를 쏘아보았다.

"진실을 알면서도 막을 셈이야? 유적의 혈통이자 재난의 원흉인, 그 여자를—."

"뭐……?!"

메르의 대답에 룩스가 동요한 순간 블레이드가 다시 얼어붙었다.

기룡 본체가 침식되는 것을 방지하려고 무장에서 손을 뗀 찰나 메르의 할버드가 쇄도했다.

"우, 아악……!"

장벽 위로 강렬한 일격에 얻어맞은 룩스는 그대로 바로 밑의 설원에 추락했다.

그러나 그 직후에 메르의 《드래이그 귀버》가 좌우로 덜컹덜컹 흔들리기 시작했다.

사용자의 한계로 인해 발생하는 조작의 오류— 폭주의 징후가 나타나고 있었다.

"크윽……!"

메르가 땅으로 내려오자 《드래이그 귀버》의 장갑이 해제되었다.

이것은 아직 어린 기룡사에게 공통으로 적용되는 피할 수 없는 약점이었다.

아무리 기룡 적성이 높고 전투 센스가 뛰어나다 해도, 아직 어리고 미성숙한 신체로는 최대출력을 오랫동안 유지할 수 없었다.

그래서 우뚝 선채 숨을 헐떡이는 메르를 향해 크루루시퍼는 질문을 던졌다.

"어떻게 된 거야? 어째서, 네가 그 사실을—?!"

"……오르펠의 유언이야. 조금 전에 들었어. 네 탓에, 예전에 이 교국의 유적이 폭주한 거라고. 그 원흉인 너를, 목숨과 맞바꿔서라도 해치워서 원수를 갚아주길 바란다고—."

"—뭐?"

찌릿, 크루루시퍼는 머릿속이 타는 듯한 열기를 느꼈다.

잊고 있던 자신의 기억.

처음에는 많은 사람들의 손에 유적으로 끌려가 가까운 곳에서 많은 환신수를 목격했다.

그리고 그 다음에는 교회 사람들에게 끌려가 옛 신전터의 지하에 들어갔을 때, 지진과 붕괴가 일어나고 말았다.

잔해 속에 파묻혀 정신을 잃고 교회에서 다시 눈을 떴을 때, 아버지는 없었다.

누군가가 자신을 구조해주었지만, 마지막까지 가족은 와주지 않았다는 것은 기억하고 있었다.

그 이후로 아버지와 소원해졌고, 가족과의 골은 깊어져서—.

"그럼 7년 전도, 1년 반 전에 일어난 사건도— 전부 내가 유적에 관여한 탓에 일어났다는 거야?"

"너를 이용해서 유적을 관리하길 바란 교회는, 네 정체와 네가 폭주의 원인이라는 사실을 은폐했어. 너도 알고 있었잖아? ……아니, 설령 몰랐다 해도— 상관없어."

체력의 한계로 휘청거리는 가운데.

메르는 허리에 동여매고 있던 나이프를 뽑아 일곱 색으로 빛나는 칼날 끝을 자신의 가슴에 꽂았다.

"메르! 그것은—?!"

룩스가 반하임 공국의 유적에서 목격한, 인간을 마인(魔人)으로 만드는 보물.

출렁, 검은 문양이 찔린 지점부터 퍼져나가며 메르의 신체가 빛을 띠었다.

"—윽, 아아아아아아아아아아아아아아아아악……!"

말이 되지 못한 고통스런 절규가 설원 위에 메아리쳤다.

"메르! 그러지 마!"

룩스가 《와이번》을 장착한 채 달려가자 메르의 팔다리가 인형처럼 덜컥 튀더니, 다시 기공각검을 가로로 휘둘렀다.

그녀의 신체는 이제 피로 따위로는 흔들리지 않았다.

다만 그 안광이 칠흑빛으로 물들었고, 장의 밑에는 검은 문양이 불거져 나왔다.

"오르펠이 없는 내일 따위는 필요 없어. 『칠용기성』의 영예도, 기사로서의 수훈도, 공적도 필요 없어. 내가 정말로 원했던 것, 반드시 지켜야만 했던 것을— 전부 빼앗겼어. 없어지고 말았어."

『엘릭시르』의 저주에 침식되는 와중에도 메르는 절망에 물든 목소리를 자아냈다.

"—그러니까, 부숴줄게. 인류의 적을 근절하는 『정벌자』의 이름을 걸고, 내게서 모든 것을 빼앗아간 너의 전부를, 하나도 남김없이 파멸시켜주겠어!"

분노로 물든 두 눈을 부릅뜬 메르는 기공각검을 하늘 높이 들어올렸다.

"상잔하는 두 장의 부정을 몸에 두르고 소생하라. 천지를 복멸하는 전쟁의 용이여, 《드래이그 귀버》!"

패스 코드와 함께 다시금 메르의 눈앞에는 붉은색과 하얀색이 섞인 신장기룡이 소환되었다.

신속하게 기구가 전개되어 소녀의 장갑으로 변하자, 메르는 악귀와도 같은 그 안광을 룩스와 크루루시퍼를 향해 뿌렸다.

"딜루이와 같은 마인화……?! 아니, 그녀는 아직, 아주 일부밖에 변하지 않았어."

칼날에 들어있던 『엘릭시르』의 양의 극히 조금이었던 것인지, 그 변화는 전신에 미치지는 않았다. 그저 살갗 일부에 기묘한 검은색 문양이 떠올랐을 뿐.

그렇다면 아직 그녀를 구할 기회는 있었다.

"메르! 그 힘은 위험해! 그것을 계속 사용하면, 네 신체는—."

"그래서 어쩌라는 건데? 내 몸을 걱정해도 될 정도의 힘이, 너희에게 있다는 거야?"

처절한 미소를 지으며 메르는 조용히 할버드를 들었다.

거기에는 더 이상 순진무구한 소녀의 모습은 남아있지 않았다.

순수한 분노, 끓어 넘치는 증오.

『엘릭시르』의 부작용으로 부정적인 감정이 증폭된 메르는 환신수가 날뛰는 주위를 흘겨보았다.

"용서 못 해. 재앙의 원흉인 너도, 내 가족이 죽은 이유를 숨기고 있던 교회도. 내가 모조리— 여기서 끝장내겠어!"

소리치는 동시에 메르는 기룡의 조종간을 강하게 쥐었다.

그러자 장갑 다리의 차륜이 회전하면서 조금 전과는 비교도 되지 않는 움직임으로 곧장 달려들었다.

"크루루시퍼 씨! 조심해!"

"……어째서야? 사실, 그 유적의 폭주는, 나 때문에—."

순간적으로 《파프니르》를 조작해서 메르의 후방으로 피하려 했지만, 움직임에 절도가 없었다.

그 한순간의 망설임을 메르는 놓치지 않았다.

차륜을 이용해 땅을 초고속으로 달리다가 와이번 모드로 변형하며 날아올랐다.

무시무시한 기세와 중량을 실은 혼신의 일격 앞에서, 출력이 저하된 《오토 실드》는 움직이지 않았다.

"—사라져."

악귀로 변한 메르 기잘트가 무장을 힘껏 들어 올리며 달려든다.

죽음이 코앞으로 다가온 찰나, 크루루시퍼 앞에 무언가가 끼어들었다.

†

"……제기랄! 예상은 했지만, 이렇게까지 움직임이 둔해지다니!"

리샤는 초조하게 중얼거리며 무수한 환신수가 춤추는 하늘을 노려보았다.

성도를 지키는 신전 기사단 및 리샤를 비롯한 신왕국 멤버들은 상상 이상으로 고전하고 있었다.

드라켄이 일으킨 눈사태에 삼켜진 신도들의 구조는 제때 끝냈지만, 그 눈 속에는 점착형 신형 환신수— 채프 슬라임이 대량으로 들어있었다.

그것들은 장갑의 관절부와 구동부에 달라붙어서, 움직임과 성능을 대폭 떨어뜨렸다.

드라켄의 덫임을 알면서도 인명구조를 우선한 결과였지만, 후회하지는 않았다.

하지만 그들은 지금 그 대가를 톡톡히 치르고 있었다.

"키샤아아아아아악……!"

활공하며 달려드는 키마이라를 세리스가 조종하는 《린드부름》이 《라이트닝 랜스》로 요격했다.

강력한 전격을 머금은 돌격창의 일격이 날개 달린 환신수를 불태웠지만— 평소 같으면 일격에 핵을 뚫고 숨통을 끊었을 그 공격은 가슴 근육을 약간 다치게 하는 정도에 그쳤다.

"키샤아아아아아!"

당연히 해치우지 못한 환신수가 휘두르는 반격 앞에서도 회피와 방어는 제 성능을 발휘하지 못했다.

순간적으로 랜스를 방패 삼아 손톱을 피했지만, 충격을 억누르지 못해 장갑을 뚫고 충격이 전달됐다.

공격과 방어가 전부 약화되면 기체 성능 이상으로 사용자의 체력이 감소된다.

채프 슬라임을 뒤집어쓴 교국의 기룡사들은 그 태반이 피로와 침식을 버티지 못해 장갑이 해제되었고, 싸울 수 있는 인원은 점점 빠른 속도로 줄어들고 있었다.

일반인의 몇 배는 단련된 세리스조차 숨을 헐떡일 정도였으니, 리샤나 피르히는 이미 기력으로 겨우 장갑을 유지하고 있는 형편이었다.

유일하게 요루카만이 리샤의 부름에 응하지 않고 어디론가 사라져버렸다.

"그 음란녀, 대체 뭘 꾸미는 거냐……?!"

단신으로 룩스의 몸을 지키기 위해 옛 신전터로 향한 것인지, 아니면 적의 지휘관인 드라켄을 쓰러뜨리러 간 것인지는 알 수 없었지만, 현재로선 그녀를 믿을 수 없었다.

"리즈샤르테. 아직 전력을 낼 여유는 남아있습니까?"

굳은 표정으로 전방을 응시하며 세리스가 물어보았다.

환신수는 마침내 전멸한 것 같았지만, 교대하는 것처럼 『용비적』 기룡사들이 차츰 포위를 좁히고 있었다.

원거리 상공에 도열한 적의 《와이번》 부대 십여 명이 캐논을 들어 대성당을 노리고 일제히 포격을 개시했다.

"제기랄! 참으로 알기 쉬운 족속들이군!"

자기도 모르게 리샤가 혀를 차자, 옆에 있던 피르히도 고개를 끄덕였다.

"내 앵커도, 닿지 않는 거리."

『용비적』의 전술은 철저했다.

리샤가 지닌 《티아마트》의 투척 병기 《레기온》이나, 피르히의 《티폰》이 다루는 와이어 병기인 《파일 앵커》의 사정거리 안으로는 결코 들어오지 않았다.

거리가 너무 멀면 캐논의 위력도 감소되지만, 그것도 계산에 다 반영한 모양이었다.

"—하지만 《와이번》을 제외한 적이 전혀 보이지 않는 것을 보면, 섣불리 다가가서도 안될 겁니다."

연속적으로 쏟아지는 포격 속에서 세리스는 앞쪽을 날카롭게 노려보았다.

대성당에 모인 귀족을 보호한다고 해도, 채프 슬라임이 붙어 있는 상태로는 소모가 격심한 탓에 상황은 악화될 뿐이었다.

따라서 리샤 일행도 자신들이 조바심에 못 이겨 앞으로 나서는 순간을 노릴 것이라고 내다보고 있었다.

섣불리 비행하면 필시 지상에 숨어서 기회를 엿보고 있을 《드레이크》가 집중포화를 퍼부을 것이고, 그와 동시에 《와이엄》이 돌격에 나설 것이다.

현재 리샤 일행의 힘으로는 이 포위를 돌파할 수 없었다.

반파된 대성당 안에는 많은 부상자와 겁에 질린 귀족 신도들이 가득했다.

망설일 시간은 없었다.

적 부대의 포위망이 완성되는 순간 쏟아지는 일제사격에 전멸당할 것이다.

"—리즈샤르테, 이후의 지휘는 맡기겠습니다. 저는 시간을 벌러 가겠어요."

불현듯 세리스가 그렇게 말하며 리샤 앞으로 나갔다.

"기, 기다려! 판단을 서두르지 마라! 아직 뭔가 방법이 있을지도 몰라!"

말은 그렇게 했지만, 유효한 방법이 떠오르지 않아 이를 악물었다.

결국은 요루카 말마따나 이 나라의 백성 따위는 버리고 싸워야 했던 것인가?

신왕국의 공주로서 최선을 다하려고 한 자신의 판단이 틀렸다고는 생각하고 싶지 않았다.

그러나 자신의 판단에서 생겨난 무거운 짐을 다른 누군가에게 떠넘기기는 싫었다.

리샤가 입을 꾹 다문 채 고개를 숙이고 있자, 세리스는 조용히 그녀를 바라보며 미소를 머금었다.

"딱히 죽으려고 하는 것은 아니니, 걱정은 허가하지 않겠습니다. 그리고— 조금 전에 요루카에게 일갈하던 모습은 훌륭했습니다. 신왕국 왕녀에게 걸맞은 말이었어요."

"으……?!"

리샤가 숨을 삼킨 직후, 세리스의 《린드부름》이 하늘을 날았다.

"역시, 무겁군요."

금속질 액체형 환신수— 채프 슬라임 탓에 움직임의 제한만이 아니라 중량까지 추가되었다.

억지로 떨쳐내는 것은 포기하고 최소한의 움직임으로 적을 해치울 수밖에 없었다.

"온다— 쏴라!"

리샤 일행의 예상대로 대성당 주변 그늘에 숨어있던 지상의 《와이엄》, 《드레이크》 부대가 캐논으로 집중포화를 퍼부었다.

디바인 게이트

"……《지배자의 신역》."

세리스는 그것을 예상하고 《린드부름》의 신장을 기동했다.

빛의 영역 내에서의 순간이동.

채프 슬라임이 달라붙어 있지만, 아직은 그 상태로도 간신히 비행할 수 있었다.

그러나 회피할 때마다 즉시 다른 지상부대가 후속 포격을 반복했다.

"이 정도로는, 아직 닿지 않나요……."

적이 포위망을 좁혔다고는 하지만, 한 번의 순간이동으로 적을 《린드부름》의 공격범위에 넣는 것은 역부족이었다.

《지배자의 신역》으로 그렇게 비행하려면 빛의 영역을 다시 만들어야 했으나, 적은 역시 그렇게 놔두진 않겠다는 기세로 세리스를 집중적으로 노렸다.

수십 개에 달하는 충격파의 격류. 그럼에도 의연하게 나아가는 소녀를 보며 적 부대의 남자가 전율했다.

"쳇! 이 여자, 정말로 우리와 같은 기룡사가 맞는 거야?! 약해졌을 텐데!"

세리스는 피탄을 최소한으로 줄이며, 마침내 집중포화의 폭풍을 돌파했다.

그리고 내뻗은 창의 끝부분이 상공에 있던 『용비적』의 《와이번》장갑을 관통했다.

드디어 처음으로 적 기룡사를 격파했다.

그러나 그것을 본 주위의 《와이번》들은 무장을 근거리용 브레스 건으로 교체하고 탄막을 퍼부어 움직임을 봉쇄하려 했다.

"신중하지 못한 발언입니다만, 훌륭하군요. 전설의 용병이라는 인물은—."

적 부대의 철저한 전술, 뛰어난 숙련도에 감탄마저 나왔다.

일신상의 능력은 단련할지언정 타인을 이끌지는 못하는 자신에게는 불가능한 기예였다.

다른 사람에게 고생이나 부담을 강요하는 것보다는 자기 혼자 전부 끌어안는 쪽이 편하기 때문이다.

하지만—.

"살아서 돌아간다면 도전해보고 싶군요. 이번에야말로 후배들을 제대로 지도해보고 싶으니까요—."

세리스는 미소와 함께 《와이번》의 포위를 교란했고, 힘이 다하는 그 순간까지 특공을 펼칠 작정이었다.

"—슬슬 나도 가볼 테니까, 뒤는 부탁해. 공주님."

세리스가 『용비적』을 향해 돌격한 뒤로 몇 초 후, 피르히도 담담한 말투로 리샤에게 말했다.

"너까지 무슨 생각이냐, 이 마이페이스! 비행형 장갑기룡조차 아닌 네가 가서 뭘 어쩌겠다는 거냐! 네 《티폰》의 사정거리에 적은 없고— 포위당해서 농락당할 뿐이란 말이다!"

눈사태 탓에 움직임이 제한되는 지면과 채프 슬라임으로 둔해진 움직임으로는 포격의 과녁이 될 뿐이었다.

게다가 피르히의 《티폰》은 순간이동 신장도 보유하고 있지 않았다.

그래서 리샤는 다급하게 말리려고 했지만, 피르히는 조용히 고개를 저었다.

"그게 아니라, 아마도, 올 테니까."

"……무슨 이야기냐?!"

"이 슬라임이랑은 다른…… 뭔가 이상한 거, 조금 전부터 모이고 있으니까."

그리고 피르히는 힐끔 앞을 보았다.

그녀의 시선 끝에는 탁한 검은색인 채프 슬라임과는 색이 다른— 칙칙한 황토색 슬라임이 움직이고 있었다.

"또 슬라임 환신수냐? 허나, 저 정도라면 바로 정리하고—."

"쏘면 안 돼. ……내 코라면, 여기서도 냄새 맡을 수 있어.

기름 냄새가 나."

"냄새, 라고……? 설마―."

무표정한 얼굴로 피르히는 고개를 끄덕였다.

《와이번》부대와는 다르게 지상의 『용비적』들이 돌격하지 않는 점을 이상하게 생각했지만, 자세히 보니 반대였다.

접근하고 있던 지상의 《와이엄》 부대가 천천히 포위를 풀고 후퇴를 시작하고 있었다.

지상의 《와이엄》 부대는 기름 냄새가 나는 슬라임들의 이동을 숨기기 위한 양동이었던 것이다.

그 신형 슬라임을 보고 상상할 수 있는 것은 몇 가지 없었다.

"『용비적』 사단장 드라켄…… 이 무슨 엄청난 놈이냐!"

무심코 리샤가 손톱을 깨물자, 피르히는 조용히 앞으로 나섰다.

"이 이상 다가오면, 대성당까지 날아가 버리니까. 그러니까, 다녀올게."

"……피르히."

리샤가 불쑥 그녀의 이름을 불렀다.

여기까지 온 이상 그것 말고는 방법이 없다는 사실은 알고 있었다.

"그치만, 기름 슬라임은, 아마 저게 다인 것 같으니까. 뒤는, 부탁할게."

진지한 표정으로 그렇게 말한 직후, 피르히는 《티폰》을 움직여서 단숨에 정면에 있는 《와이엄》 부대로 돌격했다.

그 순간 적군은 당황한 것처럼 후퇴하며 캐논의 포구를 지면으로 돌렸다.

아직 대성당까지의 거리는 꽤 남아있는 편이었지만, 말려드는 것을 피하기 위해 터뜨리려는 심산이었다.

“《용교폭화(바이팅 플레어)》.”

그 찰나 피르히도 《티폰》의 특수 무장을 구동했다.

장갑 팔에 에너지를 모아 눈앞의 지면을 붙잡아 폭파시켰다.

그 직후에 황토색 슬라임에도 불이 붙어 폭염과 섬광이 온 시야를 가득 채웠다.

“윽……!”

격렬한 후폭풍과 불꽃에 삼켜졌지만 피르히는 굳건히 버텼다.

육전형 신장기룡인 《티폰》 특유의 내구력과 장벽 강화로 막아냈다.

“—돌격해라! 이 틈에 대성당을 제압하는 거다!”

폭염이 사그라든 직후, 『용비적』의 《와이엄》과 《드레이크》부대가 돌격했다.

전원이 근접무장을 들고 한꺼번에 돌격해서 뭉개버리려는 것이다.

세리스와 피르히는 이제 제대로 움직일 수 없었다. 적을 꼬리에 달고서 간신히 달아나고 있긴 했지만, 자신들의 손으로 공격하는 것은 거의 불가능했다.

그 점을 알기 때문에 녀석들도 두 사람을 쫓는 데에는 그렇게 많은 전력을 할애하지는 않았다.

뒤쪽에는 무너진 대성당과 귀족 신도들, 그리고 제대로 기룡을 사용하지 못하는 신전 기사단의 기룡사들만이 있을 뿐이다.

절체절명의 상황에 놓인 리샤에게 용성 통신이 들어왔다.

『기분은 어떠신가요? 리샤 씨.』

『윽……?! 이 음란녀, 지금까지 어디에 있던 거냐?! 에잇, 애초에 지금은 그럴 때가—.』

『그런가요? 유감스럽군요. 드디어 대성당 주위 전체에 덫을 다 펼친 참인데—.』

『뭐……?』

『대성당 앞 기둥에서부터 10메르 지점까지여요. 거기까지 적을 유인할 수 있겠나요?』

『너— 아니, 알았다.』

요루카가 무엇을 할 속셈인지 구체적인 전략까지는 모른다.

다만 전투 능력만은 매우 뛰어난 이 소녀에게 『용비적』 부대를 끝장낼 작전이 있는 모양이라고 짐작했다.

이제는 거기에 걸 수밖에 없었다.

"가라앗! 대주교도 죽여도 상관없다! 전군 돌격!"

지상의 『용비적』들이 함성을 지르며 밀어닥쳤다. 리샤는 각오를 다지고서 《티아마트》의 기공각검을 뽑아 중단자세로 들어 올렸다.

"—신전 기사단, 신께 올릴 기도는 나중으로 미뤄라! 지금부터 최후의 방어에 나서겠다!"

그리고 만신창이가 되어 얼굴에는 절망이 깃든 후방의 우군을 향해 소리쳤다.

"상대해주마, 드라켄! 신왕국의 왕녀로서, 내 나름대로의 방법으로 말이다!"

†

"룩스 군?!"

메르의 일격에 장갑이 파괴된 룩스는 바로 밑의 설원으로 추락했다.

그러나 그를 구하려고 《파프니르》를 움직인 크루루시퍼의 눈앞을 메르 기잘트가 막아섰다.

"다른 사람을 걱정하는 척은 관두시지. 이 세계 인간도 아닌 주제에—."

바닥이 보이지 않는 증오와 분노를 담아 메르가 중얼거렸다.

메르가 사용한 『엘릭시르』는 전신에 사용한 딜루이에 비하면 극히 소량이었다. 그럼에도 그것은 그녀의 미성숙한 신체를 강화하여, 장시간 신장기룡을 사용할 수 있게 해주었다.

한편 크루루시퍼는 혼란에 빠져 《파프니르》의 제어조차 제대로 못 하고 있었다.

"어째서—."

메르의 공격을 간신히 막으면서 크루루시퍼는 비통한 표정으로 중얼거렸다.

“어째서, 야…….”

자신을 감싸다가 격추당한 룩스를 구하러 갈 여유는 없었다.

신전 기사단의 기룡사들은 남은 환신수 무리의 공격에 당해 차례차례 쓰러졌다.

크루루시퍼는 줄곧 생각하고 있었다.

자신이 유적 출신이고 가족에게 인정받지 못한다 해도, 자신의 보금자리는 있을 거라고.

그러나— 자신이 유적을 폭주시켜 이 나라에 재앙을 가져왔다고 한다면—.

“어째서 나는—.”

다른 사람이라면 누구나 갖고 있는 것. 자신의 보금자리와 가족. 고향이 받아들여주지 않는다 해도, 그래도 그것을 위해 싸우겠다고 각오했을 텐데…….

자신이 재앙의 원흉이라면, 어떻게 자신의 손으로 가족을 지킬 수 있단 말인가.

폭주 이야기가 진실이라면— 정말로 이제는 그 어디에도 자신의 보금자리는 존재하지 않는다.

“—망설일 필요 없어. 여기서 내가 끝내줄 테니까.”

메르는 공허한 눈길로 바라보며 중얼거렸다.

그리고 《파프니르》를 바로 세우려고 자세를 조정하는 크루루시퍼의 머리 위에서, 바로 아래를 향해 대포를 겨냥했다.

그랜드 버스터
“《지쇄각탄(地碎角彈)》!”

투쾅! 굉음과 함께 첨탑 같은 유선형 탄두가 지상을 향해 발사되었다.

와이번 모드의 《드래이그 귀버》가 또 하나의 특수 무장을 발사한 순간 크루루시퍼는 전율을 느꼈다.

“아가씨, 피하십시오! 그것은 땅속의 암반마저 부수고, 지형을 바꾸기 위한 대(對) 지상용 광범위 섬멸병기입니다!”

멀리서 알테리제의 목소리가 들려왔다.

이대로라면 옛 신전터와 함께 모두가 말려들고 만다.

“이제 그만해, 메르!”

애원하는 듯한 말투로, 크루루시퍼는 《프리징 캐논》으로 동결탄을 발사해 그것을 막으려고 했다.

그러나 얼어붙은 탄두가 지상에 명중하기 직전, 메르가 중얼거렸다.

듀얼 시프트
“—《상극의 천리》.”

《드래이그 귀버》의 신장이 기동하며 순식간이 동결이 해제됐다.

옛 신전터에 깔린 포석과 대지를 관통한 포탄은 땅속 깊은 곳에서 폭발했다.

“—윽?!”

옛 신전터의 석재와 대지가 처참하게 박살나고, 흙과 모래가 회오리처럼 피어올랐다.

크루루시퍼 자신도 폭발에 휩쓸려 저 멀리 후방으로 날아가 버렸다.

—괴멸.

룩스나 가족들마저 말려들 정도의 위력에 시야가 새까맣게 변했다.

전신에서 힘이 빠지고 의식조차 멀어졌을 때, 불현듯 주위의 경치가 뒤바뀌었다.

"크루루시퍼 님! 무사하세요?!"

"으…… 너는— 네이?"

장갑이 해제되어 쓰러진 크루루시퍼 곁에 대기를 명령해둔 자동인형 소녀가 달려왔다.

눈에는 눈물을 가득 담은 채, 조심스럽게 크루루시퍼를 안아 일으켰다.

"이곳은— 전망실? 네가, 나를 부른 거니?"

"주제넘은 짓을 해서 죄송하지 말입니다. 하지만…… 이 이상 관리자 님께서 다치는 모습을, 보고 있을 수가 없었지 말입니다."

머리의 강아지 귀를 힘없이 늘어뜨리며 네이는 고개를 숙였다.

주위의 금속벽에는 빛의 상이 여러 개 떠올라 지상의 광경을 비추고 있었다.

거기에는 남아있던 환신수에게 습격당하는, 열세에 몰린 신전 기사단이 있었다.

혼란스러워하면서도 싸우는 자인과 알테리제도 있었다.

룩스의 모습은 보이지 않았다.

크루루시퍼를 감싸다 메르의 일격에 정통으로 맞아 다치는 모습까지는 기억하고 있지만—.

"쉬고 있을 때가 아니야. 도와주러, 돌아가야—."

자리에서 일어나 전망실 중앙의 받침대로 크루루시퍼는 향했다.

전송기능을 사용해서 밖으로 나가기 위해.

"무엇을 위해서— 인가요?"

그러나 어딘가 슬퍼 보이는 네이의 질문에 크루루시퍼의 다리가 멈췄다.

"말이 좀 지나쳤지 말입니다. 하지만 이 상황에서는 도저히 방법이 없지 말입니다. 일단 관리실까지 가지 않으면, 아직 유적의 시스템과 직접 연결돼있지 않은 저는 환신수를 제어할 수 없지 말입니다. 그러니까……."

그리고 네이는 무언가를 호소하는 듯한 인공적인 눈동자로 올려다보았다.

"이젠, 아무데도 가지 않으셔도 되지 말입니다. 이곳이 『열쇠 관리자』 님의 고향이니까요."

"무슨 소리야……? 네 기억은, 분명—."

네이는 유적에서 바깥 세계로 나올 적에 대부분의 내부 정보를 잊어버렸다.

불필요한 기억을 떠올리지 못하게끔 조사하는 것도 명령으로 금지했을 텐데—.

크루루시퍼가 그 기억을 떠올리고 지적하자, 네이는 난처한 모습으로 시선을 피했다.

"죄송해요…… 해독을 부탁하신 세 개의 『책』을 확인했을 때, 기억나고 말았어요. 이 유적의 내력과 당신들의 존재에 대해서—."

유적 밖으로 나가기 위해 통괄자로서의 기억과 능력이 한시적으로 차단당한 자동인형.

유적으로 돌아오면 관리실까지 가지 않더라도 어느 정도 능력을 보완하는 기능이 있어도 이상하지는 않았다.

우연— 아니면 서고라는 점에서 연상해야 했을까. 네이는 기억 일부를 되찾은 것처럼 보였다.

"그러면, 내 정체도—."

"네, 『열쇠 관리자』 님. 당신은 이곳— 유적을 창설한 고대 인종 중 한 명. 『갱도』에 존재하는 최후의 생존자입니다."

"……내가, 이 유적의 최후의—."

네이의 대답을 들은 크루루시퍼는 그 사실에 말을 잃었다.

그 직후 『갱도』 전망실 상부를 어마어마한 충격이 강타했다.

†

"무, 무슨 짓을 하는 겐가! 메르 기잘트?! 귀공의 적은 환신수가 아닌가!"

니아스 교황의 비명이 설원 위에 울려 퍼졌다.

《드래이그 귀버》 와이번 모드의 특수 무장 《지쇄각탄(그랜드 버스터)》의 두 발 째 지면에 발사하여, 그 충격의 여파에 신전 기사단까지 말려들었다.

기적적으로 사망자는 나오지 않았지만, 주위의 발 디딜 곳이 무너져 기룡사에게는 불리한 상황에 내몰리고 말았다.

옛 신전터의 폐허는 이미 원형을 몰라볼 정도로 붕괴되고 말았다.

"……."

하지만 교황의 질타에도 메르의 표정은 변하지 않았다.

그저 어떤 소녀가 사라진 장소를 향해 차갑게, 얼음처럼 한없이 차디찬 그 시선만을 보내고 있었다.

『엘릭시르』의 증강 효과 덕분에 부족한 체력은 보완되었지만, 대신에 감정을 잘 제어할 수 없었다.

그녀의 몸은 크루루시퍼를 향한 증오와 파괴충동에 완전히 지배당하고 있었다.

"차탄, 장전……."

에너지의 격류가 아닌 실체를 지닌 《그랜드 버스터》의 포탄은 그때그때 생성되기 때문에 연사는 불가능했다.

포구를 바로 밑에 보이는 유적에 조준한 채, 메르는 상공에 머물러 있었다.

"……끝장내주겠어. 유적 따위는 부숴버리겠어."

"……큭, 이대로는—?!"

크루루시퍼의 숨통을 끊을 때까지 싸움은 끝나지 않는다.

신전 기사단들은 메르가 유적의 외각이 붕괴될 때까지 몇 발이라도 퍼부을 거라는 낌새를 파악하고 싸웠다.

알테리제는 필사적으로 쌍검을 휘둘러 남아있는 환신수를 처치했지만, 부상당한 동료나 니아스 교황의 몸을 지켜야 했기에 여유는 없었다.

룩스와 크루루시퍼를 구조하는 것조차 여의치 않은 상태로 절망의 구렁텅이에 빠져들었다.

†

『전달합니다……. 외벽, 중파. 지하로 피난할 것을 강력히 권장합니다.』

메르가 발사한 《그랜드 버스터》의 충격 탓에 『갱도』의 천장 — 외각 부분이 파괴되자 전망실에는 무기질적인 음성이 울려 퍼졌다.

제어 의자에 앉은 네이 루슈는 초조한 얼굴로 진언했다.

"어서 숨어요, 『열쇠 관리자』 님! 이곳은 이제 위험해요! 지하의 관리실까지 달아나서, 방위 시스템을 기동하게 해주세요. 그러면—."

그러나 충격의 여파에 인상을 찌푸리면서도, 크루루시퍼는 아무런 행동을 보이지 않았다.

"『폭주』 건은 어떻게 된 거야? 1년 반 전의 그날, 이 유적에서 무슨 일이 일어났었니?"

"그것, 은……."

"명령이야. 대답해."

감정이 담기지 않은 크루루시퍼의 한마디에 네이는 눈을 피했다.

그리고 잠시 망설인 후, 진실을 털어놓았다.

"제가 전망실 기록에서 읽어낸 정보에 의하면, 유적 밖으로 나간 『열쇠 관리자』 님께서는 7년 전과 1년 반 전, 총 두 차례 이곳으로 돌아오셨지 말입니다. 특히 두 번째는 이유는 모르겠지만 관측할 수 없는 공백의 사상으로 인해 당신을 제외한 모두가 그 자리에서 죽었어요. 제가 유적 통괄자 자리에서 나와 『열쇠 관리자』 님을 찾으러 나온 것도, 아마도 그것과 관계가 있을 거예요."

"그리고 그때 유적의 방위 기능이 작동해서 폭주가 일어났다. ―그런, 거니?"

크루루시퍼의 질문에 네이는 침묵으로 긍정을 표했다.

대답을 들은 크루루시퍼는 근처에 있는 오브제에 몸을 기대며 손을 짚었다.

가족들이 자신을 멀리하던 진짜 이유를 알고 말았다.

재능과 실력을 과시했기 때문만이 아니었다.

사실은 자신이, 유적을 폭주시켜서 교국에 재화를 야기한 원인임을 알고 있었으니까…….

"내가, 상처를 준 거야……? 이 교국 사람들을, 메르의 가족을, 모두를―."

"『열쇠 관리자』 님 탓이 아니지 말입니다! 다들 당신이나 저를― 유적의 힘을 이용하려고 한 탓이지 말입니다! 그러니까 이제, 잊으시지 말입니다!"

"……잊을 수 있어?"

크루루시퍼의 팔에 매달린 채 네이가 소리쳤다.

"걱정은 필요 없지 말입니다. 유적에 남아있는 기능을 되찾으면, 분명 『열쇠 관리자』 님을 지킬 수 있을 거지 말입니다. 제가 옆에 있을 거지 말입니다. 바깥 세계 같은 것에 관여하지 않아도, 아무것도 걱정할 필요는 없지 말입니다!"

"……."

전부 멀리하고, 잊어버린다.

네이의 필사적인 간원에 흔들린 크루루시퍼는 말문이 막혔다.

네이의 말이 맞을지도 모른다.

적어도 이 『갱도』에는, 더 이상 자신과 같은 고대 인종 동료는 없다.

에인폴크 가문의 가족으로 인정받을 여지도, 처음부터 없었다.

이젠, 자신이 가족에 다가가려고 노력하는 것에는 의미가 없었다.

부모님도, 남자형제도, 여자형제도, 유적을 폭주시킨 자신을 두려워하고 있었다.

'……이제 나에게는, 돌아갈 이유 따위는—.'

그렇게 생각했는데, 왜—.

어째서, 자신의 다리는 움직이지 않는 것일까.

『나오지 않겠다면, 억지로 끌어내주겠어.』

벽면에 떠오른 빛의 상, 무참하게 파괴된 옛 신전터의 공중에서 메르가 중얼거렸다.

그리고 처절한 웃음을 드러내며 크루루시퍼에게 공격을 선고했다.

『사라져, 우리의…… 세계의 적.』

"도망치는 거예요! 『열쇠 관리자』 님—!"

네이가 크루루시퍼의 손을 잡아끈 순간, 세 발째의 《그랜드 버스터》가 발사됐다.

이 이상 지하를 파괴하면 지반침하가 일어나 이곳에 있는 모두가 붕괴에 말려들 것이다.

절체절명의 절망이 뇌리를 스친 그 순간, 누군가의 목소리가 들렸다.

링커 펄스
"—《공명파동》."

그 한마디와 동시에 《그랜드 버스터》의 탄두가 옆으로 틀어지더니 한 점을 향해 급격히 끌려갔다.

거기에는 이마에서 흐르는 피로 은발이 붉게 물든 룩스가 있었다.

어깨에서 가슴에 걸쳐 생긴 상처, 이마에서 흐르는 피는 부서진 《와이번》의 파편에 맞아 생긴 것이리라.

그 룩스가, 칠흑의 신장기룡 《바하무트》를 두르고 서 있었다.

"룩스 님?!"

그 모습을 본 알테리제가 소리친 순간, 《바하무트》의 《하울링 로어》가 끌어당긴 포탄을 날려버렸다.

그 직후 폭발하여 발생한 충격의 여파를 받으면서도 룩스는 미동조차 하지 않았다.

"당신도 나를 방해할 셈이야?"

유적을 노린 공격을 방해받은 메르가 룩스를 보며 오만하게 웃었다.

증오가 응축된 흉포한 미소.

그러나 거기에도 전혀 동요하지 않고, 룩스는 메르를 똑바로 응시했다.

"이 이상, 크루루시퍼 씨를 다치게 놔두지 않겠어."

"……핫!"

룩스의 말을 웃어넘기는 동시에 메르는 《드래이그 귀버》를 급강하했다.

대형 할버드를 머리 위로 내려찍고, 그 공격을 피한 룩스를 쫓아 추가타를 휘둘렀다.

"저 여자를 감싸겠다면, 각오는 돼 있겠지?"

분노한 메르의 공격은 위력적이긴 했지만 단조로웠다.

룩스를 괴롭혀서 숨어있는 크루루시퍼를 끌어내려는 것인가, 아니면 감정에 휘둘려 사고능력을 잃은 것인가.

어느 쪽이든 아직 대미지가 남아있는 룩스에게는 다행스러운 상황이었다.

―사사, 사사사삭……!

『꽤 여유롭나 보네? 성도 쪽에 있는 댁의 친구들은 전멸하기 일보 직전인데 말이지.』

모래바람 같은 잡음이 들린 직후 룩스의 귀에 드라켄의 음성이 전송되었다.

"……."

『들린다면 대답 정도는 좀 하지그래? 뭐, 그럴 상황이 아닌가. 거기 있는 메르 기잘트는 「엘릭시르」로 강화됐으니까. 댁이라 해도 애먹을 상대지?』

"—『용비적』 사단장 드라켄. 이 싸움은 당신이 꾸민 일인가?"

룩스가 짤막하게 대답하자 웃음소리가 돌아왔다.

『소문 정도는 들었지? 내 신장기룡 《애스프》의 능력은— 소리를 조종하는 힘. 오르펠의 음성으로 만든 거짓 유언을 메르에게 들려줘서, 댁들을 습격하게 종용했어.』

"그것조차 당신이 노린 거였나……. 얼마나 더 무도한 짓을 반복할 생각이지?"

드라켄이 룩스에게 진상을 알려준 이유는 룩스의 전력을 봉쇄하기 위해서였다.

메르가 속고 있을 뿐인 죄 없는 소녀임을 알리고, 룩스에게 망설임을 안겨서 공격을 주저하게 하기 위한 그녀의 전략.

성도의 상황을 굳이 가르쳐준 것도, 이쪽을 흔들리게 하기 위한 것이리라.

『지략을 짜내지 않는 싸움 따위는, 초장부터 패배했을 때의 변명을 찾는 거랑 비슷한 짓이라고. 댁도 그렇게 생각하지 않나? 「검은 영웅」 나으리.』

그러나 룩스는 그녀의 숨겨둔 의도도 눈치채고 있었다.

거기에 대한 전략을 생각하면서 눈앞의 메르에게로 의식을 돌렸다.

"—좋아. 약혼자인 당신이 죽게 생겼는데도 숨어있을 수 있을지, ……시험해보자구!"

《드래이그 귀버》를 와이엄 모드로 전환한 메르가 연속해서 할버드를 휘둘렀다.

남아있는 지반에 처박힌 그 직후, 시야가 짙은 안개에 뒤덮여 잘 보이지 않게 됐다.

"윽……?!"

피차 불리한 상황이었지만, 모습을 확인하기 힘들어서 공격 예비동작을 간파할 수 없었다.

《바하무트》의 신장을 응용한 즉격의 사용은 불가능했다.

그리고 시야가 몇 메르 앞까지밖에 보이지 않는 상황에서는 좋든 싫든 근접전투가 주체가 된다.

따라서 지면을 박차고 가속할 수 있는 육전형 《드래이그 귀버》 쪽이 압도적으로 유리했고, 상대가 대공 병기를 지닌 이상 날아서 달아날 수도 없었다.

룩스가 일방적인 방어전을 강요받는 상황에서 메르의 일격이 장벽을 돌파했다.

어깨와 머리의 출혈은 그치지 않아, 대검으로 공격을 받아낼 때마다 두르고 있는 장갑이 피에 젖었다.

그럼에도 룩스의 표정은 흐트러지지 않았다.

열세인 상황에서 최선을 다하고, 메르를 붙들어놓은 채 그 자리에서 굳건히 버텼다.

『룩스 님! 이쪽에 있는 환신수를 전부 섬멸했습니다! 지금 바로 가세를—.』

그러던 도중에 《엑스 와이엄》을 두른 알테리제가 마침내 얼마 안 남은 환신수를 쓰러뜨렸다.

룩스는 메르의 공격에 시선을 고정한 채, 용성으로 그 소식을 전달한 그녀에게 대답했다.

『저는 괜찮습니다. 대신에 스테일 경— 크루루시퍼 씨의 아버지께 전해주세요. 옛 신전터 위에서라면, 그녀에게도 목소리는 닿을 거라고!』

무뚝뚝하고 차가운 태도를 고수하던 스테일이 줄곧 크루루시퍼를 신경 쓰는 기색을 보인 것—.

자신을 굳이 집에 묵게 하며 크루루시퍼와의 사이를 자연스럽게 살펴보려 했던 것—.

룩스는 그의 행동을 통해 유추해낸 어떤 결론에 한 가지 희망을 걸었다.

소중한 그녀를, 지금 한 번 더 구하기 위해서—.

†

"어째서— 인, 건가요?"

크루루시퍼가 아니라, 『갱도』의 전망실에서 전투를 지켜보고 있던 네이가 아연실색하여 중얼거렸다.

"어째서 승산이 없는데, 저 분은 저렇게 하면서까지 계속 싸우시는 건가요?"

"그런가, 그랬구나……."

어째서 자신에게는 아군이 없다고 생각했을까.

이 세계에는 자신의 보금자리가 없다고, 자포자기 해버린 걸까.

『하지만 나와 네 관계가 원래 어땠는지는 상관없이— 적대는 하지 않겠다고, 서로의 관계를 바꾸지 않겠다는 것만 약속해 줬으면 좋겠어.』

『약속할게. 나는 무슨 일이 있어도, 크루루시퍼 씨의 편이야.』

자신을 인정해준 소년이 그렇게 약속해줬건만, 자신은 잊고 있었다.

그는 결코, 소중한 약속을 깨지 않는다는 것을 알고 있으면서도…….

『……크루루시퍼 씨, 들려?』

지상에서 메르의 맹공을 받아내며 룩스는 중얼거렸다.

『나는 아카디아 제국 시절 궁정에서 추방당했을 때, 나를 인정해주는 사람은 이젠 어디에도 없을지도 모른다고 생각했어.』

피가 이어진 가족도, 황족을 원망하는 백성도, 룩스를 미워하고 적대시했다.

한 번은 비탄에 젖어 이 세계의 모든 것에 절망한 룩스를 피르히가 구해주었다.

『하지만 깨달았어. 정말로 소중한 것이라면, 원하는 것이라면, 아무리 괴롭더라도 포기해서는 안 된다는 것을—. 그러니까— 나나 리샤 님이나 다른 친구들이 크루루시퍼 씨의 힘이 되어줄 테니까!』

그렇게 말하며 룩스는 계속해서 싸워나갔다.

그런 그를, 크루루시퍼는 그저 말없이 바라보며 씁쓸하게 웃었다.

"……정말 기가 막힌 사람이구나. 그렇게 자각 없이, 항상 남의 마음을 꽉 붙잡아버리다니."

하지만 분명 그의 말이 맞을 거라고 크루루시퍼는 생각했다.

보이지 않는 과거에 농락당한다 해도, 자신에게는 현재의 진실이 있었다.

그를 좋아하게 된 것에는, 아무런 잘못도 없었다.

"네이. 지상으로 전송을 준비해줘. 그리고 해독이 끝난 이 『책』의 기능을, 《파프니르》에 적용해줄 수 있겠니?"

"『열쇠 관리자』 님…… 이것은—?!"

"아니, 내 이름은 크루루시퍼야. 그러니까, 앞으로는 틀리지 마렴."

"……알겠지, 말입니다. 크루루시퍼 님."

크루루시퍼는 다시금 《파프니르》의 기공각검을 눈앞에 들어올렸다.

그리고 여전히 전투가 계속되고 있는 전장을 응시했을 때, 누군가의 목소리가 들려왔다.

"—아니다! 사실은 네게는 아무런 잘못도 없다! 크루루시퍼!"

스테일 에인폴크가, 크루루시퍼가 사라진 그 자리를 향해 호소하는 것처럼 목청껏 소리쳤다.

엄격하게 굳어있는 평소의 표정이 아닌, 초조함과 괴로움이 스며나온 표정으로…….

룩스의 부름에 응하여 자신의 발로 이 자리로 온 것이었다.

"……무슨 소리야?"

스테일의 외침에 반응한 메르는 목소리가 들려오는 방향으로 냉랭한 시선을 보냈다.

"7년 전, 네 비밀을 알아차린 귀족들이 너를 유적으로 데려간 바람에 폭주가 일어난 거다! 그런 일이 일어나지 않게끔 하는 것이 내 소임이었지만, 막을 수 없었어! 그리고 1년 반 전, 이번에는 교국의 고관들마저 나를 배신하고, 너를 속여서 유적으로 데려가 그 사건이 일어났다!"

"윽……?!"

그의 고백을 들은 알테리제와 자인, 마침 그 자리에 있던 신전 기사단도 할 말을 잃고 우뚝 섰다.

"교국에는 사악한 놈들이 여전히 너를 노릴 가능성이 있었어. 그래서 너를 집에서 멀리 떼어놓을 수밖에 없다고 생각했다! 그 방법 외에는 너를 악의로부터 지킬 길이 없었던 거야!"

그러니까— 라고 말하며 스테일은 상의 소매를 걷어붙이고, 방 안에서도 끼고 있던 장갑을 벗었다.

그 밑에는 오른팔 팔꿈치에서 손바닥에 이르는 끔찍한 흉터가 남아있었다.

『저 상처는—?!』

전망실에서 보고 있던 크루루시퍼는 한순간 숨이 멎는 듯했다.

어렴풋이 남아있는 그날의 기억.

누군가가 필사적으로 자신을 구해준 것은 기억하고 있었지만, 스테일은 자신이 아니라고 주장했다.

그날 이후로 스테일은 집에서도 장갑을 끼고, 지팡이를 짚게 되었다.

크루루시퍼 본인이 싸움의 계기가 되었다는 사실—.

그로 인해 자신이 중상을 입었다는 사실을 감추기 위해, 스테일은 크루루시퍼에게는 비밀로 해왔다.

"……꼴사나운 이야기구나! 나는 더 이상 싸울 수 없게 되었다! 네 마음에 상처를 주는 방법 말고는 너의 몸을 지켜줄 수 없었지! 그러니까, 딸아……! 나 같이 어리석은 사람을 위해서, 너 자신에게 상처를 내진 말거라."

깊은 흉터가 새겨진 손을 뻗으며, 스테일은 애타게 부르짖었다.

그 순간 하늘로 날아오른 《드래이그 귀버》의 《그랜드 버스터》가, 대지를 향해 발사되었다.

†

“남동쪽을 향해 일제히 사격하라! 발사!”

—동시각, 성도.

교국의 요인들이 남아있는 무너진 대성당 주변.

채프 슬라임과 눈사태 탓에 반쯤 괴멸된 남은 전력을 그러모아 리샤는 지휘봉을 잡았다.

세리스와 피르히는 저마다의 신장기룡으로 열심히 적을 유인해주었지만, 제대로 된 전투는 이미 불가능한 상태였다. 간신히 적군의 손에 떨어지는 것만을 피하는 상황이었다.

그리고 마침내 대성당을 포위하여 압살하려고 하는 『용비적』 부대를 향해, 리샤는 신전 기사단의 기룡사를 모아 캐논으로 응전하고 있었다.

“싸울 수 있는 인원은 저쪽이 많다! 유인하기보다는 빠르게 견제해서 적의 접근을 막아라!”

대성당은 주변의 다른 건물들보다 높은 지대에 있었다.

그 지형적 이점, 각도의 차이를 이용해서 접근하는 《와이엄》과 《드레이크》 부대를 물리치고 있었다.

드라켄의 전략에 넘어가 한 차례 패배하며 전의를 잃었던 신전 기사단 소속 기룡사들은, 리샤의 격려와 통솔 덕분에 어떻게든 응전할 수 있는 대형을 갖추었다.

“……얼마나 더 꼴사납게 발버둥 칠 셈이냐!”

그 모습을 보면서 상공의 《와이번》 부대를 통솔 중이던 『용비적』 사내는 혀를 찼다.

하늘에는 리샤가 조종하는 열두 기의 《레기온》이 날아다녀 선불리 접근할 수 없었다.

그러나 이미 피로가 누적되어 특수 무장을 오래 유지할 수는 없을 터였다.

그래서 무리한 공격에 나서지 않고 주위를 경계하며 대기하고 있었다.

동시에 리샤는 적 《와이엄》 부대의 돌격을 방어하기 위해 잔존병력을 그러모아 응전하고 있었지만, 서서히 적의 기세가 앞서기 시작했다.

《티아마트》에 들러붙은 채프 슬라임 탓에 조작은 둔했고, 피로는 평소의 몇 배는 되었다.

"아직이야, 룩스가 돌아올 때까지, 좀 더—."

그럼에도 리샤의 마음은 꺾이지 않았다.

그러나 끝내 한계가 찾아와 《레기온》이 제어를 잃고 추락한 순간, 전황이 움직였다.

†

사삭, 사사사사…….

드라켄의 신장기룡 《애스프》의 신장인 소리조작 능력.

《바하무트》로 메르와 전투 중인 룩스의 귀에 다시 목소리가 닿았을 때, 그 일이 일어났다.

『—언제까지 가만히 있을 셈이지? 이대로 아무 지시도 내리지 않고, 모두를 죽게 내버려둘 생각이야?』

드라켄은 끈적한 말투로 도발했다.

그러나 룩스는 초조해하는 기색도 없이, 침착한 목소리로 그녀에게 대답했다.

"『용비적』 인룡 사단장 드라켄. 나는 책략이라는 분야를 잘 아는 편은 아니지만, 그래도 하나 아는 것이 있다."

『……호오, 그게 뭐지?』

시야가 차단된 짙은 안개 속. 메르는 항상 접근해서 선공을 빼앗는 것으로, 룩스는 보이지 않더라도 메르의 공격패턴을 기억하는 것으로, 서로 물러서지 않는 전투를 벌이고 있었다.

대검으로 메르의 할버드를 막아내며 룩스는 담담하게 말을 이었다.

"동요하고, 초조함에 쫓기는 사람일수록 말수가 많아지지. 그러면서 무언가 술수를 부리려고 한다. 조금 전부터 너는 계속 무언가를 두려워하는 것 같더군."

『…….』

정곡을 찔린 드라켄은 아주 잠깐 침묵했다.

이번 전투는 시종일관 전황을 파악한 드라켄의 의도대로 흘러가고 있는 것처럼 보였지만, 실제로는 한 가지 불안요소가 그를 계속 따라다니고 있었다.

공교롭게도 요루카가 다른 멤버와 보조를 맞추지 않고 독단적으로 행동한 탓에 그 행방을 놓친 것이다.

요루카의 정보는 조사해두었지만, 격이 다른 그녀의 검술과 기룡 조작권을 빼앗는 신장 《금주부호(스펠 코드)》는 정체를 알더라도 성가시기 그지없는 변수였다.

그래서 드라켄은 그녀가 있는 곳을 캐내려고 조금 전부터 계속 룩스에게 말을 걸어댔다.

"눈치채지 못했나? 그녀가 있는 곳은―."

『……?!』

갑자기 룩스 주변에서 수집하고 있던 소리가 멀어졌다.

드라켄이 당황해서 집음 감도를 최대로 올리고 그 다음에 나올 말을 들으려고 한 찰나― 먼저 메르의 목소리가 들려왔다.

"하늘에는 달아날 곳이 없다고, 가르쳐줬을 텐데?"

『무슨―?』

그렇게 중얼거린 순간, 드라켄의 세계가 느닷없이 튀어 올랐다.

터어어어어어어엉!

"―그, 가아아아아아아아악……!"

찌직, 고막이 파열되고 두개골이 흔들렸다.

대기를 파열시킨 듯한 굉음에 모든 것이 덧칠되고, 고통이 뇌를 후벼팠다.

"으, 크아……!"

자신의 신음을 간신히 알아들은 것은 남아있던 오른쪽 귀의 고막이었다.

특장형 《애스프》가 사용하고 있던 위장기능이 해제되었다.

"무슨, 일이…… 일어난 거지?!"

룩스의 주변으로부터 소리를 수집하고 있던 드라켄이 중얼거리자 대답이 돌아왔다.

리로드 온 파이어
"《폭식》— 내 주위에 진동하는 공기를 압축해서, 몇 배로 강화했지."

"—큭?! 이 자식!"

단적으로 설명하는 한마디에 드라켄은 경악하며 숨을 삼켰다.

에어리얼 버스터
《드래이그 귀버》의 특수 무장 《용식초열》.

정제한 기화 연료를 허공에 뿌린 후 대기 째로 터뜨리는 대공 병기—.

그 고막을 찢어버릴 정도의 굉음을 이용한 룩스의 전략—.

소리를 조종할 수 있다고 드라켄 본인이 밝힌 정보를 거꾸로 이용한 것이었다.

『발견했사와요, —주인님.』

그 순간 용성을 통해 요루카의 목소리가 들렸다.

드라켄의 《애스프》는 눈으로 뒤덮인 성도에 위장 기능으로 숨어있었지만, 조금 전의 굉음을 수집한 탓에 주위에도 소리가 전달되어 위치가 드러나고 말았다.

"크—?!"

『그러면, 슬슬 시작하겠사와요. 우리의 전략을—.』

†

"뭐야—?!"

무너진 대성당으로 돌격하던『용비적』의 모든 부대가, 갑자기 움직임을 멈추더니 새파랗게 질렸다.

주위에 빙 둘러쳐진 실의 결계가 신장의 빛을 머금고 있었다.

"특수 무장《거미줄》— 그리고《금주부호(스펠 코드)》."

대성당이 한눈에 들어오는 근처의 종루에 서서 중얼거린 순간,《야토노카미》가 발산한 신장의 빛이 실을 따라 전달돼『용비적』의 움직임을 속박했다.

《야토노카미》가 보유한 보이지 않는 강선(鋼線)형 특수 무장.

그것을 문자 그대로 거미집처럼 깔아 신장인《금주부호》로 일제히 붙잡은 것이다.

리샤에게 반격을 맡긴 것은 실을 치기 위한 시간을 벌기 위한 것만은 아니었다.

반격을 통해 적의 이목을 분산하여 실 쪽으로 의식이 향하는 것을 방지하기 위해서였다.

그리고—.

"우, 아아아악?!"

"뭐야 이건?! 기룡의 조작이, 안 먹어?!"

약 절반의『용비적』기룡사들은 한꺼번에《금주부호》의 영향을 받아, 움직일 수 있는 나머지 절반을 향해 달려들었다.

자중지란.

광란의 비명이 메아리치는 가운데, 남겨진 신전 기사단도 반격에 나서 빠르게 적의 숫자를 줄여나갔다.

리샤가 무너진 대성당에서 밖으로 고개를 내밀었을 때, 제대로 움직이는 적 기룡사는 겨우 한 명으로 줄어있었다.

지금까지 숨어서 전장을 조종하고 있던 『용비적』의 사단장, 지휘관인 드라켄 뿐이었다.

"저 음란녀, 간담이 서늘해지게 만들었겠다."

이마에 땀을 매단 채, 그 모습을 올려다보며 리샤는 당당하게 웃었다.

채프 슬라임에 침식당한 상태로, 《티아마트》를 오랫동안 지속적으로 사용한 탓에 피로는 한계에 달해있었다.

이미 신장은커녕 특수 무장조차 사용할 수 없었으며, 겨우 장갑만 유지하고 있는 상태였다.

하지만 이런 몸이라 해도 쓰러질 수는 없었다.

무너진 대성당에서 부상자를 구출해주기를 기다리고 있는 귀족 신도들—.

그리고 부상 혹은 전투불능 상태의 신전 기사단들—.

그들의 사기를 유지하기 위해서라도 꼴사나운 모습은 보일 수 없었다.

자신의 기사가 되어준 룩스에게 걸맞은 왕녀가 되기 위해서도, 마지막의 마지막 순간까지 쓰러질 수는 없었다.

"설마 이런 수법에 당하게 되다니…… 큭?!"

드라켄은 고막이 파열된 왼쪽 귀를 감싸며 괴로운 표정으로 중얼거렸다.

그 직후, 등 뒤에서 공기가 진동하는 것을 느끼고 자신을 습격한 검광을 간발의 차이로 막아냈다.

"어라, 생각보다는 제법이군요? 기척을 죽이고 접근했건만."

"키리히메, 요루카……?!"

요루카의 《야토노카미》가 휘두른 특대 블레이드와 드라켄의 《애스프》의 장갑 팔에서 튀어나온 예리한 손톱이 불꽃을 튀기며 교차했다.

"―하지만, 그것도 끝이어요."

하지만 그럼에도 요루카의 우위는 흔들리지 않았다.

닿기만 하면 타인의 기룡을 조종할 수 있는 신장인 《금주부호》가 있는 이상, 공격을 막아봐야 아무 의미 없었다.

"아차?!"

드라켄이 두른 장갑기룡의 제어를 빼앗기 위해 신장의 붉은 문양이 떠올랐지만― 어째선지 《애스프》에는 붉은 문자가 전달되지 않았고, 흐름은 멈춰있었다.

"―는 무슨 아차. 얕보지 말라고. 당신네 모두에 대한 대책은― 세워뒀으니까!"

소리치는 동시에 눈을 부릅뜨고, 다른 한쪽 장갑 팔에서 뽑아낸 손톱으로 할퀴었다.

재빨리 뒤로 물러나 그 공격을 피한 요루카는 드라켄이 사용한 마술의 정체를 깨달았다.

"제법, 재미있는 장치를 하고 있군요?"

《야토노카미》가 지닌 카타나형 블레이드. 그 도신에 움직이는 검은색 점액이 달라붙어 있었다.

채프 슬라임.

물리 공격력은 없지만 기룡의 동작을 둔화하고 기능의 저하시키는 신형 환신수를, 《애스프》의 음파로 조종해서 그 장갑의 표면에만 부착해둔 것이다.

신장 《금주부호》의 능력은 기룡에게만 효과가 있었다.

드라켄은 그 맹점을 찔러 환신수를 방패로 삼는다는 전략을 세웠다.

"말해두겠는데, 내가 두른 《애스프》에는 아직 채프 슬라임이 장치돼있다고. 댁이 아무리 뛰어난 실력자라 해도, 나는 못 쓰러뜨릴걸."

그러나 요루카는 전혀 동요하지 않고, 차가운 웃음을 돌려주며 눈을 크게 떴다.

"이런 같잖은 속임수 하나로, 정말로 그렇게 생각하고 있나요?"

보라색 홍채. 세례를 받은 왼쪽 눈의 마안이 요사하게 빛나고, 배후로 뒤쪽으로 도약한 드라켄의 모습을 순식간에 포착해— 도약했다.

"—윽?!"

상대의 의식의 파장을 읽고, 그것이 끊기는 순간을 노려 공격하는 절기— 각격.

드라켄은 자신이 사선에 뛰어든 것을 느꼈지만, 그래도 쐐기를 박는 책략을 시행하기 위해 이미 행동에 나선 뒤였다.

"《마락성창(魔樂聖唱)(헬 콰이어)》."

무너진 대성당 바로 위, 쌓인 눈이 남아있는 옥상에 올라가 《애스프》의 양손을 댔다.

음파를 이용한 진동으로 눈을 무너뜨려, 바로 밑에 있는 리샤 일행의 부대 위에 대량의 눈을 퍼부었다.

"위, 험해……! 전원, 안으로 대피해라!"

이미 의식이 몽롱했지만, 리샤는 마지막 힘을 쥐어짜 《천성》(스프레셔)을 발동했다.

떨어지는 눈덩이를 중력 제어로 억제하는 사이에 신전 기사단은 안쪽으로 피난했지만—.

"안 돼, 더는—."

마침내 기력으로 버티고 있던 리샤에게도 한계가 찾아왔다.

신장 《천성》에 이어서 《티아마트》의 장갑이 해제되자 그 위로 눈덩이가 쏟아지며 흰색이 온몸을 삼켜버렸다.

'죽는 건가? 나는, 이런 곳에서—?'

시야 한 면이 눈에 뒤덮여 의식이 멀어진다.

그 마지막 순간, 리샤는 검은 그림자를 보았다.

†

터엉! 순식간에 얼어붙은 탄두가 옛 신전터의 바닥에 떨어졌다.

메르가 발사한 《그랜드 버스터》가 착탄하기 전에, 한 기의 장갑기룡이 그것을 막아냈다.

"크루루시퍼……?! 너는—."

정신을 차린 스테일이 그 모습에 아연실색하였고, 장남 자인도 말을 잃었다.

룩스와 알테리제는 동시에 숨을 삼켰다.

"……그게 너의 정체라는 거야?"

머리 위에서 내려다보던 메르는 동요하지 않고 호전적인 웃음을 떠올렸다.

크루루시퍼는 그녀를 조용히 올려다보며 담담하게 대답했다.

"그래. 이게 바로 내가 이 세계에 유적을 가져온 최초의 일족— 고대 인종의 혈통이라는 증거야."

거기에 일목요연한 대답이 있었다.

장착하고 있는 《파프니르》의 형태는, 얼핏 평소와 달라진 것이 없어 보였다.

그러나 자세히 보면 평소에 장갑을 착용했을 때보다 더욱 가까이, 기계와 그 몸이 밀착돼있었다.

—아니, 밀착했다는 차원이 아니라, 팔다리에 이르러서는 기계 그 자체와 동화돼있었다.

크루루시퍼의 하얀 피부 위에, 기공각검의 표면에 새겨진 것과 비슷한 빨간 선이 문신처럼 새겨져있었다.

"『완전결합(풀 커넥트)』. 장갑기룡(드래곤 라이드)을 개발한, 최대의 기룡 적성치를 지닌 『열쇠 관리자(엑스퍼)』만이 사용할 수 있는 기룡과의 융합을 이룩한 모습. 유적의 서고에 잠들어 있던 이 힘으로 너를 쓰러뜨릴 거야, 메르."

"크루루시퍼 씨?!"

숨을 헐떡이던 룩스가 불안한 목소리로 그녀를 불렀다.

그러자 크루루시퍼는 조용한 미소를 지으며 룩스를 보았다.

"이야기는 나중에. 너는 공주님 일행을 구하러 가줘. 이제, 나는 괜찮으니까— 내 가족은, 내 힘으로 지켜내겠어."

친애의 감정을 담은 그녀의 미소를 보고 룩스는 확신했다.

그녀는 메르처럼 이성을 잃은 것이 아니라고—.

여느 때의 그녀처럼 쌓아 올린 자신감과 긍지를 품고 이곳에 다시 선 것이라고—.

"—부탁할게."

그렇게 대답하고 룩스는《바하무트》와 함께 날아올랐다.

조금 전 메르와 대치하던 때보다 몇 배는 빠른 속도로, 순식간에 그 모습이 멀어졌다.

그거 떠나는 모습을 지켜본 후, 메르는 옛 신전터의 무너진 천장에 서서 크루루시퍼를 노려보았다.

"이번에야말로 놓치지 않겠어. 반드시 너를— 뭉개버릴 거야."

"나야말로— 네게 가르쳐줄게. 내가 진심으로 원했던 것과 네가 반드시 얻어야만 하는 것을……."

그늘진 표정으로 웃는 메르와 그녀를 똑바로 응시하는 크루루시퍼.

두 사람의 장갑기룡이 동시에 움직이고, 전투가 시작되었다.

†

"윽……?! 우, 아……."

눈덩어리에 파묻혀있던 리샤는 무언가가 자신을 안는 감촉을 느끼고 의식을 되찾았다.

"룩, 스……?"

"미안하네요. 당신의 바람대로는 아니어요."

흐릿한 의식으로 힘겹게 눈을 뜨자, 거기에는 검은 장의를 입은 요루카가 있었다.

"너는…… 윽?!"

한 박자 늦게 리샤는 상황을 파악했다.

블레이드를 놓은 요루카의 《야토노카미》가, 그 장갑 팔로 리샤를 눈 속에서 구출해냈다.

"어째, 서? 드라켄은 해치운 거냐?"

"당신이 생매장당하게 내버려뒀다면, 그것도 가능했을지도 모르겠군요."

드물게도 비꼬는 듯한 말투로 대답하며, 요루카는 입가에 웃음을 지었다.

드라켄이 대성당에 쌓인 눈을 음파로 떨어뜨린 직후, 요루카는 그녀를 추격하는 대신 리샤를 구출하러 왔다.

그렇게 다른 사람과 친해지려 하지 않고 룩스에게만 충성을 맹세한 소녀의 행동에, 무심코 리샤가 자신의 눈을 의심하고 있으려니—.

"크크크크. 이 결과는 뜻밖인걸. 뭐, 덕분에 내 승리가 확정돼서 다행이지만 말야."

대성당 위에서 드라켄의 웃음소리가 들려왔다.

그 당당한 태도의 의미는 리샤도 바로 이해할 수 있었다.

"어, 어이 음란녀, 그 장갑기룡은—!"

"네, 꽤 용의주도한 적이네요. 어느 틈에 이 건물 위에 쌓인 눈에도, 문제의 슬라임을 넣어둔 모양이어요."

《야토노카미》의 장갑에는 이미 다량의 채프 슬라임이 들러붙어 있었다.

이렇게까지 철저하게 뒤집어쓴 상태라면, 아무리 장갑기룡을 다루는 솜씨가 뛰어난 요루카라 해도 전투는 불가능하리라.

하지만 요루카도 그 정도는 알고 있었을 터다.

"어째서…… 나 하나를 위해—."

"단순한 이야기어요."

멍하니 물어보는 리샤에게, 요루카는 평소처럼 미소를 지으며 대답했다.

"당신은 주인님께 특별하며, 유익한 존재 중 한 명이어요. —그것은 틀림없다고 판단할 수 있사와요. 이런 곳에서 죽게 내버려두기는 아깝다고 생각했다, 그저 그뿐이랍니다."

요루카의 행동원리는 어디까지나 주인인 룩스를 위해—.

하지만 지금까지 해온 것처럼 룩스의 존재를 그저 지키기만 하는 것이 아니라, 주인인 룩스의 마음— 그것을 처음으로 생각하고, 실행한 것이다.

"……요루카, 너는—."

그 사실을 깨닫고, 리샤가 무언가 말하려고 했을 때—.

"게다가— 당신에게는 중요한 임무가 있답니다. 주인님의 후손을 낳을 신체 후보가, 하나라도 줄어드는 것은 바람직하지 않사와요."

"뭐……?!"

평온하게 웃으며 요루카가 꺼낸 말에, 리샤는 무심코 얼굴을 붉혔다.

"가, 갑자기 이상한 말 하지 마라! 너는 나를 뭐라고 생각하는—?"

"어머나? 그럴 마음이 없었던 것이었나요? 주인님과 백년해로를 하고 싶다고, 꽤 강하게 바라는 것처럼 보였건만."

"그, 그건……! 그, 그게 아니라, 세상일에는 순서라는 게 있는 법이다. 구, 구체적으로는 다음번 데이트에서, 가능하다면 팔짱을 끼는 단계까지—."

요루카에게 지적받은 리샤는 홍조가 떠오른 얼굴을 외면하며 깍지를 꼈다.

동시에 그 상황을 지켜보던 드라켄은 질려버렸는지 밑으로 내려왔다.

"어지간히 여유로워 보이는데, 이제 댁들한테 남은 전력은 없다고—. 이것으로, 끝이다!"

드라켄은 두 장갑 팔에 달린 손톱을 번쩍 들고 낙하하는 기세를 실어 내리그었다.

채프 슬라임 탓에 움직일 수 없는 상황임에도 불구하고, 요루카는 미소를 무너뜨리지 않았다.

"네, 끝이 가까워졌군요. —당신 쪽이."

"—크?!"

요루카의 말이 끝나기 직전에 드라켄은 헛숨을 들이켰다.

울부짖는 칼바람 소리와 함께, 교차는 한순간에 찾아왔다.

키잉! 가까스로 들어올린 《애스프》의 예리한 손톱이 그 일격을 막아냈다.

칠흑의 폭룡 《바하무트》를 두른 룩스가 드라켄을 노리고 휘두른 검이었다.

"—너, 너는?! 그 메르를 처리했다는 거냐?!"

드라켄은 경악하며 소리쳤지만 룩스는 미동도 하지 않았다.

그대로 억지로 검을 휘두르자 허공에서 멀리 떨어진 설원 위로 드라켄이 날아가 버렸다.

"룩스! 와줬구나—. 으…… 상처가?!"

리샤는 자신의 기사가 달려와 줬다는 사실에 기쁨을 드러냈지만, 그 얼굴은 순식간에 어두워졌다.

메르의 공격 앞에서 크루루시퍼를 감싸다 입은 상처였다. 어깨부터 가슴까지 얕게 베였고, 머리에서 흘러나온 피는 그의 은발과 얼굴 절반을 빨갛게 물들이고 있었다.

하지만 룩스는 고통스러운 표정은 전혀 보여주지 않고, 밝게 웃으며 대답했다.

"늦어서 죄송합니다. 그리고 저는 괜찮으니까 걱정하지 마세요."

그리고 곧바로 바뀐 진지한 표정에서는 확고한 투지가 느껴졌다.

"……알았다. 저 악독한 놈을 네 뜻을 따라 해치우거라. 너를 믿는다, 나의 기사여."

"네, 분부를 받들겠습니다."

상냥한 어조로 대답하자, 리샤는 피로가 한계에 달한 것인지 스르륵 눈을 감고 기절하고 말았다.

그런 그녀를 《야토노카미》로 안고 있던 요루카를 향해 룩스는 고개를 돌렸다.

"요루카. 내가 싸우는 동안에 대성당에 있는 사람들을 지켜주겠어?"

"그 정도는 식은 죽 먹기랍니다, 주인님."

요루카는 어딘가 기뻐 보이는 모습으로 고개를 끄덕이고는 대성당으로 향하려 했다.

《야토노카미》의 전신에 대량의 채프 슬라임이 달라붙어 있었지만, 그녀의 실력이라면 어느 정도 더 버틸 수 있으리라.

"그리고― 고마워. 교국 사람들과 리샤 님을 구해줘서."

"……."

요루카는 언제나 미소를 잃지 않았지만, 룩스의 그 말을 듣고 웬일로 눈을 동그랗게 떴다.

하지만 바로 평소대로 미소를 떠올리며 살며시 눈을 감았다.

"저는 부끄럽사와요. 원래대로라면 주인님께 수고를 끼치지 않고, 덤으로 저 도적도 처리해야 하는 것이 저에게 주어진 사명이니까요. 하지만—."

다시 그 좌우 비대칭의 눈을 뜨고, 그녀는 열기를 머금은 미소를 지으며 나머지 말을 이었다.

"직접 칭찬하는 말을 듣는 것만으로도, 지금은 더없이 흡족한 기분이랍니다. —조심하시어요, 주인님."

룩스는 요루카의 말에 고개를 끄덕인 다음 시선을 드라켄 쪽으로 움직였다.

그러자 드라켄은 뿔피리의 음색으로 명령해 《애스프》의 장갑에 붙여둔 채프 슬라임을 기체에서 벗겨냈다.

"……또 다른 책략을 보여줄 셈이냐?"

"아—니, 이건 그 반대야. 책략을 버렸다, 라는 뜻이지."

룩스의 질문에 드라켄은 미소를 지으며 고개를 가로저었다.

"댁의 《바하무트》 전체를 덮기에는 남은 채프 슬라임이 부족해. 그렇다면 내 신장기룡을 무거운 채로 놔두는 건 좋은 책략이 아니지. 댁의 《바하무트》는 상당히 화력이 강력한 것 같으니까 말이야."

다시 말해 룩스와의 전투에만 집중하기 위한 책략.

동시에 그 이야기는 드라켄은 지금까지 병사와 환신수를 움직이는 것에만 전념하였으며, 개인의 전력은 보인 적이 없다는 것을 의미하고 있었다.

"내가 통솔하던 환신수 50마리, 기룡사 60명이 전투 불능인가. 이런 조건에서 싸웠는데, 내가 이렇게까지 몰리다니—

신왕국 녀석들도 제법이야."

거만하게 중얼거리며 《애스프》을 두른 드라켄이, 그 장갑 팔에 달린 날카로운 손톱을 높이 들었다.

부대가 전멸한 사실을 알면서도 그 표정에는 여유가 있었다.

"무관계한 사람들을 대거 끌어들이고, 아무것도 모르는 메르를 속이고, 그게 제대로 된 전쟁이라고 생각하는 거냐?"

"고결한 척 하지 말라고, 영웅 나으리. 전쟁은 항상 그런 법이야. 설령 보이는 곳에서 피가 흐르지 않는다 해도, 어디선가 누군가는 상처를 입고 죽어가지. 나도 예전에는 무능한 귀족들한테 무모한 이유나 조건의 싸움을 강요당했다 이거야."

"—알았다. 그것이 네 방식이라면, 나는 『칠용기성』의 입장과 방식으로 너를 붙잡을 뿐이야."

룩스는 대검을 들어 올리며 드라켄을 똑바로 응시했다.

마주 선 여자 용병은 오만하게 웃으며, 그 두 팔의 장갑에서 돋아난 단단한 손톱으로 전투 자세를 취했다.

"슬슬 시작해보자고, 『검은 영웅』. 『용비적』 인룡 사단장, 드라켄 메기스트리와 신장기룡 《애스프》가— 상대해주마!"

선언하는 동시에 《애스프》는 네 다리를 움직여 도약, 그대로 돌진했다.

날카로운 손톱이 튀어나온 장갑 팔을 번쩍 들어, 머리 위로 일격을 퍼부었다.

†

성도 북동쪽— 옛 신전터.

출몰한 환신수는 이미 다 죽은 설원과 폐허의 상공에서, 두 명의 기룡사가 교전하고 있었다.

"드디어 진심으로 나오는구나. 엉뚱한 화풀이로는, 내 고통은 사라지지 않는다구!"

《드래이그 귀버》를 와이번 모드로 변형한 메르가 매섭게 날아올라 돌격했다.

중량 무기인 할버드를 가볍게 휘두르며 내리찍는 메르의 공격은 그야말로 질풍.

하지만 크루루시퍼는 동요하지 않고 가장 효율적인 동작으로 대처했다.

단순히 빠른 수준이 아니라, 기룡이 지닌 지각 및 반사신경과 연결되었기에 가능한 초인적인 반응속도.

『완전결합』으로 장갑기룡과 연결된 덕분에 전보다 월등히 정밀하게 움직일 수 있었다.

《파프니르》가 지닌 특성, 기동력을 살린 회피로 종횡무진 할버드를 휘두르는 메르의 공격을 날아서 피한 후 찰나의 틈을 놓치지 않고 공격했다.

"—《프리징 캐논》."

라이플 형태의 특수 무장에서 발사된 섬광이 명중하여 《드래이그 귀버》의 장갑을 얼렸다. —하지만 등 뒤에서 쏘았음에도 불구하고 그 얼음은 순식간에 녹아버렸다.

"뒤에서 얼려도 녹아버린다. —역시 그 능력은 특수 무장 종류는 아닌 것 같네."

유미르 교국 최연소이자 최강의 기룡사인 메르 기잘트의 본질.

그것은 그녀가 보유한 신장기룡, 육전형이자 비행형인 《드래이그 귀버》를 자유자재로 다루는 천재적인 센스에서 유래한 것이라고 봐도 틀림없었다.

가뜩이나 조종하기 어려운 신장기룡의 특수한 기구를 자유롭게 다루고, 유연한 발상으로 응용 전술을 짜낸다.

그렇다면 아무리 전체적인 기능이 비약적으로 상승했다 해도, 아직은 그녀를 쓰러트리는 것이 불가능했다.

《드래이그 귀버》가 지닌 신장의 비밀—.

그것을 해명하지 못하면 당할 것이다.

"이제 좀 봐줄만 하네. 그치만 그 정도 속도로는 내 실력을 쫓아올 순 없을걸!"

메르는 흉악하게 웃으며 다시 《드래이그 귀버》로 날아올랐다.

하지만 《파프니르》가 지닌 기동능력이 더욱 빠른 지금 상황으로선 아직 어떻게든 따돌릴 수 있을 터, 였지만—.

"윽……?!"

콰아—! 무지막지한 돌풍이 메르의 등을 떠밀며 크루루시퍼의 예측을 초월한 빠르기로 쇄도해 왔다.

《파프니르》의 《오토 실드》가 순식간에 기동하여 메르의 할버드 일격을 간신히 막았지만, 메르는 순식간에 할버드를 손에서 놓더니 두 장갑 팔로 주먹을 휘둘렀다.

"윽—?!"

의표를 찔리긴 했지만 이번에는 장벽이 장갑 팔의 주먹질을 방어했다.

상대의 공격을 성공적으로 방어한 지금이 호기라고 생각한 크루루시퍼가 재빨리 《프리징 캐논》을 들어 올린 순간, 그 장갑 팔에서 자신의 진짜 팔을 뗀 메르가 기공각검을 쥐었다.

"—!"

"미래예지라도 해두지 그랬어. —무리일 테지만."

크루루시퍼의 눈앞에서 《오토 실드》가 펼쳐지게 하여 거꾸로 그녀의 시야를 차단했다.

그리고 여유를 주지 않고 장갑 팔로 타격한 후, 빈틈을 노리고 기공각검을 휘둘렀다.

기공각검의 끝이 장벽을 뚫고 크루루시퍼의 상박을 찢었다.

"크으……!"

통증에 얼굴이 찌푸려지고, 라이플을 쥔 손에서 힘이 빠졌다.

"기계인간 주제에 피는 빨갛구나."

메르는 당당하게 미소 짓고는, 놓아버린 할버드를 회수하기 위해 급강하했다.

설원을 스치듯이 비행하던 메르는 다시 상승하며 공격에

나섰다.

"―아가씨!"

알테리제가 쌍검을 손에 쥐고 외쳤지만―.

"손대지 마, 이 애의 상대는 나야. ―너는 아버님을 지켜줘."

"아직도 인간의 가족인 척 하려는 거야?"

다시 상승한 메르가 할버드를 손에 쥐고 덤벼들었다.

크루루시퍼는 반사적으로 《프리징 캐논》를 발사했지만, 이번에는 메르의 잔상을 관통했을 뿐이었다.

게다가 어느 틈에 생겨난 짙은 안개가 시야를 차단했다.

"끝이야, 크루루시퍼. 오르펠의 원수―!"

《오토 실드》를 기동하여 할버드를 막아냈지만― 어째선지 자동으로 움직이는 일곱 장의 방패가 튕겨 나가는 바람에 정통으로 얻어맞고 말았다.

"크, 으……?!"

장벽을 깎아내고 장갑을 관통하는 충격이 온몸에 전해졌다.

『완전융합』의 영향인지 장갑의 대미지가 더욱 강하게 느껴졌다.

하지만 장갑과 몸이 일체화된 덕분에, 전신에 퍼져나가는 고열의 존재를 깨달았다.

"―드디어 알았어, 메르. 네 《드래이그 귀버》가 지닌 신장의 정체를……!"

간신히 중얼거린 직후, 크루루시퍼는 아직 남아 있던 옛 신전터의 천장을 뚫고 지면에 처박혔다.

†

『전장의 연주자』라고 불리는 용병, 드라켄.

룩스는 그녀가 전장을 떠돌아다니며, 어째서 전설이라 불리게 되었는지 체감하고 있었다.

유능한 지휘관으로서의 실력, 첩보와 흥정의 모략.

그리고 신장기룡 《애스프》의 존재.

하지만 그것만으로 전장에서 살아남은 것이 아님을, 대치하고 있기만 해도 알 수 있었다.

"흥분되는걸……! 오랜만이야, 만전의 책략을 세웠는데도 내 곁까지 도달한 녀석은!"

날카롭게 뻗은 강철 손톱을 휘둘러 무시무시한 속도로 연격을 날린다.

가로 베기, 찔러 올리기, 내려찍기, 종횡무진의 참격이 허공을 달려 룩스의 눈을 어지럽혔다.

'빨라—. 아니, 빨라지고 있어!'

형식을 따르는 절도 있는 기술은 아니었다. 그러나 형식에 구애되지 않는 그 불규칙적인 움직임이 오히려 룩스에게서 한 가지 선택지를 빼앗아갔다.

《바하무트》의 신장 《폭식(리로드 온 파이어)》을 이용한 절기, 즉격의 발동.

상대의 공격 예비 동작을 읽고, 시간을 압축 강화하여 휘두르는 연속 베기는 순식간에 상대를 전투 불능으로 만드는 강력함을 품고 있지만—.

'이 공격 패턴은 시간벌이도 겸하고 있는 건가?'

난잡한 손톱 공격의 예비 동작은 단시간에 파악할 수 없었다.

시간을 끌수록 이미 출혈이 심한 룩스가 더욱 불리해질 거라고 생각하고서 우선 즉격을 봉쇄하려는 걸까?

'그렇다면—.'

룩스는 재빨리 호흡을 고르고 《바하무트》의 대검을 바짝 끌어당겨 자세를 잡았다.

하지만 그것을 본 드라켄은 《애스프》의 손톱을 단축하는 동시에 네 다리의 뒤쪽에서 불을 뿜으며, 폭발하는 듯한 기세로 달려들었다.

"—!"

예상 밖의 행동에 놀라면서도, 룩스는 기룡 조작 오의를 시도했다.

신속제어(퀵 드로우)— 육체와 정신의 동조 조작을 이용한 초신속 일격.

—하지만 시도한 그 시점에서 이미 《애스프》와의 거리가 너무 가까웠던 탓에 검을 휘두르지 못했다.

막힌 순간 드라켄이 내뻗은 날카로운 손톱이 《바하무트》의 장벽을 뚫고, 어깨를 얕게 찔렀다.

선혈이 뿜어져 나와 룩스는 얼굴을 살짝 찌푸렸다.

"크……!"

초고속 참격인 신속제어는 보고 나서는 피할 수 없다.

따라서 오의를 사용하려는 조짐을 꿰뚫어본 드라켄의 반응을 통해 룩스는 직감했다.

오늘 이곳에서 처음으로 검을 교환해보는 이 여자 용병이, 엄청난 사전 조사를 바탕으로 룩스에 대한 대책을 세워뒀다는 것을—.

"《기룡포효(하울링 로어)》!"

밀착한 상황에서 룩스는 《하울링 로어》를 사용해 《애스프》를 밀쳐냈다.

그리고 대검을 역수로 바꿔 쥐고, 크게 후방으로 당긴 자세를 잡았다.

칠흑의 장갑이 삐걱대는 소리를 내며 떨리기 시작했다.

기룡의 폭주를 응용한 초월적인 위력의 일격— 강제초과(리코일 버스트)의 준비자세였다.

"보면 볼수록 무서운걸. 『검은 영웅』이라는 녀석은 말이야. 몸도 안 좋으면서 그렇게 무리하면, 자기 자신도 무사하지는 않을 텐데?"

드라켄은 히죽 웃으며 《애스프》의 네 다리를 구동했다.

후방으로 크게 도약해 거리를 벌린 후 두 팔의 손톱을 내밀 듯 자세를 잡자, 거기에서 소형 대거가 연속으로 사출되었다.

일점집중의 공격이 아니라, 흩뿌리는 듯한 칼날의 산탄.

그것은 어디까지나 룩스의 접근을 막기 위한, 강제초과에 대한 대책이었다.

하지만 반사적으로 최적의 행동을 취할 수 있게끔 대비하고 있던 드라켄의 대책을 뛰어넘어, 룩스 또한 반사적으로 움직였다.

"—강제초과(리코일 버스트)."

짤막한 한마디와 함께, 축적한 힘을 한꺼번에 발산하는 초월적인 일격이 휘둘러졌다.

간격 바깥에서 휘둘러진 대검이, 그대로 바로 밑에 있는 설원을 갈라버렸다.

"……?!"

충격으로 지표가 폭발하듯 솟구쳐 비처럼 쏟아지던 칼날을 날려버렸다.

동시에 솟아오른 눈과 흙에 시야가 차단당한 그 순간을 노려 룩스는 몸을 비틀어 날아올랐다.

산탄의 방어, 동시에 눈속임을 겸한 강제초과.

의표를 찔린 드라켄이 눈을 있는 대로 부릅뜬 직후 사각에서 《바하무트》의 참격이 날아왔다.

그러나 드라켄은 간발의 차이로 도약해서 그 공격을 피해냈다.

특장형 신장기룡인 까닭에 레이더로 기룡의 움직임을 포착해낸 것이다.

그것이 없었다면 지금의 일격으로 결판났을 것이다.

하지만 룩스 또한 공격이 막혔다고 해서 멈추지는 않았다.

자세가 무너진 상대의 간격에 파고들어 다음 참격을 휘두르려는 찰나—.

"—그렇겐 안 되지."

이번에는 드라켄의 《애스프》가 머리에서 《하울링 로어》를 방출했다.

소용돌이치는 포효에 룩스가 떠밀려 날아간 탓에 승부는 다시 원점으로 돌아갔다.

드라켄은 그대로 참격을 방어하면 세 번째 오의인 영구연환(엔드 액션)로 연결될 거라고 내다본 것이다.

중상을 입은 상태로, 온 힘을 다한 공격을 연속해서 퍼부은 룩스의 숨결이 거칠어졌다.

그 모습을 보고 드라켄도 아주 살짝 숨을 돌렸다.

룩스가 지닌 《바하무트》와 신장 《폭식》을 이용한 즉격.

거기에 기룡 조작술 삼대오의에 대한 대책을 예측해서 실행한 드라켄과 그것을 다시 꿰뚫어본 룩스의 반격.

고작 몇 초 사이에 몇 차례나 생사가 교차하였고, 주위의 공기가 열기를 머금었다.

"악착같이 준비한 댁에 대한 대책이 쓸모없게 되지 않아서 다행이다. —는 웬걸, 좀 부족했던 모양이네. 구제국의 기룡사 1,200명을 섬멸했다는 것도 허풍은 아니었나 보군."

드라켄의 가벼운 농담에 룩스는 반응하지 않았다.

그저 조용히 대검을 겨누고, 하얀 입김을 내뿜으며 호흡을 가다듬었다.

"하지만 싸우면 싸울수록 모르겠어. 왜 댁은 그렇게 하면서까지 국가라는 것 밑에 붙어있는 거지?"

"무슨 의미지?"

"간단한 이야기라고. 그만한 실력과 힘이 있으면 좀 더 좋은 입장에 설 수 있을 거야. 요구하면 그 어떤 부와 권력도 약속 받을 수 있지. 그런데 뭐가 아쉬워서— 그런 나라에 충성을 맹세하는 건데?"

룩스의 목에 걸린 죄인의 목걸이—.

신왕국의 문장이 새겨진 그것을, 룩스는 가볍게 건드렸다.

"이건— 나 자신이 원한 징벌의 증거다. 구제국을 바꾸지 못하고 실패한 왕족으로서의 책임이다."

"핫! 그거 참 축복받은 머리인걸. 쓰고 버려지게 되리라는 것을 알면서도, 누군가를 위해 싸우겠다니— 그렇다면!"

드라켄은 손톱이 솟은 장갑 팔을 당기며 자세를 잡았다.

그리고 극한까지 살기를 곤두세우며 눈앞에 있는 룩스를 바라보았다.

"부하로 회유하는 건 관둬야겠군. 달콤한 꿈을 좇는 어리석은 어린아이……, 댁의 싸움을 지금, 이곳에서 끝내주겠어!"

하지만 그와 동시에 룩스 또한 미동조차 하지 않고, 차가운 눈길로 드라켄을 응시했다.

"—조율, 개시."

중얼거린 순간《바하무트》주위에 기룡의 정보를 표시하는 빛의 상이 무수히 떠올랐다.

그것을 본 드라켄은 설원을 박차고 뛰어올랐다.

"무모한 이상이라도 상관없어. 나는, 나와 그녀들의 소원을 위해— 이겨낼 거니까!"

†

옛 신전터 천장을 뚫고 들어갔으니 적어도 반파는 되었어야 했다.

하지만 자욱한 분진 속에서 나타난 크루루시퍼는 전혀 다친 곳이 없었다.

분명히 손에는 반응이 있었다.

자동방어인 《오토 실드》의 벽도 돌파했을 텐데—.

"드디어 알아냈어. 네 신장의 정체— 그건 온도였구나?"

"……."

크루루시퍼의 담담한 목소리를 듣고 메르는 눈살을 찌푸렸다.

스테일과 자인을 지키면서 알테리제는 숨을 삼켰다.

"온도……? 그 자유자재로 변화하던 능력은, 단 하나였던 겁니까?"

"응, 맞아."

거기에 대답하는 형태로 크루루시퍼는 조용히 말을 이어갔다.

"내 《프리징 캐논》의 동결탄을 녹이고, 상대는 얼린다. 눈을 녹여서 안개를 만든다. 온도차를 이용해 질풍을 일으키고, 대기의 열팽창을 이용한 빛의 굴절로 환상을 보여준다. 그리고— 다른 기룡에 고열을 부여해서 제어 기능을 다운시킨다."

《드래이그 귀버》가 보유한 온도 조작 신장.

메르는 그 한 가지를 응용해 수많은 전술을 고안해낸 것이다.

육전형과 비행형을 자유자재로 오갈 수 있는 신장기룡의 특성을 활용한 전투 스타일도 포함해서 그야말로 천부적인 기룡사라는 이름값이 아깝지 않을 정도였다.

아마도 순수한 기룡사로서의 센스는 크루루시퍼도 따라가지 못할 것이다.

앞으로 몇 년 만 지나면, 그녀는 자신의 실력을 추월할지도 모른다.

하지만—.

"미안해, 메르. 나는 2년 전과는 다른 이유로— 네게 질 수 없어."

거절당할 거라고 생각하고, 다가가기를 포기했던 연약한 자신.

유적의 과거만을 좇아, 진정한 소망을 숨겨온 결과 고독으로 괴로워했다.

그렇지만 그런 자신을 위해 룩스와 신왕국의 모두가 목숨을 걸고 싸워주었다.

아니— 아버지 스테일은 몇 년도 전부터 자신을 위해 줄곧 싸워주었다.

그렇다면 더 이상은 자신의 마음을 속일 수는 없다.

이제는 특별한, 이 『열쇠 관리자(엑스퍼)』로서의 힘을 사용하는 것도 두렵지 않았다.

"이제 끝내자, 메르. 나한테는 네게 꼭 전해줘야만 하는 것이 있거든."

"—핫."

눈앞에 있는 것은 악마 같은 처절한 미소.

하지만 증오로 점철된 그 얼굴 뒤에는, 지금 당장이라도 무너져내릴 것만 같은 슬픔이 숨겨져 있다는 사실을 크루루시퍼는 알고 있었다.

어린 나이에 모든 가족을 잃어버린 절망.

기룡사로서 일류의 힘을 손에 넣었건만, 부모나 다름없는 오르펠마저 떠나보내고 말았다.

고통에서 달아나려는 것처럼 『엘릭시르』를 사용한 메르의 마음은 어둠 속에 떨어져 있었다.

하지만—.

"메르, 사실은 너도 알잖아. 오르펠 주교는, 숨을 거두기 전에 그런 말은…… 폭주의 원인이라고 생각되는 나를 죽이라는 말 따위는 하지 않았다는 걸."

"윽……?!"

그 말을 들은 메르의 표정이 살짝 일그러지고, 악귀의 가면에 균열이 생겼다.

"그녀는 더는 말을 할 수 없었을 거야. 『용비적』 드라켄은 그걸 이용해 네게 오르펠의 목소리로 말을 걸었겠지. 너는 거기에 현혹당했을 뿐이야."

"—아냐. 그럴 리 없어! 그때 오르펠은, 분명히……!"

맨손으로 이마를 짚으며 메르는 신음했다.

피범벅이 되어, 비통한 표정으로 누워 있는 오르펠의 얼굴이 뇌리에 떠올랐다.

그녀는 필사적으로 메르에게 마지막 말을 남겼다.

『크루루시퍼를 죽여. 네 가족과 교국의 평화, 모든 것을 빼앗은 악마를……. 목숨과 맞바꿔서라도 원수를—.』

그래서, 메르는—.

"……으아아아아아아아악?!"

격심한 두통과 현기증.

그때 오르펠의 목소리는 그렇게 말했다.

똑똑히 들었다, 하지만—.

"네 안에 있는 오르펠이라는 사람은, 너에게 그런 말을 하는 여성이었니? 네 목숨을 버리면서라도 적의 숨통을 끊으라고. 그때 장갑기룡의 부담 때문에 헐떡이던 네게, 그렇게 피도 눈물도 없는 말을 하는……."

"크, 아아아악!"

크루루시퍼의 질문에 메르는 절규했다.

머릿속을 부지깽이로 휘젓기라도 한 것처럼, 모든 것이 섞여 뒤죽박죽이 되었다.

—아니야, 아니야아니야아니라고오!

내 손으로 크루루시퍼를 죽여야만 해.

원수를 갚아야만 한다고!

오르펠은, 차갑게 식어가는 손으로 나를 붙잡고, 그렇게 말했을—.

"말하지 마! 이 세상의 인간조차 아닌 네가! 오르펠을 입에 담지 마아아아아앗!"

절규를 내지르는 동시에 메르는《드래이그 귀버》를 움직였다.

육전형에서 비행형으로 고속변형—.

아래에서 위로, 분화하는 화산같은 기세로 할버드의 일격을 뿜어냈다.

"—완전결합(풀 커넥트 온)·전개."

거기에 호응하듯 크루루시퍼가 중얼거린 순간, 《오토 실드》의 일곱 방패가 《파프니르》를 벗어나 메르를 포위하는 것처럼 배치되었다.

동시에 그 표면이 파랗게 빛나는 역장을 형성했다.

"—?!"

본디 자동으로 움직이는 특수 무장을 기룡의 명령 계통에 개입해서 그 동작에 변화를 주었다.

그 직후, 전개된 방패를 향해 크루루시퍼는 《프리징 캐논》의 트리거를 당겼다.

발사된 통상탄의 빛살은 메르 주위에 떠 있던 방패 한 장에 착탄했고, 그 직후에— 어떻게 된 일인지 메르는 《드래이그 귀버》의 왼팔 **뒤쪽에서** 충격을 느꼈다.

"반사탄……?! 방패에 그런 사용법이—!"

크루루시퍼는 새로운 전술에 놀라면서도 공격에 나서려 하는 메르를 포착했다.

완전결합을 통해 얻은 지각과 초월적인 반응속도를 활용해, 급가속하여 돌진하는 메르를 조준하여 사격했다.

푸른 섬광. 먼저 기세와 공격 수단을 막기 위한 동결탄.

《드래이그 귀버》의 신장으로 해동되는 찰나의 틈을 노려,

일곱 방향에서 반사 저격을 가해 끝낼 생각이었다.

—하지만 순식간에 무장이 얼어붙었음에도 메르는 기세를 줄이지 않았다.

"얕보지 마아—!"

오른손에 든 할버드를 감싸고 부서진 왼쪽 장갑 팔을 방패로 삼았다.

얼어붙은 그 순간 팔의 장갑을 버리고, 그대로 억지로 공격을 시도했다.

"이런……?!"

몸을 아끼지 않는 공격에 크루루시퍼는 의표를 찔렸다. 하지만 《파프니르》의 기동력이 근소하게 우세했다.

가까스로 필살의 일격을 피해낸 크루루시퍼의 위쪽에서 찍어 내리는 듯한 돌풍이 불어 닥쳤다.

퇴로는— 파악해두었다.

주위에 피어오른 안개는 신장 《재화의 예지》를 이용한 미래 예지를 미리 차단하기 위한 포석.

따라서 이 결과는 메르 안에서는 필연적이었다.

안개로 시야를 차단해서 **보이지 않게 만들어** 미래 예지만 봉쇄하면, 메르 자신과 《드래이그 귀버》를 뛰어넘는 것은 불가능하다.

《파프니르》의 장벽을 뚫고 그 어깨의— 환창기핵을 노렸다.

피할 수 없는 완벽한 타이밍. 그래서 메르는 승리를 확신했지만—.

"이럴 수가—?!"

라이플을 쥐지 않은 《파프니르》의 오른쪽 장갑 팔이 가까스로 할버드를 막아냈다.

한쪽 팔을 희생하는 대신에 일격필살을 면한 것이다.

"대체 어떻게?! 네 미래 예지는, 안개 때문에—!"

"이건 내가 직접 읽은 거야. 너라면 이 정도는 할 거라고 생각했어. 그리고—."

메르가 일으킨 돌풍 때문에 주위의 안개가 걷혔다.

와이즈 블러드 액셀
"《재화의 예지 · 형안(炯眼)》."

말하는 동시에 신장의 미래 예지가 완료되어 크루루시퍼의 머릿속에 전송됐다.

수백 번의 예측 계산을 거쳐 산출된 승리로 향하는 방정식—.

그것을 따라 저격총에서 발사된 나온 수십 발의 반사탄이 폭풍처럼 메르를 덮쳤다.

"—."

등 날개와 각종 관절 부분, 마지막으로 장벽을 뚫고 같은 곳에 일점집중 사격.

도주, 회피의 선택지는 모조리 간파당했고, 전신의 급소를 저격당했다.

그리고 최후의 일격이 마침내 어깨의 환창기핵에 한 치의 오차도 없이 꽂혔다.

"……어째, 서. 이길 수 없는……."

기룡의 핵인 환창기핵에 광탄이 박히자 《드래이그 귀버》의 기능이 정지됐다.

추진 장치에서 발생되는 양력이 사라진 장갑은 힘을 잃고 거꾸로 떨어져내렸다.

마음이 꺾인 순간『엘릭시르』의 효과로 일어난 신체강화—어깨에서 왼쪽 가슴에 걸쳐 떠올라 있던 기하학적인 검은 문양이 사라져갔다.

인간의 이성을 되찾은 메르의 표정은, 이미 평범한 소녀의 것으로 돌아왔다.

하늘에서 추락하는 그 짧은 시간 사이에 메르는 무엇이 진실인지 깨달았다.

'미안해, 오르펠…….'

처연한, 그리고 공허한 표정으로 이제는 이 세상에 없는 자신의 후견인을 생각했다.

그때 목숨과 맞바꿔서라도 크루루시퍼를 죽이라고 명령했을 때, 목이 막힌 그녀의 입술은 다른 말을 자아내고 있었다.

『미안해, 메르.』

고작 그 한마디를, 온 마음을 담아 그 한마디만을 입에 담았다.

하지만 들려오는 목소리는 달랐으니까.

혼란과 절망 속에서 오르펠의 입술이 자아낸 말을 선택할 것인지, 아니면 귓가에 들려온 목소리를 선택할 것인지—.

어느 한 쪽을 골라야만 했을 때, 메르의 내면에 있던 부정적인 감정은 적과 싸우기를 선택하고 말았다.

하지만—.

하지만 진짜 오르펠이라면—.

자신에게 기룡사의 길을 권유하고, 이용하려고 했고, 하지만 그 누구보다도 자신의 몸을 걱정해주던 그녀라면, 그때 자신에게 뭐라고 했을까?

"위험해!"

《엑스 와이엄》을 두른 알테리제가 소리를 지르며 메르의 낙하지점으로 급하게 날아갔다.

하지만 그보다 빨리, 《파프니르》로 그녀를 쫓아가던 크루루시퍼가 장갑이 해제된 메르를 품에 안았다.

"오르, 펠……."

소녀의 팔이 힘없이 움직이며, 그녀의 시신을 향해 손을 뻗었다.

잔해 속에 반쯤 가려져 있던 시신 앞에, 그녀가 자신의 손가락으로 쓴 피로 된 글자가 포석 위에 남아있었다.

『메르를 구해줘』

삐뚤빼뚤한 문자로, 오직 그것만을—.

그녀는 숨이 끊어지는 마지막 순간까지 메르를 걱정했다.

그것이 그때의 진실이었다.

"……미안해."

초췌하고, 지금 당장이라도 눈물을 쏟을 듯한 표정으로 메르는 그녀에게 사과했다.

"나…… 오르펠의 마음을, 무엇 하나 알아주려 하지 않았어…….”

사실은 좋아한다고 줄곧 말하고 싶었는데……. 가족이 되었으면 좋겠다고 생각했는데…….

계속 고집과 허세를 부리며 멀리했고, 아무런 은혜도 갚지 못했다.

“미안해, 오르펠……. 엄, 마…….”

그것만을 중얼거린 후, 힘이 다한 메르는 눈을 감았다.

한 줄기 눈물이 뺨을 따라 흘렀고, 소녀는 의식을 잃었다.

†

성도 북쪽.

붕괴한 대성당 앞에서 드라켄이 룩스를 노리고 도약했다.

출혈과 체력 소모로 인한 룩스의 한계는 이미 눈에 보일 정도였다.

하지만 드라켄은 마지막 순간까지 긴장을 늦추는 법이 없었다.

지략을 짜내고, 단련하고 그러모은 전력을 운용하며, 지형적 이점을 활용하여 적을 몰아붙였다.

그럼에도 쓰러지지 않는 강적은 자신의 힘으로 해치우고 빼앗는다.

여자 용병으로서 가차 없이 버림받고 미친하다고 소외당해온 드라켄에게, 이 전쟁은 처음으로, 진심으로 만족스러웠다.

하지만 아직 부족했다.

용병이 전장에서 패배하면 다음 따위는 없다는 것은 알고 있었다. 그러니—.

'—역시 마지막에는 이겨야지.'

싸움이 생업인 사람으로서, 싸움이란 승리까지 포함해야 가치가 있는 법이었다.

그런 생각을 하고 있을 때, 눈앞에 있는 상대가 《바하무트》의 기공각검을 쥐는 모습이 보였다.

"조율, 개시—."

룩스가 짧게 중얼거린 직후, 그 기룡 주변에 빛의 상이 떠올랐다.

고대문자의 수치나 도형, 온갖 것을 표시하는 조율 형태.

원래는 장갑기룡의 출력이나 구성, 무장 등을 조정하기 위한 기능이었지만, 그것을 이용한 전투 기술을 사용하는 기룡사가 있었다.

"……다른 사람의 기술에 의지하다니. 계책이 바닥난 모양이구나, 영웅이여!"

룩스가 사용하려 하는 기술은『칠용기성』의 부대장 싱글렌의 전진—.

룩스가 그 기술을 사용한다면, 반하임 공국에서 열린 계층 승격 시험에서 보여줬다고 하는 회피 기술— 전진·유전과 에너지를 한 점에 집중하는 기술인 전진·겁화 두 가지일 것이다.

그렇다면 대책은 생각해 두었다.

《폭식》으로 시간을 가속하여 사용하는 연속 참격인 즉격

도, 드라켄의 공격 예비 동작을 파악하지 못한 지금은 사용할 리 없을 것이다.

필살의 각오로 날카로운 손톱의 난격을 퍼부으려는 찰나— 룩스의 몸이 갑자기 흔들렸다.

“—《폭식(리로드 온 파이어)》.”

중얼거린 직후 《바하무트》의 기체에서 붉은 섬광이 솟구쳤고, 그 순간 드라켄의 몸에 전율이 일어났다.

공격을 간파하지 못하도록 조심했는데— 파악이 끝난 건가?!

그렇게 마음속으로 식은땀을 흘렸으나, 룩스의 검은 그냥 휘두를 때와 비슷한 속도로 움직였다.

최소한의 동작으로 최단 거리를 노리는 날카로운 공격이긴 했지만, 그것만으로는 《애스프》의 방어를 돌파할 수 없었다.

왼팔, 오른다리, 그리고 손목, 총 세 군데의 장갑에 약한 공격을 받았으나 전부 무사했다.

만일에 대비해 한 번 뒤로 물러나 거리를 뒀지만, 역시 아무런 데미지도 입지 않았다.

마음이 놓인다기보다는 어이가 없었고, 이어서 분노가 치밀어 올랐다.

“—마지막으로 무슨 짓을 하려나 싶었더니, 하찮은 허세였나!”

그리고 공격으로 전환하려는 순간, 룩스가 드라켄을 향해 뛰었다.

"거 참 끈질기네, 댁의 공격 수단 따위는 전부 대책을……?!"

돌진하는 룩스에게 맞대응하려는 찰나, 장착 중이던 《애스프》에 이변이 일어났다.

직전에 공격당한 세 부분에서 붉은 빛이 반짝이더니, 그 모두가 상식을 뛰어넘은 초고속으로 움직였다.

"으, 크, 아아아아아아아아아아……?!"

우직우직우직! 장갑이 찌그러지며 튀어나간 금속이 남아 있는 드라켄의 고막을 때렸다.

《애스프》의 구동 부분이, 각 부위의 너무 빠른 움직임을 따라가지 못하고 자멸했다.

동시에 몸을 보호하던 장갑의 움직임에 휩쓸린 뼈 일부가 부러지고, 근육은 파열했다.

"뭐, 뭐야……! 이게?! 대체 무슨 일이—?!"

사방으로 튀는 피와 함께 절규하고, 도주하려고 후방으로 도약한 순간 머리 위에서 목소리가 들려왔다.

"—폭격(暴擊). 상대의 장갑 일부분에만 압축 강화의 신장을 걸고, 기룡을 강제로 가속해서 파괴하는 조율의 기술이다."

"설마, 네놈은—?!"

싱글렌을 상대하며 익힌 조율의 비기, 전진.

그것을 《바하무트》의 신장과 조합해서, 룩스는 새로운 전술을 고안해냈다.

룩스는 여유를 주지 않고 뒤로 물러난 드라켄을 추격했다.

그리고 아직도 제대로 움직이지 못하는 《애스프》에게, 그 일격을 선사해주었다.

리로드 온 파이어
"《폭식》."

"—?!"

《바하무트》의 장갑이 빨갛게 반짝인 직후, 드라켄이 장착한 《애스프》의 장갑이 순식간에 사방으로 터져나갔다.

시간의 압축 강화를 거친 초고속 7연참이, 남아있는 장갑 팔, 네 다리의 관절, 환창기핵, 기공각검을 모조리 순식간에 파괴하여 전투불능으로 몰아넣었다.

순서를 비틀어 상대의 기룡을 가속하는 폭격으로 시작해서, 자신을 가속하는 즉격으로 연결했다.

《바하무트》의 신장을 이용한 자기 가속은, 처음에 자신의 시간을 지연시켜야만 하는 탓에 상대의 움직임을 완전히 파악해야 할 필요가 있었다.

따라서 선공 『필살』이 불가능하다는 약점을 이번에 사용한 전술로 초월했다.

직전까지 룩스에 대한 정보를 낱낱이 꿰고 있던 드라켄조차 모르는 새로운 기술을 만들어내서—.

"하하…… 터무니없는 남자 같으니. 아무리 준비해도 대책 부족…… 정도가 아니군. **대책이 불가능**한 남자라고나 할까."

그 실력도 실력이지만, 진실로 두려운 것은 그 성장 속도임을 드라켄은 깨달았다.

—하지만 싸움은 아직 끝나지 않았다.

드라켄을 포로로 삼아 정보를 캐내기 위해 룩스는 자신을 죽이지 않았다.

몸뚱이도 만신창이였지만, 마지막의 마지막까지 승부를 포기할 수는 없었다.

룩스도 한계에 도달하여, 마침내 《바하무트》의 장갑도 해제되었다.

스읍— 크게 호흡을 가다듬은 순간, 바닥에 엎드려있던 드라켄의 몸이 튀어 올랐다.

10메르나 떨어져있는 상대를 공격하기 위해 다리 하나로 대지를 박찼다.

장갑이 박살나며 입은 충격으로 원래는 제대로 움직일 수 없어야 하지만, 자신이라면 아직 움직일 수 있었다.

"룩스?! 위험—?!"

드라켄이 부러진 오른팔로 룩스의 가슴에 칼날을 박아넣으려는 찰나—.

"그 행동은, 허가할 수 없습니다."

어디선가 늠름한 목소리가 울려 퍼졌고, 나이프의 일격을 세리스의 레이피어가 막아냈다.

동시에 건물 그늘에서 나타난 피르히가 등 뒤에서 드라켄의 팔을 꺾으며 움직임을 제압했다.

그대로 우지끈, 관절을 뽑는 모습을 보며 룩스는 살짝 당황했다.

"세리스 선배! 게다가 피이까지!"

"싸울 때는 도와주지 못해서 미안합니다, 룩스. 하지만 저

희들도 쫓기고 있었거든요."

"겨우 전원. 걸어 다니는 사람들, 정리했어."

아무래도 포위를 돌파해서 적을 유인하다가 장갑기룡을 사용할 수 없게 된 두 사람은, 숨어있던 맨몸의 『용비적』 일당을 상대하고 있었던 모양이다.

하지만 기룡을 장착하지 않은 싸움에서 보병을 압도하는 것을 보면 역시 명불허전이랄까.

그리고 보병 『용비적』들을 정리한 두 사람은, 맨몸으로 어떻게든 룩스를 지원할 수 없을지 궁리하며 상황을 엿보고 있었다고 했다.

"쳇, 이쪽도 예상 밖인걸. 내 부하들이 아가씨들한테 백병전으로 지다니."

피르히가 넘어뜨린 드라켄이 자조적으로 웃자, 세리스는 조용히 그녀를 보았다.

"당신은 우리가 자신의 능력을 과신해서 적을 얕본다고 했지요. 확실히 그럴지도 모릅니다. 하지만—."

"그렇군. 얕본 건 나도 마찬가지였나. 신장기룡을 사용하는 귀족 여성들과 그녀들을 지키는 몰락 왕자. 자신들의 지위와 무력에 취해 안주하는 녀석들은 아니었군……. 귀족 주제에 그러는 녀석은 지금까지 한 번도 본 적이 없었거든."

"당신의 처지는 동정합니다만, 그것으로는 죗값을 치를 수 없지요. 신왕국으로 연행해서 신문할 것입니다."

"……포로로 살아남는다면, 패배치고는 괜찮은 편이네. 고문은 질색이지만……."

탄식하는 드라켄을 포승줄로 묶어 위병에게 인계했다.

대성당에 있는 사람들의 구조작업이 시작되자, 기절한 리샤를 안은 요루카도 모습을 보였다.

"그보다 크루루시퍼는 괜찮은 건가요? 교국의 『칠용기성』 메르 기잘트와 교전 중이라고 들었습니다만……."

"해제하기 전에 그녀에게서 용성이 도착했어요. 이젠 걱정할 필요는 없는 것 같아요."

룩스는 미소를 지의며 세리스에게 대답해주었다.

"—그렇다면 굳이 그녀가 있는 곳까지 가서 합류할 필요는 없겠군요."

요루카가 시원스럽게 말하자 피르히가 진지한 얼굴을 살짝 돌렸다.

"그게 아니라, 눈치 있게 배려해주는 거라구, 그치?"

여전히 멍한 것처럼 보이지만 피르히는 날카롭구나, 라고 생각하며 룩스는 쓴웃음을 지었다.

지금은 다른 장소에 있는 크루루시퍼에게 말하는 것처럼, 천천히 그 얼굴을 돌렸다.

"응. 잠시 크루루시퍼 씨를, 가족들하고만 있게 해주고 싶으니까—."

룩스는 바라건대 크루루시퍼에게 행복한 시간이 되었으면 좋겠다고 생각했다.

크루루시퍼가 사실은 어떤 사람이라 해도, 룩스는 그렇게 생각할 거라고 확신했다.

가능하다면 그녀의 가족 중에도 그렇게 생각해주는 사람이 늘었으면 좋겠다고…….

그런 염원을 담아, 눈이 내리기 시작한 하늘을 올려다보았다.

Epilogue 신희(神姬)강림

『용비적』이 꾸민 유괴 계획을 저지하고, 『순례제』도 무사히 끝난 뒤로 벌써 이틀이 지났다.

파괴된 대성당의 수복이나 부상자의 치료, 신전 기사단의 재편성 등 해결해야 할 문제는 산더미였지만, 교국의 주력은 남아있었으므로 사후 처리는 그들에게 맡기기로 했다.

살아남은 『용비적』의 일부는 철수했고, 나머지는 포박당해 포로가 되었다.

일단 사단장 드라켄은 추후 신왕국에서 신문을 받을 예정인 것 같았다.

이번 전투에서는 룩스 일행도 피해가 꽤 컸기 때문에, 리샤 일행까지 포함해서 에인폴크가가 발 벗고 나서서 숙소를 준비해주었다.

그래도 세리스는 오기를 부려 휴양을 하고 있음에도 바른 모습을 보였고, 요루카는 전혀 피곤해 보이지 않았으며, 피르히는 룩스에게 기대 자는가 하면 그 광경을 본 리샤가 얼굴을 빨갛게 물들이고 질투하는 등, 무척 떠들썩한 이틀이었다.

뜻밖이었던 건 휴양 기간에 알테리제만이 아니라, 에인폴크

가의 가족들도 여러 차례 문병을 와주었다는 것이다.

당주 스테일은 물론이고 까다로워보이던 장남 자인, 게다가 두 여동생들까지 병문안을 왔다면서 얼굴을 보여주었다.

교국의 진귀한 제사 도구나 책, 또는 이 나라 특제 구운 과자나 과일을 가지고 와 과자를 좋아하는 피르히와 마음을 트거나, 유명한 세리스에게 무용담을 물어보기도 했다.

반대로 크루루시퍼는 처음에 상태를 보러 왔을 때 이후로는 자주 찾아오지 않았지만, 룩스가 듣기로는 메르를 문병하러 다니는 모양이었다.

메르도 생명에 지장은 없었지만, 『엘릭시르』라는 비약의 부작용으로 쇠약해져 한동안은 장갑기룡을 사용할 수 없다고 한다.

세상을 떠난 오르펠 주교의 책상에 남아있던 기록과 드라켄의 증언을 통해, 오르펠은 드라켄과 공모를 꾸미는 것처럼 위장해서 거꾸로 그녀를 잡기 위한 책략을 짜고 있었다는 사실이 드러났다.

네이 루슈는 그 뒤로 지상으로 돌아와, 신도의 일원으로서 교국에 남게끔 크루루시퍼가 명령했다.

이미 서고에서 유적 관련 정보를 얻었고, 여러모로 알아내기 전까지는 섣불리 자극하지 않는 편이 좋겠다는 크루루시퍼의 판단을 따른 것이었다.

그리고 눈이 내리지 않는 맑은 날 아침—.

—드디어 귀국할 때가 되었다.

"그동안 신세 많이 졌습니다."

출발하는 날 아침—.

룩스는 저택 거실에서 크루루시퍼와 함께 에인폴크가의 당주, 스테일 앞에 서 있었다.

리샤 일행은 먼저 마차로 출발했기 때문에 이곳에 없었다.

룩스와 크루루시퍼도 인사를 한 뒤에 출발하여, 성도를 벗어나면 장갑기룡 이용해 신왕국으로 날아갈 예정이었다.

"신세는 오히려 내가 졌지, 룩스 공. 번거롭겠지만 딸을 잘 부탁함세."

"네. 저야말로, 앞으로도 잘 부탁드립니다."

처음 만났을 때에 비해 어쩐지 오늘은 완고한 인상이 느껴지지 않았다.

차분하고 엄격한 그 인상에 맞게 말수는 적었지만, 어딘가 온화하며 부드러운 어조였다.

"어라? 마치 결혼 때 하는 인사 같은걸."

킥킥, 크루루시퍼가 장난스럽게 웃자 룩스는 얼굴을 새빨갛게 물들이며 허둥댔다.

"뭐, 뭐야 그게?! 나는 그냥, 학원에서 크루루시퍼 씨와 사이좋게 지내겠다는 뜻에서…… 아, 그러고 보니—."

결국 두 사람이 약혼한 것으로 오해하고 있던 건은 어떻게 된 걸까?

그보다 그 이야기를 지금 이곳에서 꺼내도 되는 걸까?

그렇게 룩스가 난감해 하고 있으니 근처에 있던 장남 자인이 어깨를 들썩였다.

"하하하. 괜한 걱정 할 것 없어, 룩스 공. 못난 동생이 저지른 시답잖은 책략은, 내가 이미 가족들에게 밝혔으니까."

"네—?"

룩스가 당황하자, 뒤쪽에 서 있던 집사 알테리제가 하아, 하고 한숨을 내쉬었다.

"며칠 전, 룩스 님과 아가씨께서 하시는 대화를 우연히 들었사옵니다. 사실은 룩스 님과 정식으로 약혼한 적이 없고, 전부 아가씨의 거짓말이었다는 걸—."

"어머? 전부 내 탓으로 돌리다니 섭섭하네. 정확하게 전달하기도 전에 네가 지레짐작 해버린 탓도 있잖니?"

꿈쩍도 하지 않고 미소 짓는 크루루시퍼를 보며 알테리제는 표정을 더욱 찌푸렸다.

"정말이지 아가씨께서는……. 어젯밤 당주님께서 화내신 걸 잊으셨사옵니까."

"반성하고 있다구. 보기 드문 내 실수에, 오라버니도 무척 기분이 좋아 보이던걸."

"훗, 누가 들으면 오해할 말은 하지 마라. 하지만 재미있긴 했어. 너도 남자를 위해 여러모로 농간을 부리는 성격이라는 걸 알게 됐으니까."

그 대화를 들으며 스테일도 쓴웃음을 지었다.

'……그런가, 가족들과 제대로 대화를 했구나, 크루루시퍼 씨.'

그런 하잘것없는 잡담이었지만, 크루루시퍼가 예전보다 좀 더 가족과 가까워졌다는 사실을 룩스도 왠지 모르게 알 것 같았다.

약혼에 관한 오해가 풀린 것도 다행이었지만, 그 사실이 무엇보다도 기뻤다.

"안녕히 가세요, 룩스 님. 다음에 오실 때는 꼭 신왕국의 기념품을 부탁드릴게요."

"좀 더 이야기를 나누고 싶었, 습니다. 그럼 다음 기회에……."

"잊지 않을게. 그럼, 잘 지내."

두 여동생과도 인사를 나눈 후 룩스와 크루루시퍼는 에인폴크가의 문을 나섰다.

하늘은 청명했지만 눈은 아직 쌓여있었고, 기온도 쌀쌀했다.

높다란 석조 건물이 가득한 시가지와 고요히 흐르는 장엄한 분위기.

겨우 며칠 밖에 안 됐건만, 룩스는 어쩐지 아쉬운 기분이 들었다.

"자, 출발하자."

크루루시퍼의 말을 따라 걸음을 내딛자, 갑자기 뒤쪽에서 발소리가 다가왔다.

그 소리에 반응한 룩스가 뒤를 돌아본 순간—.

"야호~! 오~빠야~!"

폴짝폴짝 작은 몸이 뛰어와 룩스의 품에 뛰어들었다.

“우왓?!”

목에 털실로 짠 머플러를 두른, 어디선가 본 적 있는 소녀의 얼굴이 다가왔다.

백금색의 아름다운 머리카락이 특징인 소녀—『칠용기성』 메르 기잘트였다.

“메르……?! 여긴 어떻게 왔어?! 몸은 이제 괜찮아?”

『엘릭시르』의 부작용으로 제대로 걷지도 못하고 있다고 들었는데, 눈앞의 메르는 건강해보였다.

“걱정해줘서 고마워. 역시 오빠는 상냥하네.”

활짝 밝은 웃음을 떠올린 메르는 여느 때처럼 내숭을 부리고 있었다.

“너무 무리는 하지 마. 넌 아직 중환자나 마찬가지라구.”

“그러고 보니 그랬지 참.”

태연하게 크루루시퍼의 충고를 흘려듣고, 그녀는 룩스를 올려다보았다.

“그럼 오빠, 내가 걱정된다면 꼬옥 안아줘도 괜찮아.”

“아하하…….”

순진무구한 메르의 태도를 보며 룩스는 살짝 불안해졌다.

크루루시퍼에 대한 오해는 풀렸을 테지만, 그녀의 친부모나 다름없었던 오르펠 주교를 막 잃은 참인 것이다.

그런 룩스의 심정을 파악했는지 메르는 표정을 바꾸었다.

“정말 이상한 사람이네. 그만큼 나한테 공격당했으면서, 아직도 나를 걱정해주다니.”

"……그건, 메르 탓이 아니잖아."

"그렇게 말해주니 마음은 편하지만, 빚을 만드는 건 싫어하거든. 그러니까— 언젠가 이 빚은 꼭 갚겠어. 빠르면 나중에 신왕국에 갈 때라도 말이지."

"……그런가. 앞으로도 잘 부탁해, 메르."

그 말을 들은 룩스는 안심했다.

그러자 크루루시퍼가 맞장구를 치는 것처럼 쿡쿡 미소 지었다.

"나한테는 뭐 해줄 거 없어?"

"벌써 해줬잖아? 앞으로 날 위해 싸울 수 있으니까, 최고의 영예 아냐?"

"……그게 무슨 말이야?"

두 사람의 대화에 룩스가 고개를 갸웃하자—.

"나, 『칠용기성』 보좌관으로 임명됐거든— 그러니까, 메르의."

"뭐어어엇?!"

크루루시퍼는 태연하게 대답했다.

"괘, 괜찮은 거야?! 크루루시퍼 씨는 평소에 신왕국에 있는데—."

"그러니까 달마다 한 번은 교국으로 돌아가거나, 반대로 메르가 신왕국으로 오거나 해야 해서 좀 번거롭기는 해. 하지만 앞으로는 나도 『칠용기성』의 임무에 참가할 수 있게 됐어."

"……."

교국과 동맹국이니까 가능한 편법이겠지만, 메르에게는 그 편이 좋을지도 모르겠다는 생각도 들었다.

"나중에 신왕국에서 봐. 그리고, 역시 좋은 남자네. 당신은—."

"앗……."

쪽, 메르는 가볍게 룩스의 뺨에 입맞춤을 하고서 떨어졌다.

"……고마워, 오빠."

부끄러웠는지 뺨을 발그레 물들이고, 수줍은 표정으로 손을 흔들었다.

그리고 에인폴크가 쪽으로 달려가 사라졌다.

부드럽고 생생한 입술의 감촉에 얼굴이 달아오르자, 크루루시퍼가 드물게도 도끼눈을 뜨며 바라보았다.

"어린애 상대로 뭘 그렇게 헤롱헤롱거려? 설마 룩스 군, 어린애 취향이었니?"

"아, 아니거든?! 그, 그냥 좀 놀랐을 뿐—."

룩스가 허둥대자 크루루시퍼 「흐응?」 하는 의미심장한 표정으로 미소 지었다.

"하아……. 그나저나— 이번에는 계획대로 된 게 하나도 없네. 모처럼 단둘이 오붓하게 여행을 즐길 수 있을 줄 알았는데……. 약혼자 건도 들통나는 바람에 가족회의에서 된통 깨졌다구."

"아, 아하하……."

룩스는 쓴웃음을 짓고 말았다.

'그 문제는 아무리 생각해도 크루루시퍼 씨 탓이라고 생각하는데—.'

입 밖으로 꺼내는 대신 룩스는 다시 쓴웃음을 지었다.

……하지만 사실은 어떻게 할 생각이었을까?

오해가 풀리지 않았더라면, 에인폴크가에서는 정말로 그대로 밀고 갔을지도 모르는데—.

그녀는 그래도 좋다고 생각했던 걸까?

그런 생각을 하니 가슴이 살짝 뜨거워졌다.

"설마, 아니겠지……."

그렇게 중얼거린 룩스가 마차에 오르자 옆자리에 앉은 크루루시퍼가 쿨한 미소를 지으며 말을 꺼냈다.

"있잖아, 룩스 군. 이번 귀향은 여러모로 문제가 많았지만— 딱 하나, 무척 좋은 수확이 있었어."

"응……?"

크루루시퍼는 슬쩍 룩스에게 어깨를 기대며 손을 포갰다.

그 부드러운 손의 감촉과 모피 코트를 넘어 느껴지는 체온에 룩스의 심장이 덜컥, 크게 요동쳤다.

"약혼 이야기를 대충 넘어간 건 혼났지만, 룩스 군을 약혼자 후보로 뽑은 건 온 가족이 칭찬했어. 좋은 남자를 골랐다던걸?"

"그렇구나, 잘됐…… 아니 잠깐, 뭐라고오오오오?!"

"그러니까 이번 일로 알게 된 건데, 만약 룩스 군이 상대가 되어준다면 더 이상 에인폴크가의 확인을 받지 않아도 된다고 하셨거든? 그러니까 남은 건— 룩스 군의 마음뿐이야."

"자, 잠깐만?! 나는 아직 빚도 잔뜩 있는 몸이고, 게다가 구제국 죄인인데—."

"딱히 지금 당장 약혼하자는 말은 아니야. 하지만 그 반응을 보니 호감이 있기는 한가 봐?"

크루루시퍼가 즐겁게 웃으며 몸을 더욱 밀착시켰다.

"고마워. 좋아해— 룩스 군."

쩔쩔매는 룩스의 입술에, 소녀는 살며시 입을 맞췄다.

†

"그건 그렇고 학원장님께는 정말 질려버렸네요. 리샤 님 일행을, 진짜로 전부 다 보내버리다니—."

신왕국의 성채 도시.

왕립 사관 학원의 응접실 소파에 앉아, 아이리가 도끼눈을 뜨고 있었다.

룩스를 좇아 리샤를 비롯한 신장기룡 사용자 네 명이 여행을 떠나고서 며칠 후—.

애타는 시간을 보내고 있던 아이리와 트라이어드는, 급한 용건 때문에 왕도로 출타한 렐리의 지시대로 어떤 방문자를 접대하게 되었다.

"그러게나 말이야~. 나도 놀리러 가고 싶었는데에—. 뭐, 하루 만에 유미르까지 날아갈 수 있는 수준의 기룡 적성은 아니지만……."

티르파가 입술을 삐죽 내밀며 불평했다.

그러자 가장 연장자인 샤리스가 티르파의 어깨 위에 손을 올렸다.

“뭐, 별 수 있나. 그녀들에게는 중요한 임무가 있고, 공주님께서 우리의 장갑기룡과 무장을 강화해주셨잖아. 이걸 완벽하게 다룰 수 있는 실력을 기르는 게 먼저라고.”

“Yes. 룩스 씨를 따라잡는……건 힘들더라도, 조금은 힘이 될 수 있는 실력을 얻기 위해서입니다.”

마지막으로 녹트가 그렇게 정리하자 똑똑, 노크 소리가 들려왔다.

「들어오세요」 하고 대답하자 응접실 안으로 두 사람이 들어섰다.

일부가 거꾸로 선 금발에 눈매가 사나운 소녀과 중성적인 이목구비의 온화해 보이는 소년.

반하임 공국의 『칠용기성』 그라이퍼와 그 보좌관인 코랄이었다.

몇 안 되는 지인으로서, 그들이 체류하는 동안에 안내나 상대를 해주기를 바란다고 렐리가 부탁한 것이다.

전력이 줄어든 성채 도시의 도우미로 렐리가 부른 것은 바로 이 두 사람이었다.

“나 원 참, 긴 여행을 했는데 쉴 틈도 안 주다니, 여전히 사람 쓰는 게 거칠구만…….”

“아하하, 어째 미안하네. 다른 중요한 일도 많을 텐데, 학원 안내나 우리들 상대까지 부탁해버려서.”

될 대로 되라는 느낌으로 불평하는 그라이퍼와 쓴웃음을

지으며 인사를 하는 코랄.

하지만 아이리는 내심 그들이 와주어서 안도했다.

오빠 룩스에게서 이야기를 들은 바로는, 이 두 명은 제대로 된 사람인 것 같았으니까.

『칠용기성』 부대장— 싱글렌 쉘불릿.

룩스를 『칠용기성』에 끌어들인 장본인이자, 기룡사가 주축이 되는 세계 통일 국가 제정을 바라는 무서운 사상을 지닌 실력자—.

만약 그 남자가 이곳에 왔다면, 긴장하는 정도로는 끝나지 않았을 것이다.

"공국에서는 저도 신세를 졌으니까요. 그보다 하나 물어봐도 괜찮을까요?"

"뭔데? 기밀사항에 관련된 것만 아니라면, 뭐든 상관없지만—."

부드럽게 미소를 떠올리는 코랄에게, 아이리는 진지한 표정으로 물어보았다.

"현재 세계에서 무슨 일이 일어나고 있는 것인지, 물어봐도 될까요? 렐리 학원장님이 급하게 왕도로 호출받은 이유라든지……."

그 말에 코랄은 허를 찔린 것처럼 놀라고, 미소를 지었다.

"……예리하네. 우리도 자세한 얘기까지는 못 들었어. 하지만 조만간 뭔가 거대한 일이 일어날 듯한 기분이 들어. 우리가 이곳에 온 것도, 그 이야기를 하기 위해서라고 생각해."

"무슨 소리지?"

고개를 갸웃하며 샤리스가 묻자, 코랄은 한 차례 심호흡을 하고서 말했다.

"현재, 왕도 쪽에서 군사회의를 하고 있는 것 같아. 『칠용기성』 두 사람이 왕도로 호출받았지. 한 사람은 부대장인 싱글렌, 그리고 다른 한 사람은……."

재촉하듯 말을 중단하자, 옆에 있는 그라이퍼가 이어서 말했다.

"그러니까, 우리 『칠용기성』의 대장— 세계가 선택한 연합의 대표자다."

†

"으, 아아아아……."

말이 되지 못한 메마른 절규가 왕도 로드갈리아 시민의 입에서 새어나왔다.

공포, 절망. 사람은 감당할 수 없는 사건과 맞닥뜨리면, 비명보다 먼저 말을 잃는다.

왕성으로 쳐들어가듯 접근하던 도중에 오랫동안 움직임이 멈췄던, 하늘을 찌르는 강철의 거구.

제5 유적 『거병(기가스)』이 다시 기동하여 걷기 시작한 것이다.

일찍이 왕도를, 신왕국을 멸망시킬 뻔했던 그 가공할 병기의 재기동에, 백성들은 우두커니 선 채로 굳어버렸다.

“—왕도의 백성들도 두려움에 떨고 있구나. 우리가 나설 차례니라, 속물이여. 네놈이 지닌 《리바이어선》이라면, 어떻게든 저것을 상대할 수 있지 않겠느냐?”

“싸구려 연극에 어울리고 싶다면 네놈이 나가면 되잖나, 나잇값 못하는 노처녀. 돈으로 세계 등급 순위를 산 주제에 이 내게 지시를 내리려 하다니 배짱 한번 두둑하군.”

“호오, 패배를 인정하지 못하는 남자의 질투인가? 네놈, 언제부터 그렇게 꼴사나운 남자가 된 게야?”

왕성에 있는 손님용 방에서, 세 사람 중 두 남녀가 대화를 하고 있었다.

한 명은 방약무인하게 흐트러진 자세로 의자에 앉아 있는 푸른 코트의 남자.

『칠용기성』의 부대장, 『푸른 폭군』 싱글렌 쉘불릿.

그리고 그와 말싸움을 하고 있던 상대 여자는 화려하게 장식된 붉은 외투를 걸치고, 창밖을 바라보고 있었다.

렐리의 옛 친구이자 세계를 뒤에서 좌지우지 하는 반프리크 상회의 당주, 마기알카 젠 반프리크다.

함께 방에 있는 렐리가 이곳으로 호출받은 이유는 두 사람을 접대하기 위해서였다.

“……기, 긴급 전령입니다! 와, 왕도의 『거병』이 움직이기 시작했다고 합니다! 즉시 요격부대의 편성— 아, 아니, 출동 허가를!”

아직 젊은 차세대 군대의 소대장 청년이 세 사람이 있는 방으로 뛰어 들어왔다.

하지만 세 사람 중에서 가장 큰 권한을 지닌 마기알카는 미동조차 하지 않았다.

"—여기 창문에서 보면 알 수 있다. 너무 소리 지르지 마라, 시끄러운 건 질색이니라."

그렇게 평온하게 대답하는 소녀— 아니, 어려 보이지만 묘령의 나이인 마기알카는 왕도 시가지에서 그 광경을 바라보고 있었다.

그럼에도 불구하고 전혀 동요하지 않고, 뾰족한 송곳니를 드러내며 쓴웃음을 지었다.

하지만 그 여유로운 모습이 마음에 안 들었는지, 보고하러 온 소대장 청년이 따지기 시작했다.

"예삿일이 아니란 말입니다! 당신은 지금 한시적으로 군의 전권을 위임받았습니다! 어서 대처하지 않으면, 때를 놓치게—."

"자, 자, 진정하게, 젊은이."

"진정할 수 있을 것 같냐! 국가에 소속되어 있지 않은 상인 나부랭이가, 우리 신왕국의 위기를 뭘로 보고—!"

화를 이기지 못하고 이성을 잃은 청년이 여자의 목덜미를 붙잡으려는 찰나— 청년의 시야가 거꾸로 뒤집혔다.

"—닥쳐라, 애송이."

쿠웅! 등이 바닥에 처박히는 소리가 울렸다.

그 직후, 눈으로 천장을 확인한 청년은 자신이 순식간에 메다 꽂혔다는 사실을 깨달았다.

그리고 옆에 쪼그려 앉은 마기알카가 나이프를 뽑아 목덜미에 가져다 댄 모습이 모였다.

“무, 무슨 짓을……?!”

무슨 일이 일어난 것인지 파악하지 못하고 혼란에 빠진 청년을 내려다보며, 붉은 외투의 여자는 거만하게 웃었다.

“『거병』의 움직임을 잘 보게. 공격할 낌새는 전혀 없지 않은가. 녀석들의 목적은 이 나이프와 같은 게야. 무력을 과시하는 자기소개. 겁에 질린 모습을 보여주면, 그 기회를 노리고 공격할 테지.”

담담하게 중얼거리면서 마기알카는 일어나 나이프를 집어넣었다.

대재벌의 당주이면서 무예에도 통달한 천재.

세계 등급 순위 1위이자 『칠용기성』의 대장.

젊었을 때는 피르히의 스승으로 활동하기도 했던 그 실력의 일부분을 청년은 맛보았다.

“전쟁이든 장사든, 모종의 공통점이 있지. 상대에게 얕보이면 패배— 뭐, 그런 게야. 명심하게나, 소대장님.”

“으, 아…….”

청년은 천천히 일어났지만, 아직 다리가 후들거렸다.

그 몸은 이미 두려움에 지배당하고 있었다.

“아 참, 병사를 내보내는 건 반대하지 않겠네. 국민들에게 괜한 꼬투리를 붙잡히지 않기 위한 움직임은 보여줘야 하니까 말이지. 대신 너무 많이는 보내지 말게나. 그리고 절대로 먼저 건드리지도 말고. 알았다면 나가게. ―대답은?"

"네, 넵!"

청년은 간신히 목소리를 쥐어짜 대답하고, 헐레벌떡 객실에서 나갔다.

그 뒤에 다시 창밖으로 시선을 돌리며 마기알카가 미소 지었다.

"그렇다곤 하나, 우리도 동등한 전력을 모으지 않으면 어떻게 해볼 길이 없겠지. 소집 전령을 보내야겠어. 우리 세계의 모든 전력―『칠용기성』을 동원하여 녀석들의 침략에 맞서 싸우겠다."

천천히 예전에 침공해왔을 때의 발자국을 따라 후퇴하는 『거병』―.

신왕국군의 《와이번》 부대가 멀리서 에워싸고 있는데, 소녀의 목소리가 왕도 전역에 울려 퍼졌다.

『―처음 뵙겠습니다. 제 이름은 리스테르르카 레이 아샤리아. 이 유적의 주인이자, 유적이 존재하던 구시대의 황족입니다.』

넋을 잃고 우두커니 서 있는 왕도의 백성들―.

그리고 여왕이나 집정관이 있는 왕성에서도 들을 수 있게끔 소녀의 목소리가 천천히 흘러나왔다.

『여러분과 싸울 의지는 없습니다. 이 도시를 방해하던 『거병』을 원래 위치로 돌려놓고 싶을 뿐이지요. 세심하게 주의를 기울이고 있지만, 다치지 않게끔 조심해 주세요.』

온화하며 상냥한 소녀의 목소리가 주위에 울려 퍼졌다.

모두가 깜짝 놀라 몸을 움츠린 가운데, 땅울림 같은『거병』의 발소리가 울려 퍼졌다.

『우리 창조주 일족은 대화를 원하고 있습니다. 일찍이 이 세계에서 일어난 진실을 듣고, 협력해주었으면 합니다. 이 세계에 밀려오는 멸망의 운명으로부터 구출하기 위하여—.』

『거병』 관리실에서 그렇게 중얼거린 드레스 차림의 소녀—.

신성 아카디아 황국 제1 황녀 리스테르카는, 일단 외부로 보내는 통신을 끊고 작게 한숨을 쉬었다.

"어땠나요? 후길. 제가 제대로 잘 했나요?"

"훌륭하셨습니다. 앞으로 교섭도 원활하게 진행될 것입니다. 저도 호위로서 따라가겠습니다."

"그건 잘 됐군요. 그럼 시작하지요, 후길. 우리가 바라는 새로운 평화를—."

반면에 왕도 성내.

그들이 존재하는『거병』을 바라보면서 마기알카는 입꼬리를 활처럼 비틀었다.

"드디어 행동에 나섰는가. 내 세력권을 어지럽힌 족속들. ……오랜 기간 동안 그늘에 숨어서 이것저것 꾸몄으렷다. —짓뭉개주마, 화석 인간 놈들."

그리고 날카로운 안광으로 빛나는 두 눈을 크게 치켜떴다.

일주일 뒤에 시작되는 왕립 사관 학원의 학원제—.

그 앞에 거대한 폭풍의 그림자가 몰려오고 있었다.

■작가 후기

수고하셨습니다. 아카츠키 센리입니다.

최근 시간의 흐름이 너무 빨라서 곤란합니다.

체감적으로는 1개월이 일주일처럼 느껴지는 정도의 감각입니다. 대만에서 첫 사인회에 참석한 것이 올해 2월인데 거의 두세 달 전 일처럼 느껴지는군요.

그나저나 지나간 시간만큼 저는 성장했을까요?

멍하니 있다 보니 눈 깜빡할 사이에 시간이 흘러갑니다.

애니화 관련 이야기입니다만, 각본 회의에 살짝 얼굴을 내밀게 되었습니다.

평소에는 방이나 카페에서 대부분의 시간을 보내며 담당자님과 서로 치고 받고 싸우는지라, 다양한 직책에 계신 분들과 이야기를 나누는 것은 무척 좋은 자극이었습니다.

그리고 제가 평소에 얼마나 제 목을 사용하지 않는지 잘 알 수 있었습니다.

(신나서 떠들어대다 보면 바로 잠깁니다)

어쨌든 여러분들이 언제나 굉장히 바쁘다는 점은 전원이 같았습니다(땀).

그리하여, 애니메이션 방송시기도 점점 가까워지고 있으니, 이번 후기의 감사 인사를—.

본작의 일러스트를 담당 중이신 카스가 아유무 님.

이 좁은 앵글에서 훌륭한 퀄리티의 표지&아름다운 삽화를 그려주셔서 감사합니다.

이번 권두 일러스트 러프를 받았을 때는 캐릭터의 색과 머리 장식 등이 없는 상태여서, 각 인물의 가슴 크기를 비교해서 체크했습니다!

담당 사토 님. 항상 원고를 체크해주셔서 감사합니다.

이번에 건강 문제로 초고가 늦어졌으니, 다음에는 최대한…… 윽…… 머리가…….

그러면 조만간 시작할 애니메이션도 포함해서, 앞으로도 잘 부탁드립니다.

2015년 9월 모일 아카츠키 센리

최약무패의 신장기룡 7

1판 1쇄 발행 2016년 3월 10일
1판 3쇄 발행 2018년 2월 26일

지은이_ Senri Akatsuki
일러스트_ Ayumu Kasuga
옮긴이_ 원성민

발행인_ 신현호
편집국장_ 김은주
편집진행_ 최은진 · 김기준 · 김승신 · 원현선 · 김솔함 · 권세라
편집디자인_ 양우연
국제업무_ 정아라 · 고금비
관리 · 영업_ 김민원 · 이주형 · 조인희

펴낸곳_ (주)디앤씨미디어
등록_ 2002년 4월 25일 제20-260호
주소_ 서울시 구로구 디지털로 26길 111 JnK디지털타워 503호
전화_ 02-333-2513(대표)
팩시밀리_ 02-333-2514
이메일_ lnovelpiya@naver.com
L노벨 공식 카페_ http://cafe.naver.com/lnovel11

원제 SAIJAKU MUHAI NO BAHAMUT vol. 7

Original Japanese edition published in 2015 by SB Creative Corp.

This Korean edition is published by arrangement with SB Creative Corp., Tokyo
in care of Tuttle-Mori Agency, Inc., Tokyo.

ISBN 979-11-86906-54-5 04830
ISBN 978-89-267-9873-7 (세트)

값 6,800원